CAROLA DUNN

Miss Daisy

und der Mord unter dem Mistelzweig

AF201805

 aufbau taschenbuch

Daisy und ihr frischgebackener Ehemann Alec Fletcher verbringen Weihnachten auf einem idyllischen Landsitz in Cornwall. Zusammen mit ihrer nörgelnden Mutter und der entfernten Verwandtschaft singen sie Weihnachtslieder, während draußen ein Wintereinbruch bevorsteht. Das Fest könnte besinnlicher nicht sein, doch dann verschwindet plötzlich einer der Gäste – und wird kurz darauf tot in der Kapelle aufgefunden. Alec muss seine Ferien unterbrechen und die Ermittlungen übernehmen, doch auf Daisys Unterstützung ist wie immer Verlass.

CAROLA DUNN

Miss Daisy

und der Mord
unterm Mistelzweig

Kriminalroman

Aus dem Englischen
von Eva Riekert

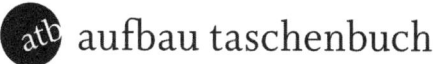

atb aufbau taschenbuch

Die Originalausgabe unter dem Titel
Mistletoe and Murder
erschien 2002 bei St. Martin's Press, New York.

MIX
Papier aus verantwor-
tungsvollen Quellen
FSC® C083411

ISBN 978-3-7466-3472-2

Aufbau Taschenbuch ist eine Marke
der Aufbau Verlag GmbH & Co. KG

3. Auflage 2018
Umschlaggestaltung Christin Wilhelm, www.grafic4u.de
unter Verwendung mehrerer Bilder von © Getty Images /
Roni-G, Michael Burrell und Yuliya Derbisheva
sowie © cute little things/shutterstock
Gesetzt aus der Whitman durch die LVD GmbH, Berlin
Druck und Binden CPI books GmbH, Leck, Germany
Printed in Germany

www.aufbau-verlag.de

Prolog

Das Boot glitt im Sog der Ebbe sanft den Fluss Tamar hinunter. Da die Segel das Rudern unnötig machten, konnte die Schiffsmannschaft die beiden jungen Herren beobachten, die im Bug saßen.

Abgesehen von den offensichtlichen Ähnlichkeiten – blonde Schnauzer und Backenbärte – verrieten auch ihre Gesichtszüge eine enge Verwandtschaft. Der Ältere war Lord Norville, Erbe des Sechsten Earls von Westmoor. Sein ländlicher Tweedanzug mit den Knickerbockerhosen hob sich von der Militärmontur seines Bruders ab. Albert war gerade aus Indien zurückgekehrt und trug die Uniform eines Leutnants aus dem Regiment des Herzogs von Cornwall.

Die Gesichter der Brüder verrieten mehr als nur die gemeinsame Abkunft. Die beiden Männer schienen sich zu streiten, hatten jedoch die Stimmen gesenkt, so dass nicht einmal die Matrosen in ihrer Nähe verstehen konnten, was der Grund ihrer Auseinandersetzung war. Immerhin schien es sich nicht um eine Bagatelle zu handeln.

Die vergilbten Schilfreihen an den Ufern wichen zurück. Die Barke, die sich dem breiter werdenden Mündungstrichter näherte, begann zu schaukeln. Der Kapitän rief einen Befehl, und die Mannschaft setzte sich in Bewegung, um die Segel zu hissen. Die Norvilles nahmen nichts davon wahr und stritten weiter.

Eine Fregatte kam dampfend aus der Marinewerft von Devonport.

»Du bist ein Narr!«, rief Lord Norville schließlich aus. »Dieser Schwachsinn kann nur Unheil bedeuten. Gib mir das Schreiben!«

Seine Hand griff blitzartig in Alberts Rock und zog ein Schriftstück aus dessen Brusttasche. Er zerriss es, stand auf und machte Anstalten, es über Bord zu werfen. Albert sprang auf und rang mit ihm.

Was er dabei schrie, wurde von dem Motorenlärm der Fregatte übertönt. Mit der vollen Kraft ihrer Überlegenheit schnitt sie der Barke den Weg ab. Ihre Bugwelle traf auf das kleine Boot und warf es umher wie ein Herbstblatt im Wind. Die beiden Männer verloren unversehens das Gleichgewicht und stürzten über Bord.

Als die entsetzte Bootsmannschaft den Kahn wieder unter Kontrolle hatte, waren die Brüder bereits spurlos verschwunden.

Kapitel 1

LONDON, 1923

Also wirklich, Mutter, das geht doch nicht!«

»Jetzt sei bitte nicht schwierig, Daisy.« Die Stimme der Dowager Viscountess klang durch das Knacken in der Leitung recht selbstgefällig. »Vielleicht hast du falsch verstanden, was ich sagte – die Verbindung ist ja entsetzlich schlecht. Nachdem Violet erwähnt hatte, dass du kurz vor Weihnachten nach Brockdene fährst, habe ich Lord Westmoor sofort geschrieben. Und ich muss dir sagen, ich finde, dass ich eigentlich nicht erst über deine Schwester von deinen Plänen erfahren sollte.«

»Entschuldige, Mutter, ich hatte furchtbar viel zu tun, seit Alec und ich aus Amerika zurück sind. Aber ...«

»Lord Westmoor war äußerst zuvorkommend. Alles ist geregelt. Wir stoßen am dreiundzwanzigsten Dezember zu euch.«

»Alle?«

»Ich habe Westmoor darauf aufmerksam gemacht, dass du einen Polizisten geheiratet hast. Du hättest den Earl zur Hochzeit einladen müssen, Daisy. Die Norvilles sind schließlich Verwandtschaft.«

»Aber nur entfernte«, murmelte Daisy aufmüpfig. »Cousins zweiten Grades oder so.« Immerhin hatte sie es wegen dieser geringfügigen Verbindung gewagt, Seine Lordschaft um Erlaubnis zu bitten, über Brockdene zu schreiben, daher konnte sie sich eigentlich nicht wirklich beklagen.

Womit Lady Dalrymple ihrerseits fortfuhr. Daisy hatte nicht alles verstanden, was ihre Mutter sagte, aber sie nahm an, dass Alec nicht aus dem Familientreffen ausgeschlossen worden war, trotz seines *unterirdischen* Berufs.

»Ich gehe davon aus, dass man ihn an Weihnachten nicht von seinem kleinen Mädchen trennen kann.«

»Das will ich doch nicht hoffen, Mutter! Abgesehen davon, Belinda ist ja jetzt auch meine Tochter.«

Aus dem Hörer drang ein resigniertes Seufzen an ihr Ohr. »Ja, Liebes. Und wie Violet berichtet, sind sie und Derek inzwischen dicke Freunde. Vielleicht halten sie sich ja gegenseitig davon ab, Unsinn zu machen.«

Oder sie stacheln sich dazu an, dachte Daisy. »Was ist mit Mrs. Fletcher?«

»Liebling, meinst du denn, dass sich deine Schwiegermutter in dieser Gesellschaft wohl fühlt? Sie ist die Witwe eines Bankdirektors, soviel ich weiß, und auch nur des Direktors einer *Zweigstelle* ...«

»Mutter, Bel ist ihr einziges Enkelkind, und wir reden schließlich von Weihnachten!« Eine nicht ganz überzeugte Stille zwang Daisy, ihren Trumpf auszuspielen. »Und sie spielt Bridge. Gerade eben ist sie zu ihrem wöchentlichen Bridgeabend unterwegs.«

»Hmmm.« Es folgte eine nachdenkliche Pause, dann sagte Lady Dalrymple unwirsch: »Na gut, da du ja nicht bereit warst, Bridge zu lernen ... Ich habe Westmoor gegenüber erwähnt, dass sie eventuell mitkommt, und er hatte nichts dagegen einzuwenden. So, Daisy, ich kann es mir wirklich nicht leisten, endlos zu plaudern, bei den Ferngesprächspreisen. Wir sehen uns am Sonntag. Auf Wiederhören.«

Daisy legte auf, verließ die Diele und ging rasch ins Wohnzimmer zurück. Es war ein freundlicher Raum, was Daisy

Alecs erster Frau zugutehielt. Die schweren Mahagonimöbel waren mit hübsch gemusterten Stoffen bezogen; die Wände, früher zweifelsohne in düsteren Farben tapeziert, wie man sie in der Viktorianischen Ära liebte, hatte man schlicht weiß gestrichen; und über dem Kaminsims, wo – so vermutete Daisy – dereinst ein Hirsch geröhrt hatte, hing eine farbenfrohe Ansicht von Montmartre.

Diese Umgestaltung konnte Alecs Mutter ihr zwar nicht anlasten, aber sie konnte ihr zu Recht etwas Unordnung vorwerfen: Bücher und Zeitschriften lagen offen auf Tischen herum, ebenso ein halbangefangenes Puzzlespiel, ein Seidentuch hing über einer Stuhllehne und solche Unsitten.

Der schlimmste Fehltritt fläzte sich auf dem Kaminvorleger vor dem knisternden Feuer: Nana, Belindas buntgescheckter kleiner Mischlingshund, sprang auf, als Daisy den Raum betrat, und begrüßte sie mit einem Tanz, als wäre sie fünf Monate fort gewesen, nicht fünf Minuten.

»Platz, Nana!«, sagte Bel und warf ihre rotblonden Zöpfchen zurück, als sie sich von der Schachpartie umdrehte, die sie mit ihrem Vater spielte. »Tut mir leid, Mummy.«

»Ist schon in Ordnung, Schätzchen, sie ist ja nicht an mir hochgesprungen. Sie wird immer lieber.«

Genau wie Belinda. Sie stotterte nicht mehr, wenn sie Daisy »Mummy« nannte, wie sie es anfangs gemacht hatte, obwohl sie sich an ihre leibliche Mutter kaum erinnern konnte. Umarmungen und andere Liebesbekundungen fielen ihr inzwischen leicht. Ihre Großmutter hatte sie stets vermieden, aus Angst, das Kind zu verwöhnen. Belinda lachte nun viel häufiger.

Daisy erkannte in ihrem eigenen zufriedenen Sinnieren den Versuch, nicht sofort eröffnen zu müssen, was sich die Dowager Viscountess mal wieder ausgedacht hatte. Immerhin wäre es Alecs Aufgabe, seine Mutter später behutsam einzuweihen.

Als Alec einen Läufer bewegte, aufsah und fragte: »Was wollte deine Mutter denn, Daisy?«, setzte sie schuldbewusst an.

»Liebling, das willst du lieber nicht wissen.« Sie ließ sich in einen Sessel fallen. »Du erinnerst dich doch, dass Mutter gejammert hat, ihr Haus sei zu klein, um die ganze Familie zu Weihnachten zu sich einzuladen? Aber sie wollte sich nicht darauf einlassen, dass Cousin Edgar uns alle nach Fairacres einlädt. Ich würde mir wünschen, dass sie sich endlich mit Edgar und Geraldine abfindet. Es ist jetzt fast fünf Jahre her, dass Vater tot ist und der arme Edgar alles geerbt hat.«

»Es wäre vielleicht leichter für sie, wenn das Dower House nicht so nahe bei Fairacres läge.«

»Irgendeinen Grund findet sie immer. Wenn sie im Sarg liegt, wird sie sich darüber beklagen, dass sie ein paar Zentimeter zu tief unter der Erde liegt.«

»Vorsicht!«, warnte Alec sie.

»Oje, vergiss, dass ich das gesagt habe, Bel!«

»Dass du was gesagt hast?«, fragte Belinda und sah vom Schachbrett auf. »Daddy, ich glaube fast, dass du meine Dame in die Enge getrieben hast.«

»Unmensch«, sagte Daisy, die für Schach zu ungeduldig war.

»Ist er nicht! Ich habe Daddy gesagt, er soll mich nicht gewinnen lassen.«

»Gut gemacht, Liebling. Er ist trotzdem ein Unmensch.«

»Nein, ist er nicht«, sagte Bel mit Nachdruck. »Er hat mir vier Bauern geschenkt, ehe wir angefangen haben.«

»Na gut, dann ist er entlastet.«

»Du aber nicht, Daisy«, warf Alec ein und grinste. »Was hat Lady Dalrymple diesmal ausgeheckt?«

»Du wirst es nicht glauben. Irgendwie hat sie Lord West-moor dazu verdonnert, uns alle über Weihnachten nach Brockdene einzuladen. Auch Vi und Johnnie. Und natürlich auch deine Mutter.«

»Kommt Derek auch?« Als Daisy nickte, breitete sich ein Strahlen über Bels sommersprossiges Gesicht aus. »Toll!«

»Du hattest doch gesagt, dass dir Superintendent Crane über Weihnachten freigibt, Darling?«

»Ja, ich habe also keine Ausrede, um die Einladung von Lord Westmoor auszuschlagen. Ob er wohl weiß, auf was er sich da eingelassen hat?«

»Er wird gar nicht da sein, da bin ich ziemlich sicher; aber ich wette mit dir, um was du willst, dass Mutter glaubt, er sei da. Sie hat mich nicht zu Wort kommen lassen, als ich ihr die schlechte Nachricht mitteilen wollte.«

»Unser Gastgeber wird gar nicht anwesend sein?«

»Als er mir erlaubt hat, einen Artikel über Brockdene zu schreiben, hat er erzählt, es sei eine alte Familientradition, Weihnachten dort zu verbringen, die jedoch schon seit Jahren abgerissen sei. Inzwischen wird das Haus von verarmten Verwandten bewohnt. Ich glaube kaum, dass er Mutter darüber informiert hat. Vielleicht war das seine kleine Rache dafür, dass sie ihn zu der Einladung manipuliert hat. Sie wird außer sich sein!«

*

Und ihre Mutter würde auch nicht erfreut sein über die Anreise nach Brockdene, dachte Daisy, die aus dem Motorboot, das sie von Plymouth über den Tamar gebracht hatte, auf den gepflasterten Anleger trat. Sie drehte sich um und winkte dem Bootsführer zum Abschied zu.

Lord Westmoor hatte sie bereits darauf aufmerksam gemacht, dass Brockdene ziemlich abgeschieden lag. Die Reise auf dem Landweg sei nicht nur äußerst umständlich, die Straßen in Cornwall seien zu dieser Jahreszeit auch voller Schlamm. Motorfahrzeuge, die sich daraufwagten, müssten oft mit Pferdefuhrwerken herausgezogen werden. Von der nächstgelegenen Bahnstation in Calstock könne man zwar über einen sumpfigen Fußweg nach Brockdene gelangen, aber der Earl glaube nicht, dass Daisy darüber begeistert sein würde. Eine Barkasse zu mieten und den Fluss heraufzufahren sei am schnellsten, einfachsten und günstigsten.

Daisys musste ihren Verleger bei der Zeitschrift *Town and Country* zwar mühsam davon überzeugen, dass er ihr keinen Vergnügungsausflug bezahlen würde, doch schließlich ließ er sich überreden. Wie auch immer, die Bootsfahrt war tatsächlich ein Vergnügen gewesen.

Vor allem war es ein schöner Tag. In ihrem heidekrautfarbenen Tweedkostüm konnte Daisy sogar auf einen Wintermantel verzichten. Die sanfte, milde Luft Südwestenglands war kaum zu vergleichen mit der feuchten Kälte in London, voller Rauch und Benzindämpfe. Die Sonne schien durch einen Wolkenschleier und ließ das blaugraue Wasser der Bucht von Plymouth glitzern. Über ihr kreisten Silbermöwen. Der gesprächige Bootsführer hatte sie mit seinem trägen Devonshire-Dialekt auf Sehenswürdigkeiten aufmerksam gemacht, während sie den Tamar entlangtuckerten: Plymouth Hoe, Drake's Island, die geschäftigen Marinedocks von Devonport, die Mayflower Steps.

Je weiter sie kamen, desto enger wurde das Flussbett, und das Wasser nahm eine graugrüne Farbe an. Der Tamar wand sich durch gelbe Schilfbeete und bewaldete Hänge, hinter denen zu beiden Seiten die grün, golden und braun gefleckten Hügel von Devon und Cornwall anstiegen. Der

Bootsführer wies sie auf eine winzige Steinkapelle am Ufer von Halton Quay hin. Er habe von einer weiteren auf Brockdene gehört, die man vom Fluss aus jedoch nicht sehen könne. Nahe bei der Kapelle stießen Kalkbrennereien Rauch aus, in denen Kalkerde zu Düngemitteln gebrannt wurde.

»Verätzt das nicht die Pflanzen?«, fragte Daisy. Sie konnte sich vage erinnern, gelesen zu haben, dass man mit ungelöschtem Kalk auch verseuchte Tierleichen beseitigte.

»Er wird mit Wasser gelöscht, ehe man ihn auf die Felder aufbringt«, beruhigte sie der Bootsführer. »Sehen Sie die Katen dort? Man sagt, dass in den alten Schmugglerzeiten ein roter Unterrock an den Wäscheleinen vor Durchsuchungen warnte und dass man an der Art, wie er aufgehängt war, ablesen konnte, in welcher Gegend die Suche stattfand.«

Er klang etwas nostalgisch, wie Daisy belustigt feststellte, und sie entlockte ihm weitere Geschichten über die Schmuggler. Vielleicht konnte sie daraus ja einen Artikel machen.

»Man sagt«, beendete der Bootsmann seinen Bericht, während er den Liegeplatz von Brockdene Quay ansteuerte, »dass einer der Schmugglerbosse, Red Jack, mit der Familie in Brockdene verwandt war und dass sie ihn vor den Dragonern versteckten, als er schlimm verletzt war. Aber das ist schon um die hundert Jahre her, und was daran stimmt, kann ich nicht wirklich sagen.«

»Das ist aber auf jeden Fall eine interessante Geschichte.«

»Richtig. Die Docks hier versanden allmählich, seit es in Calstock einen Bahnhof gibt. Noch ein paar Jahre, dann kann man nur noch bei Flut herkommen. Tja, die Zeiten ändern sich. Vielen Dank auch, Miss«, setzte er hinzu, als sie ihm ein Trinkgeld gab. »Kommen Sie, ich bringe Ihr Gepäck an Land und halte das Boot für Sie fest.«

Daisy sah etwas beklommen zu, wie er ihre Reisetaschen auf den Anleger warf, einschließlich ihrer Schreibmaschine und ihrer Fotoausrüstung mit dem Stativ, einem vorzeitigen Weihnachtsgeschenk von Alec. Dann stieg sie aus, und das Boot tuckerte flussabwärts zurück.

Kein Mensch war in der Nähe. Daisy sah sich um und entdeckte einen kleinen Pub, ein paar Katen, ein Lagerhaus, weitere der unheimlichen, Rauch ausstoßenden Kalköfen und ein Pförtnerhaus am Fuß einer sehr steilen Auffahrt. Brockdene selbst, das befestigte Herrenhaus, war nicht zu sehen und lag wahrscheinlich auf der Anhöhe.

Daisy musterte den Hügel, dann ihr Gepäck, und stöhnte. Lord Westmoor hatte gesagt, er werde ihre Ankunft ankündigen, und sie selbst hatte an Mrs. Norville geschrieben, wann sie eintreffen werde. Sie hoffte, dass sie nicht unerwünscht war.

In dem Moment wurde eine Tür zugeschlagen. Ein sehniger junger Mann in Wams, Reithose und Gamaschen kam aus dem Pub und blickte zum Anleger herüber. Als er Daisy sah, kam er auf sie zugeschlurft. Er schob einen Handwagen über die Pflastersteine.

»Guten Tag«, sagte Daisy. »Ich hoffe, Sie kommen vom Haus, um mein Gepäck hinaufzubringen?«

»Aye.« Der junge Mann, ein Gärtner wahrscheinlich, berührte seine Mütze, lud wortlos das Gepäck auf den Karren und machte sich auf den Weg.

Daisy beeilte sich, um mit ihm Schritt zu halten. Mit ihrer üblichen freundlichen Art versuchte sie, ein Gespräch zu beginnen, aber selbst wenn er redete, war sein cornischer Dialekt nahezu unverständlich. Sie hatte größte Mühe, auch nur ein einziges Wort zu verstehen, und gab die Hoffnung bald auf, etwas über die Hausbewohner zu erfahren, denen sie gleich gegenüberstehen sollte.

Ehe sie die Anhöhe erreichten, bekam sie sowieso kaum noch genug Luft, um sich zu unterhalten. Da sie nicht keuchend ankommen wollte, blieb sie oben erst mal stehen. Dessen ungeachtet trottete der Gärtner weiter und verschwand zwischen einer Reihe riesiger Ahornbäume und einem langen, niedrigen Gebäude aus Granit, das mit Flechten bewachsen war. Es sah ziemlich alt aus, war jedoch in bestem Zustand. Eine Scheune vielleicht oder ein Stall? Ein schwacher Geruch nach Farmtieren hing in der Luft. Ob es wohl ein Pferdefuhrwerk gab, mit dem ihre Mutter vom Anleger abgeholt werden konnte?, fragte sich Daisy. Die Dowager Lady Dalrymple würde es gar nicht zu schätzen wissen, wenn sie zu Fuß gehen musste.

Daisy wandte sich wieder dem Weg zu und sah jetzt das Gebäude. Das dreistöckige, mit Zinnen versehene Torhaus mit seinen winzigen Fenstern und dem schmalen Torbogen schien geeignet, um einer Belagerung standzuhalten. Es schrie geradezu nach einem Foto.

»Halt!«, rief Daisy. »Warten Sie bitte.«

Der Gärtner drehte sich um und glotzte sie an.

Sie eilte auf den Handkarren zu und zog ihren Fotoapparat und das Stativ heraus. »Ich möchte ein Foto machen, solange das Licht so gut ist«, sagte sie zur Erklärung. »Morgen regnet es vielleicht.«

Der junge Mann starrte in den blauen Himmel hinauf. Selbst der leichte Dunstschleier hatte sich inzwischen verzogen. »Aye«, sagte er und setzte seinen Weg mit dem Karren fort, durch das eisenbeschlagene offen stehende Tor unter dem Bogen.

Daisy trat zurück und machte mehrere Fotos, worin sie allmählich recht gut wurde. Ihr Verleger murmelte inzwischen nichts mehr davon, ihr einen professionellen Fotografen zur Seite zu stellen. Seit sie verheiratet war, ging es ihr nicht mehr um das Geld, aber sie hatte schließlich ihren Stolz.

Nachdem sie den Apparat abmontiert und das Stativ wieder zusammengeklappt hatte, folgte sie dem Gärtner durch den Torbogen. Der tunnelartige Durchgang war gepflastert und schmal genug für den Verteidigungsfall. An der Wand zur Rechten befanden sich zwei Türen. Daisy überlegte anzuklopfen. Sie unterschieden sich nicht, deshalb ging sie einfach weiter und trat in einen hellen Innenhof mit weiteren Torbögen und Türen. Der Junge mit dem Karren und ihrem Gepäck war verschwunden.

Das war ja kein besonders vielversprechender Beginn ihres Besuchs.

Sie schlug den Weg des geringsten Widerstandes ein, geradeaus, und pochte mit dem eisernen Türklopfer an die große zweiflügelige Tür.

Einen Augenblick später öffnete ein großer schlanker, leicht gebückter Mann und starrte sie durch seine Nickelbrille verdutzt an.

Er trug eine schäbige Tweedjacke über einer grünen Strickweste, einen grau-blau gestreiften Schal um den Hals und eine marineblaue Hose. Wohl nicht der Butler.

»Guten Tag«, sagte Daisy, »ich bin Mrs. Fletcher. Man hat mich doch wohl angekündigt?«

Sein Ausdruck wurde noch verdutzter. »Mrs. Fletcher? Entschuldigen Sie, kenne ich Sie?«

»Nein, keineswegs. Lord Westmoor ...«

»Ach so, natürlich, Sie sind der Gast von Lord Westmoor«, sagte er, und seine Miene hellte sich auf. »Der Eingang zum Haus liegt eigentlich auf der anderen Seite, aber kommen Sie doch herein.«

Daisy betrat eine beeindruckende Halle, die ungefähr zwölf Meter lang und sechs Meter breit war. An den weiß getünchten Wänden hingen Standarten und Waffen, von Piken und Schwertern über Musketen bis hin zu alten Pistolen. Ein langer, vom Alter geschwärzter Tisch nahm die Mitte des Raumes ein, und an den Wänden reihten sich Stühle mit geschnitzten Lehnen, die unbequem aussahen. Die bleigefassten Buntglasfenster zeigten Wappen und heraldische Lilien. Eine dekorative offene Balkendecke erhob sich hoch über dem Steinfußboden. Neben dem riesigen Kamin stand eine Rüstung, die sich die Hände an dem mickrigen Feuer zu wärmen schien. Hier drinnen war es tatsächlich kälter als draußen, was den Wollschal des Herrn erklärte.

Daisy wandte ihm nun wieder ihre Aufmerksamkeit zu und sagte lächelnd: »Ich bin nicht direkt ein Gast von Lord Westmoor, wenigstens vorerst noch nicht. Der Earl hat mir gestattet, für *Town and Country* einen Artikel über Brockdene zu schreiben.«

Zu ihrer Überraschung hellte sich das blässliche Gesicht des Mannes auf.

»Ein wundervolles Thema«, sagte er voller Enthusiasmus. »Ich lebe schon immer hier und kann wohl behaupten, dass ich so etwas wie ein Experte für das Herrenhaus und seine Inneneinrichtung bin, die mindestens genauso außergewöhnlich ist wie das Gebäude selbst. Ich bin damit beschäftigt, eine ausführliche Beschreibung samt historischem Überblick zu erstellen … Aber wo bleiben nur meine Manieren! Darf ich mich vorstellen? Ich bin Godfrey Norville.« Als sei ihm die Geste nicht geläufig, streckte er ihr linkisch seine Hand hin. Sein dürrer Arm ragte aus seinem Ärmel.

»Daisy Fletcher.« Es fühlte sich eher so an, als ob man

einer filetierten Scholle die Hand schüttelte. »Es freut mich, Sie kennenzulernen.«

»Ja, jawohl, freut mich ebenfalls, Ihre Bekanntschaft zu machen, Mrs. Fletcher. Mein Leben ist ganz und gar dem Studium von Brockdene gewidmet, müssen Sie wissen. Ich werde Sie gerne herumführen, und Sie können mich ruhig dazu ausfragen. Soviel Sie wollen! Die Halle hier ist ein hervorragender Ausgangspunkt. Sie wurde im späten fünfzehnten Jahrhundert errichtet von ...«

»Etwas später würde ich sehr gerne an einer Führung teilnehmen«, unterbrach ihn Daisy eilig. »Aber wenn es Ihnen recht ist, würde ich mir erst mal gerne die Hände waschen und mich Mrs. Norville vorstellen.«

»Sie wollen sich Mutter vorstellen?« Er sah sie verwirrt an. »Ach so, ich verstehe! Ja, ja, ich nehme an, das geht in Ordnung. Wo Mrs. Pardon um diese Zeit wohl sein mag?«

»Mrs. Pardon?«

»Die Hauswirtschafterin. Lord Westmoor hat eine zuverlässige Belegschaft hier angestellt, die das Haus in Ordnung hält. Einige Einrichtungsgegenstände sind sehr wertvoll, ganz besonders wertvoll, sowohl in finanzieller Hinsicht als auch für Wissenschaftler. Diese Armschiene zum Beispiel.« Er wandte sich ab.

Obwohl sie neugierig wurde, ließ sich Daisy nicht von der geheimnisvollen Armschiene ablenken. »Mrs. Pardon?«, wiederholte sie.

»Ach ja. Ich klingele mal, aber ich bezweifle eigentlich, dass jemand darauf reagiert. Das Personal ist nicht dazu angestellt, uns zu bedienen, verstehen Sie, sondern soll sich lediglich um das Haus und die Anlage kümmern.«

Was für eine seltsame Regelung, dachte Daisy, und sie fragte sich, in welchem Verwandtschaftsverhältnis er zu dem Earl stand. Ihre Mutter wusste es vielleicht, aber im

Allgemeinen war die verwitwete Lady Dalrymple mehr an ihren eigenen Befindlichkeiten interessiert, als an den Details entfernter Verwandtschaft, vor allem, wenn sie nicht davon profitierte.

Godfrey Norville schien jedoch unbekümmert. Er zog am Klingelzug neben dem Kamin, dann wandte er sich mit gerunzelter Stirn der Rüstung zu.

Durch einen Bogen hinter dem Kamin erschien eine Frau in einem dunkelgrauen Kleid mit weißen Manschetten und weißem Kragen. Norville drehte sich beim Klang der Schritte um.

»Mrs. Pardon, die Rüstung muss poliert werden! Sehen Sie mal, die linke Schulterplatte ist schon ein wenig angelaufen.«

»Soviel ich weiß, steht die Rüstung für nächste Woche auf meiner Liste, Mr. Norville«, sagte die Hauswirtschafterin gleichermaßen beruhigend wie abweisend. »Ich werde mal nachsehen. Mrs. Fletcher? Der Junge hat Ihr Gepäck nach oben gebracht, Madam. Ihr Zimmer ist im Ostflügel, denn im übrigen Teil des Hauses gibt es keine sanitären Einrichtungen. Wenn Sie mir bitte folgen wollen?« Sie ging voraus durch eine der Türen am Ende der Halle, an deren gegenüberliegender Seite Daisy eingetreten war.

Sie vermutete, dass Lord Westmoors Personal wohl doch bereit war, sich um die Gäste Seiner Lordschaft zu kümmern. Die Situation war nicht nur seltsam, sondern sogar unbehaglich. Sie konnte nicht umhin, in der ihr unbekannten Mrs. Norville gewissermaßen ihre Gastgeberin zu sehen, selbst für den Fall, dass der Earl sie einfach vor vollendete Tatsachen gestellt hatte.

»Haben Sie viele Besucher?«, fragte Daisy und folgte Mrs. Pardon durch einen Speiseraum und einen Korridor.

»Überhaupt nicht viele, Madam. Ab und zu gestattet es

Seine Lordschaft einem Historiker oder dergleichen herzukommen und sich das Haus anzusehen. Es ist nicht mehr wie früher, als wir im Sommer ein großes Fest ausgerichtet und an Weihnachten die ganze Familie hier hatten. Seit dem Krieg ist Seine Lordschaft leider nicht mehr der Alte.« Sie seufzte und öffnete eine Tür mit Glasfenstern, die zu der geräumigen Eingangshalle führte.

»Ich hoffe, dass mein … dass unser Besuch nicht allzu viele Unannehmlichkeiten bereitet«, sagte Daisy und sah sich um. Diese Halle war etwas moderner eingerichtet: Über einem ziemlich mitgenommenen Säulentisch hing ein Spiegel; es gab einen Hutständer mit Tweedkappen und Wollmützen, einen Schirmständer, einige Stühle mit verzierten Lehnen und seltsamerweise eine abgewetzte Chaiselongue.

»Aber nein, Madam, wir schaffen das. Zumindest, wenn Lady Dalrymple nichts dagegen hat, mit Mrs. Norville und der Familie zu speisen. Das würde uns einiges erleichtern, muss ich sagen.«

»Warum sollte sie etwas dagegen haben?« *Das wird ja immer kurioser,* dachte sie und hoffte, eine Antwort auf ihre Frage zu bekommen, die Mrs. Pardon jedoch als rein rhetorisch anzusehen schien.

»Würden Sie Ihren Mantel gerne in der Garderobe aufhängen?«, fragte sie und deutete auf eine Tür in der Wand links der Haustür.

»Danke, ich glaube, ich nehme ihn mit hinauf.«

»Wie Sie wünschen, Madam. Hier entlang, bitte. Dieser Teil des Hauses wurde 1862 umgebaut für die damalige verwitwete Gräfin. Meine Großmutter war zu der Zeit die Hauswirtschafterin.« Mrs. Pardon seufzte wieder. »Sie hätte sich nie vorstellen können, was aus der Familie geworden ist. Hier ist Ihr Zimmer, Madam, und Bad und Toilette sind dort hinten. Klingeln Sie, wenn Sie etwas brauchen. Meine Mädchen sind es nicht gewöhnt, Damen zu bedienen, aber sie werden ihr Bestes tun.«

»Danke, ich werde bestimmt gut zurechtkommen. Wo kann ich Mrs. Norville finden?«

»Es steht mir wahrlich nicht zu, zu wissen, wo sie sich aufhält, Madam, aber ihr Salon ist dort am Ende der Treppe, direkt über der Haustür.«

Daisys Zimmer war klein und vollgestellt mit schweren, dunklen, ziemlich abgenutzten viktorianischen Möbeln, aber es gab ein Handwaschbecken mit warmem und kaltem Wasser. Beim Blick aus dem Fenster sah sie Gärten und Wälder, dahinter einen Fluss und eine kleine Stadt, bei der es sich wohl um Calstock handeln musste, sowie ein Eisenbahnviadukt. Daisy hielt sich nicht länger mit der Aussicht auf. Sie wusch sich Gesicht und Hände, frisierte sich rasch und puderte sich die Nase, dann machte sie sich auf, um ihre Gastgeberin zu suchen, die mutmaßliche Herrin dieses Haushalts, der alles andere als gewöhnlich war.

Kapitel 2

$\mathcal{D}$ie Tür am Ende der Treppe stand offen. Daisy klopfte an.

»Herein!«

Die Stimme war hoch und so leise, dass Daisy nicht sicher war, ob sie sie tatsächlich gehört hatte. Wäre die Tür geschlossen gewesen, hätte sie erneut angeklopft, so aber trat sie ein. Dann jedoch glaubte sie, sich wohl doch getäuscht zu haben, denn sie konnte niemanden inmitten des bunten Wirrwarrs sehen, den sie mit staunenden Augen wahrnahm.

Im Sonnenlicht, das schräg durch ein Südfenster hereinfiel, glitzerten Pailletten, schimmerte Gold und funkelte buntes Glas. Auf jeder verfügbaren Fläche standen kleine Statuen, von den Wänden blickten gemalte Gestalten unterschiedlich wohlwollend herab. Zwischen sechsarmigen Göttern, Göttern mit Elefantenköpfen oder Göttern mit blauen Gesichtern und zwischen meditierenden Buddhas entdeckte Daisy verschiedene Madonnen, mit oder ohne Jesuskind, und ein Kruzifix.

Mitten aus diesem bizarren Aufgebot kam eine leise, sanfte Stimme: »Mrs. Fletcher?«

Von einem Stuhl neben dem Kamin, in dem ein Holzfeuer glühte, blickten Daisy schwarze Augen in einem runzeligen Gesicht mit dunklem Teint beunruhigt an. Die winzige Frau war in eine Unzahl bunter Schals gehüllt. Sie arbeitete an einer Stickerei, und ihre Nadel flog geübt durch den Stoff.

»Ja, ich bin Daisy Fletcher. Sie sind Mrs. Norville? Sehr erfreut.«

»Guten Tag. Wollen Sie nicht Platz nehmen?« Sie hatte keinen Akzent, aber das Melodische, das Indern eigen war, wenn sie Englisch sprachen, verlieh ihren Worten einen exotischen Klang, der zu ihrer Umgebung passte.

Daisy nahm gegenüber ihrer Gastgeberin Platz. Die edlen Earls von Westmoor hatten es wohl nicht freundlich aufgenommen, dass eine Fremde Teil der Familie geworden war. Seit wie vielen Jahrzehnten die arme Frau wohl auf Brockdene verbannt war, aus den Augen, aus dem Sinn? Zweifellos war ihr verängstigter Blick das Resultat vieler Brüskierungen.

»Es ist sehr freundlich von Ihnen, mich aufzunehmen«, sagte Daisy warm. »Ich freue mich darauf, über Ihr Zuhause zu schreiben. Das Haus sieht ja faszinierend aus.«

»Es ist ziemlich alt. Mein Sohn Godfrey sagt, dass sich der übrige Teil von Brockdene, abgesehen von diesem Flügel, über die Jahrhunderte erstaunlich wenig verändert hat. Er weiß alles über das Haus«, sagte Mrs. Norville mit offensichtlichem Stolz.

»Ja, Mr. Norville hat sich schon bereit erklärt, mich herumzuführen. Das wird sehr nützlich sein, einen Experten zur Hand zu haben. Mrs. Norville, als ich Ihnen geschrieben habe, wusste ich nicht, dass Lord Westmoor meine gesamte Familie zu einem Weihnachtsbesuch hierher eingeladen hat. Ich hoffe doch, dass er Sie vorgewarnt hat.«

»Er hat an Mrs. Pardon geschrieben, die es Dora mitgeteilt hat.« Sie schien es für völlig normal zu halten, dass man sie übergangen hatte. Als Reaktion auf Daisys fragenden Blick erklärte sie: »Dora ist meine Schwiegertochter.«

»Die Frau von Mr. Godfrey Norville?« Daisy fragte sich, wie viele Norvilles noch im Haus lebten.

Ihre Neugier musste jedoch warten. Sie hatte zu arbeiten, ehe ihre restliche Familie eintraf, und sie wollte los, um Fotos zu machen, solange das Wetter gut war. Es wäre jedoch nur höflich, sich noch etwas länger zu unterhalten, fand sie. Mit einem Blick durch den Raum bemerkte sie: »Was für eine interessante Sammlung Sie hier haben.«

Mrs. Norville lächelte. »Mein älterer Junge, Victor, ist Seemann, Kapitän eines Handelsschiffes. Er schickt mir diese Dinge oder bringt sie mit, wenn er Zeit hat, ein paar Tage zu Hause zu verbringen. Sie erinnern mich an meine Kindheit, ehe ich auf die Missionsschule kam.«

»In Indien? Bestimmt fehlt Ihnen Ihre Heimat.«

»Ich habe mich nie an den englischen Winter gewöhnen können, obwohl ich seit fast fünfzig Jahren in Brockdene lebe. Aber meine Söhne sind schließlich Engländer«, setzte sie fast trotzig hinzu.

Eine so entschiedene Verteidigung musste das Ergebnis vergangener Attacken sein. Daisy hätte zu gerne mehr erfahren, aber sie musste wirklich mit ihrem Artikel anfangen. »Natürlich sind sie das«, sagte sie. »Ich habe Kapitän Norville noch nicht kennengelernt, aber Mr. Godfrey Norville könnte nie für etwas anderes gehalten werden. Ich gehe jetzt besser und suche ihn, um sein Angebot anzunehmen, mich herumzuführen.«

»Ich hoffe, Sie kommen zum Tee noch mal wieder.« Mrs. Norville wirkte jetzt wieder verschüchtert. »Dora bringt immer um halb fünf Tee herauf.«

»Ich werde kommen«, versprach Daisy. Es schien schon eine Ewigkeit vergangen zu sein, seit sie am Bahnhof von Plymouth zum Lunch ein trockenes Käsesandwich gegessen hatte.

Als sie das Wohnzimmer verließ, kam ein junges Mädchen über den Gang auf sie zu. In ihrem blauen Rock mit der blauen Strickjacke und der weißen Bluse, die flachsblonden Haare zurückgebunden wie Alice im Wunderland, sah sie wie eine Vierzehnjährige aus, die etwas zu groß geraten war für ihr Alter. Auf ihrem rundlichen Gesicht lag ein misstrauischer Ausdruck.

»Was haben Sie zu meiner Großmutter gesagt?«, wollte sie wissen.

»›Guten Tag.‹«

»Guten Tag«, sagte das Mädchen ungeduldig und mit finsterem Blick. »Ich bin Jemima Norville.«

»Guten Tag!«, antwortete Daisy, diesmal mit ganz anderer Betonung. »Ich bin Mrs. Fletcher. Ich habe mich Mrs. Norville nur vorgestellt.«

Jemima blinzelte sie so verwirrt an, dass sie an Godfrey Norville erinnerte, der wohl ihr Vater sein musste. »Warum?«, fragte sie.

»Weil ich als ihr Gast nach Brockdene gekommen bin. Man stellt sich doch gewöhnlich seiner Gastgeberin vor, sobald man nach einer Reise vorzeigbar ist. Und jetzt will ich nach Mr. Norville suchen, der mir den alten Teil des Hauses zeigen will.«

»So was macht Daddy gerne«, sagte das Mädchen zustimmend, wenn auch widerwillig. »Er ist ganz besessen von dem Haus. Ich glaube, er ist im Salon.«

»Kannst du mir den Weg zeigen?«

»Er ist im Turm. Also gut, von mir aus.«

»Ich hole nur schnell meinen Fotoapparat.«

Jemima führte sie zurück zu der waffenbehängten Halle, wo Daisy ihren Fotoapparat und das Stativ zurückgelassen hatte. Sie gingen durch eine Tür am anderen Ende und eine steile Eichentreppe hinauf, die spiegelglatt gebohnert war.

Eine zweite Treppe unter gemeißelten Granitbögen führte zu einer Tür mit geschnitzten Rosen. Sie öffnete sich zu einem holzgetäfelten Vorraum, der sich seinerseits zu einem hübschen Raum mit Fenstern an drei Seiten öffnete und an dessen Wänden Wandteppiche hingen.

»Daddy, hier ist Mrs. Fletcher.«

»Einen Moment. Bin in einer Minute bei Ihnen.« Godfrey Norville vermaß gerade einen kunstvoll verzierten Schreibsekretär. Er machte sich auf der ausgeklappten Platte ein paar Notizen.

Daisy trat näher, um sich den Sekretär anzusehen. Die Schnitzerei im Hochrelief bestand aus Putten und menschlichen Figuren, alle unbekleidet. Sie trat zurück und bemühte sich, nicht in dieser schrecklichen viktorianischen Prüderie zu erröten, die sie so verabscheute.

»Mummy sagt, ich darf nicht hinsehen«, sagte Jemima.

»Wundervoll, nicht wahr?«, schwärmte Norville. »Italienisch, ungefähr um 1600. Ich habe eine Anfrage zu dem Stück von einem Professor aus Italien. Ich stehe in reger Korrespondenz mit Historikern und Antiquaren auf der ganzen Welt, müssen Sie wissen. Meine ausführlichen Beschreibungen sind der Forschung auf bescheidene Weise dienlich, wenn ich das sagen darf.«

»Ich bin überzeugt, dass sie äußerst hilfreich sind«, murmelte Daisy.

»Nehmen Sie dieses Stück zum Beispiel. Jeder kann sehen, dass es nicht nur alt, sondern auch schön ist, aber ich bin in der Lage, seine verborgenen Merkmale ausführlich zu benennen. Hätten Sie vermutet, meine liebe Mrs. Fletcher, dass es eine Vielzahl – ja, ich glaube, ich darf sagen, eine wahrhafte Unmenge – an Geheimfächern hat? Ich bezweifle, dass selbst ich alle entdeckt habe, aber ich zeige Ihnen gerne ein oder zwei.«

»Erzähl ihr von der Schatztruhe, Daddy«, drängte ihn Jemima.

»Ich möchte unbedingt etwas über die Schatztruhe hören«, sagte Daisy, »und einige der Geheimfächer sehen; aber wenn Sie nichts dagegen haben, würde ich gerne erst mal ein paar Außenaufnahmen machen, solange das Wetter gut ist. Ich dachte, Sie wären vielleicht so freundlich, mit hinauszukommen, Mr. Norville, um mir zu erklären, was ich da fotografiere.«

»Solange das Wetter gut ist?« Mr. Norville warf einen unsicheren Blick aus dem Fenster. Bestätigt von dem gleißenden Sonnenschein fuhr er fort: »Sicher, sicher. Jemima, lauf und bring meine Gummistiefel und meinen Mantel in die Halle, und meine Mütze und die Handschuhe auch. Sei ein braves Mädchen.«

Jemima gehorchte schmollend.

Während sie ihr folgten, erzählte Norville Daisy von der Schatztruhe. Sie war angeblich von einem holländischen Kaufmann, der im sechzehnten Jahrhundert vor der Spanischen Inquisition geflohen war und auf Brockdene Zuflucht gefunden hatte, irgendwo im Haus oder im Park versteckt oder vergraben worden.

»Ein geheimnisumwitterter Mann«, räumte Norville ein, »über den ich wenig erfahren konnte. Er war möglicherweise für den Bau des Turms verantwortlich, der 1627 vollendet wurde.«

»Und keiner hat den Schatz jemals gefunden?«

»Generationen haben vergebens danach gesucht.«

»Er hat keine Schatzkarte angefertigt? Sehr leichtsinnig!«

»Nein, auch von dem Geheimgang habe ich niemals eine Karte entdeckt, der, so besagt die Legende, jahrhundertelang von Schmugglern benutzt wurde.«

Sie kamen in die Halle, und Daisy nahm ihr Notizbuch heraus, um die Geschichte in ihrer eigenen Version von Stenografie aufzuschreiben. Dann war sie bereit, hinauszugehen, doch Norville konnte ohne seinen Mantel und seine Gummistiefel nicht dazu bewegt werden.

»Feuchtes Klima«, brummte er, »nasse Füße, absolut fatal.«

Jemima brachte schließlich nicht nur die Gummistiefel und den Mantel ihres Vaters, sondern auch Fäustlinge und eine Strickmütze mit Pompon, die zu dem Schal passte, den er bereits trug. Umständlich zog er alles an, schien jedoch nicht besorgt, als seine Tochter sie ohne warme Kleidung hinausbegleitete. Da es recht mild war und auch trocken, solange sie nicht den Rasen betraten, war Daisy ebenfalls unbekümmert.

Während sie Aufnahmen von dem Hof vor der Halle, dem Vorhof bei den Stallungen, dem Holländerturm, dem Küchenhof und der nachgebauten Ostfassade machte – die auf ungewöhnlich geschmackvolle Art zu den alten Gebäudeteilen passte –, erzählte Norville ihre Geschichte. Er konnte jede Einzelheit abrufen, und der Eifer, mit dem er sein Wissen weitergab, war richtiggehend liebenswert.

Jemima wich ihnen nicht von der Seite. Einmal mischte sie sich ein. »Daddy, erzähl ihr von dem Gespenst!«

»Unsinn!«, rief er aus und winkte mit seinem gestreiften Fäustling ab. »Gespenst, also wirklich! Absoluter Unsinn. Mrs. Fletcher will Fakten hören.«

Jemima machte ein mürrisches Gesicht.

»Du kannst mir gerne von dem Gespenst erzählen, Jemima«, versicherte ihr Daisy. »Aber später.«

»Vielleicht«, sagte das Mädchen unwirsch und wandte sich ab.

Norville runzelte die Stirn. Um ihn abzulenken, fragte

Daisy: »Was ist das für ein hoher Turm auf dem Hügel hinter dem Haus?«

Das Stirnrunzeln hielt an. »Der Prospect Tower. Ich habe keine zuverlässige Information darüber gefunden, aber er stammt wahrscheinlich aus dem späten achtzehnten Jahrhundert und ist wahrscheinlich nur eine nostalgische Narrheit. Möchten Sie ihn fotografieren?«

Daisy überlegte. Sie bezweifelte, dass ihre Fotografierkunst für so eine schwierige Aufnahme ausreichte. »Nein, ich glaube nicht. Aber wie steht's mit der Kapelle am Fluss? Der Bootsmann hat sie erwähnt.«

»Die Kapelle der Heiligen Georg und Thomas Becket. Sie wurde im fünfzehnten Jahrhundert vom ersten Baronet erbaut, Sir Richard Norville – ehe die Norvilles in den Adelsstand erhoben wurden –, und zwar an dem Ort, wo er seinen Feinden durch einen schlauen Trick entkam. Er warf seine Mütze in den Fluss und versteckte sich im Gebüsch. Sie sahen die Mütze schwimmen und glaubten, er sei ertrunken.«

»Das ist eine gute Geschichte«, sagte Daisy und schrieb wie verrückt. »Können Sie mir die Kapelle zeigen?«

»Meine liebe Mrs. Fletcher, es ist so feucht! Nichts ist so nass wie Wälder im Winter. Ich halte mich in der kalten Jahreszeit fern davon, und ich rate Ihnen sehr, das auch zu tun.«

Daisy lachte. »Ach, ich fürchte, ich habe eine Pferdenatur. Ich würde die Kapelle im Wald gerne ansehen. Ist es weit? Wenn Sie mir eine Wegbeschreibung geben, finde ich sie schon selbst.«

»Nein, nicht sehr weit«, gab er vage zu. »Überhaupt nicht weit. Aber Sie täten besser daran, mitzukommen und die Kapelle im Haus anzusehen. Ich habe Ihnen die Fenster gezeigt, wie Sie sich vielleicht erinnern.«

»Später«, sagte Daisy. »Würde es Ihnen sehr viel ausmachen, mein Stativ mit ins Haus zu nehmen? Ich möchte es nicht mit mir herumtragen.«

Sie folgte seiner widerwillig gegebenen Wegbeschreibung und stieg die Terrassengärten hinunter zu einem kurzen, wenn auch dunklen Tunnel, der unter einem Feldweg hindurchführte. *Hier könnte ein Geheimgang enden,* dachte sie.

An diesem düsteren Ort merkte sie plötzlich, dass Jemima sie zwar nicht begleitete, aber mürrisch hinter ihr herschlich. Daisy kam im Talgarten heraus und blieb stehen, um den Fischteich zu bewundern, von dem ein Weg zu einem reetgedeckten Sommerhaus führte. Gleichzeitig wartete sie, damit Jemima sie einholen könnte.

Jemima jedoch trödelte und tat so, als interessiere sie eine blühende Christrose. Jetzt hatte Daisy genug. Sie ging weiter, vorbei an einem überkuppelten Taubenhaus, das uralt aussah und in dem weiße Pfauentauben herumflatterten. Sie blieb stehen, um ein paar Fotos zu machen. Jemima trödelte ihr noch immer hinterher.

Godfrey hatte gesagt, sie müsse sich rechts halten, auf das Tor zu, das zu dem öffentlichen Weg von Brockdene Quay nach Calstock führte. Die Kieswege waren verwirrend, manchmal mit scharfen Kurven, dann und wann unterbrochen von ein paar Stufen. Daisy folgte einem rasch dahinfließenden Bach, der ins Tal zum Fluss führte, spähte durch Bäume und hoffte, dass sie die richtige Richtung eingeschlagen hatte.

Sie musste zugeben, dass der Boden hier ziemlich nass war, manchmal sogar rutschig, und als sie durch das Tor in den Wald trat, warfen die Bäume kalte Schatten. Sie konnte nun doch verstehen, dass jemand, der zu Erkältungen neigte, den Ort meiden würde.

Sie entdeckte mehrere Stechpalmenbüsche, die voller roter Beeren waren, und hoffte, dass der seltsame Haushalt sich nicht gegen Weihnachtsdekoration sträubte. Belinda und Derek würden sich in ihrem Alter noch beschweren, wenn die Feierlichkeiten nicht traditionell waren.

Daisy erreichte die Kapelle, ein kleines, sehr schlichtes Steingebäude halbversteckt hinter Lorbeerbäumen und Rhododendren. Eine Tafel über der Tür berichtete von Sir Richards schlauer Flucht. Drinnen gab es nur zwei Kirchenbänke, die einander gegenüberstanden, dazu einen kleinen Holzaltar mit einfachem Schnitzwerk.

Sie ging um die Kapelle zum Rand des Abhangs und blickte hinunter zum Fluss. Von hier hatte der erste Baronet also seine Mütze geworfen. Seine Feinde mussten ihm dicht auf den Fersen gewesen sein, sonst wäre die Mütze wohl untergegangen oder von der Strömung fortgetragen worden.

Ein Rascheln in den Büschen hinter ihr erschreckte Daisy. Instinktiv machte sie einen Satz zurück, weg von dem Abhang, wo es tief nach unten ging. Ein Sturz aus dieser Höhe wäre schmerzhaft, selbst wenn man im Wasser landete. Oder gestoßen würde.

Gestoßen? Wie kam sie nur darauf? Das war doch nur Jemima dort im Gebüsch, die im Moment kehrtmachte und den Weg zurückging. Das Kind war mürrisch, aber bestimmt nicht hinterhältig.

Daisy kehrte zum Herrenhaus zurück. Godfrey Norville wartete schon, um sie weiter durch die Innenräume zu führen.

»Nur erst mal ein kurzer Rundgang, wenn Sie nichts dagegen haben«, sagte sie. »Ich habe London heute Morgen furchtbar früh verlassen, und ich werde allmählich ein wenig müde, und Mrs. Norville hat mich für halb fünf zum Tee eingeladen. Vielleicht könnten Sie mir nur die interessantesten Sachen zeigen. Ich mache mir eine Liste, dann kann ich morgen weiterforschen.«

Sie trieb ihn etwas an und schaffte es durch den alten Teil des Hauses. Er wollte ihr die Geschichte jeder Waffe erzählen, jedes Möbelstücks, jedes Wandteppichs – und praktisch jede Wand hing voller Gobelins. Ihre Liste wurde viel zu lang, denn sie musste ihn besänftigen, indem sie alles notierte, was er für besonders bemerkenswert hielt. Aber sie konnte ihren Bericht ohne Mühe auf einen lesbaren Umfang kürzen. Um halb fünf kamen sie wieder in der Halle an.

Jemima traf sie dort. »Mummy sagt, wir nehmen den Tee in der Bibliothek, nicht in Grannys Zimmer, weil Sie der Besuch von Lord Westmoor sind«, verkündete sie verächtlich.

»In der Bibliothek?« Daisy konnte sich nicht entsinnen, eine Bibliothek gesehen zu haben.

»Im Ostflügel. Ich soll Ihnen den Weg zeigen.«

»Danke.« Sie überging die schroffe Art des Mädchens und war insgeheim dankbar für die ausgezeichneten Manieren ihrer Stieftochter und ihre liebenswerte Art. Der Kontrast zwischen den Mädchen würde die verwitwete Lady Dalrymple vielleicht mit Belinda aussöhnen.

Andererseits, vielleicht konnte Daisy ihre Mutter auch noch davon abhalten, überhaupt zu kommen. Ein sorgfältig formuliertes Telegramm über die Schwierigkeiten der Anfahrt und die Tatsache, dass der Earl gar nicht anwesend sein würde, erfüllten vielleicht den Zweck. Sie folgte Jemima in den Eingangsbereich des Ostflügels und sah sich nach einem Telefon um.

Dabei fiel ihr auf, dass sie überhaupt keine Leitungen gesehen hatte, als sie die Außenaufnahmen gemacht hatte.

Brockdene hatte keine Elektrizität, was in dieser ländlichen Festung nicht verwunderlich war, aber dann fiel ihr auf, dass es auch keine Gasleitungen gab. Wie das alte Haus wurde der Ostflügel von Öllampen und Kerzen beleuchtet. Ihre Hoffnung, ein Telefon zu entdecken, verpuffte. Das nächste Telegrafenamt war zweifellos in Calstock, zwei Meilen entfernt über schlammige Fußwege.

Lady Dalrymple würde wohl oder übel kommen und das Beste daraus machen müssen, was nicht gerade ein Charakterzug war, den man ihr nachsagen konnte.

Daisy unterdrückte ein Seufzen, dann betrat sie das Zimmer, zu dem Jemima sie geführt hatte. »Bibliothek« war eine unzutreffende Bezeichnung, denn nur an der hinteren Wand befanden sich Bücherregale, die kaum höher als einen Meter waren und rechts und links von einer kleinen Tür standen. Das Zimmer war als Wohnzimmer eingerichtet.

Jemima war verschwunden, aber eine dürre Frau mit blassblondem Haar sprang von einem der riesigen viktorianischen Sofas auf. Dabei ließ sie einen Strumpf fallen, den sie gerade gestopft hatte. Sie kam auf Daisy zu, um sie zu begrüßen.

»Mrs. Fletcher, guten Tag!« Sie sprach mit einer ungestümen Beflissenheit, die etwas Künstliches hatte. Ihre Schneidezähne ließen Daisy an ein Kaninchen denken, das sie einmal als Haustier gehabt hatte. »Ich bin Dora Norville, Mrs. *Godfrey* Norville. Wie entzückend, dass Sie uns besuchen.«

»Ja«, ertönte die träge Stimme eines jungen Mädchens von ungefähr neunzehn oder zwanzig Jahren, das hinter ihr her kam, »die Pardon hat sich doch tatsächlich bereit erklärt, uns Tee zu bringen! Ich bin Felicity Norville, Mrs. Fletcher. Guten Tag!«

Felicity war der Inbegriff dessen, was man ein modernes »aufgewecktes junges Ding« nannte. Ihr blondes Haar war kurzgeschnitten, ihre Lippen knallrot, Augenbrauen und Wimpern schwarzgeschminkt. Ihre knabenhafte Figur wurde betont von einer breiten Schärpe um die Hüften, in der Art, wie Daisy sie nie zu tragen gewagt hätte. Ihr malvenfarbenes Kleid war an einer Seite der Länge nach mit Perlen bestickt, was für den Nachmittagstee auf dem Land reichlich übertrieben wirkte.

Dora Norville trug dagegen einen viel angemesseneren Tweedrock mit einer handgestrickten Jacke und einer Perlenschnur.

Nachdem Daisy die Damen ihrerseits begrüßt hatte, fuhr sie fort: »Ich freue mich sehr, über Brockdene schreiben zu dürfen. Um ehrlich zu sein, es gibt so viel zu entdecken, dass ich gar nicht weiß, wo ich anfangen soll. Was für ein herrliches Anwesen!«

»Das würden Sie nicht sagen, wenn Sie hier leben müssten«, murmelte Felicity.

Daisy lächelte sie mitfühlend an. Die Abgeschiedenheit musste hart sein für ein junges Mädchen, das darauf brannte, flügge zu werden. Falls es vor Ort überhaupt ein Gesellschaftsleben gab, dann wohl eher im Sommer. Außerdem sehnte sich Felicity vielleicht mehr nach den strahlenden Lichtern Londons. Soweit es Daisy bisher einschätzen konnte, würde ihr das aber wohl verwehrt bleiben. Der Hinweis »verarmte Verwandtschaft« schien eine ziemlich präzise Beschreibung, und Lord Westmoor schenkte seiner Sippe offensichtlich wenig Beachtung, abgesehen davon, dass er ihnen ein Zuhause bot.

»Es ist ein Privileg, in Brockdene zu wohnen«, sagte Dora Norville munter. »Ich habe das Anwesen immer bewundert, seit ich klein war.«

»Sie sind hier in der Gegend aufgewachsen?«

»In Calstock, ein Stück flussaufwärts. Ah, da kommt Mutter. Sie haben meine Schwiegermutter doch schon kennengelernt, nicht wahr, Mrs. Fletcher?«

Mrs. Norville kam hereingeeilt, munter wie ein Fohlen, gefolgt von Jemima, die ihre Schals mitbrachte. Dora Norville sprang auf und machte viel Aufhebens um die alte Dame. Sie setzte sie neben den steinernen Kamin, in dem unter einem phantasievoll geschnitzten Kaminsims mit Löwen, Drachen, Putten und Musikanten ein gemütliches Feuer loderte.

»Ist dir warm genug, Mutter?«, fragte Dora Norville besorgt und wickelte ihre Schwiegermutter in die Schals.

»Warm genug, Liebes. Wo ist mein Häkelzeug, Felicity? Ach, da. Danke Liebling. Bis Weihnachten habe ich es fertig für dich.«

»Danke, liebe Gran.« Felicity reichte ihr etwas Filigranes aus lilafarbener Kunstseide und gab ihrer Großmutter einen Kuss auf die Wange.

»Hat mein Sohn Ihnen das alte Gebäude gezeigt, Mrs. Fletcher?«

Sie unterhielten sich ein paar Minuten über das Haus. Dora Norville wurde währenddessen immer unruhiger und sagte schließlich: »Vielleicht sollten Jemima und ich den Tee doch selbst holen.« Sie sprang auf, doch da öffnete sich schon die Tür, und Mrs. Pardon und ein Hausmädchen traten ein. Zu ihrer Freude sah Daisy Brot und Butter und eine gute Auswahl an Kuchen und Keksen, dazu natürlich Tee. Sie war am Verhungern.

»Donnerwetter!«, rief Jemima aus.

Mrs. Pardon spitzte die Lippen. Keiner sagte ein Wort, bis sich die Hausangestellten zurückzogen, lediglich Mrs. Norville dankte ihr.

»Was für eine Auswahl«, näselte Felicity. »Alles Ihnen zu Ehren, Mrs. Fletcher. Nicht, dass man uns hungern lässt, aber der Speiseplan ist meistens eher spartanisch.«

»Es reicht, Felicity«, fuhr ihre Mutter sie an. »Milch und Zucker, Mrs. Fletcher? Jemima, reich bitte Brot und Butter weiter.«

Tee und Unterhaltung mündeten in übliche Gepflogenheiten. Da Daisy gut erzogen war, hielt sie sich mit den Unmengen von Fragen zurück, die aus ihr herausplatzen wollten, aber sie schwor sich, Felicity später allein zu sprechen und sie auszufragen. Sie wirkte ganz so, als würde sie ihr bereitwillig Antworten geben.

Und Daisy musste dringend Antworten bekommen, sonst würde sie vor Neugier sterben.

Kapitel 3

Draußen neigte sich der kurze Wintertag dem Ende zu, als sie mit dem Tee fertig waren. Auch im Haus war es ziemlich dunkel, trotz Petroleumlampen und Kerzen.

Daisys Kerze flackerte im Luftzug, als sie den Weg zur Halle zurückging. Schatten huschten vorüber, und sie musste daran denken, dass Jemima ein Gespenst erwähnt hatte. Wenn sie nur eine elektrische Taschenlampe mitgebracht hätte! Heutzutage hatte das elektrische Licht Gespenster mehr oder weniger vertrieben, aber hier wurden einem die dunklen Jahrhunderte wieder bewusst. Sie ertappte sich dabei, wie sie nervös über die Schulter blickte.

Daisy hatte vorgehabt, sich die andere Kapelle anzusehen, aber das war jetzt doch ein wenig zu unheimlich und beunruhigend. Im schwachen Schein ihrer Kerze würde sie sowieso nicht viel erkennen können. Sie brauchte eine Taschenlampe oder eine gute Laterne.

Mit einem Blick auf den Klingelzug fragte sie sich, ob jemand kommen würde, wenn sie läutete. Einen Versuch war es ja wert.

Als sie gerade nach der Kordel greifen wollte, erklangen leichte Schritte hinter ihr. Erschrocken fuhr sie herum.

»Ich bin's nur.« Felicity wirkte einen Hauch spöttisch. Sie stellte ihre Kerze und eine unangezündete Laterne auf den Tisch. »Ich dachte, Sie könnten das hier wohl gebrauchen. Entschuldigung, habe ich Sie erschreckt?«

»Ja«, gestand Daisy. »Mir ist gerade eingefallen, dass Ihre Schwester ein Gespenst erwähnte. Kennen Sie die Geschichte?«

»Wollen Sie die für Ihren Artikel? Ich kann sie erzählen, aber sie ist nicht besonders interessant. Niemand wurde eingemauert und ist gestorben oder mit einer Geliebten erwischt und dann vom Turm geworfen. Die Geschichte ist nicht mal besonders alt.«

»Was ist passiert?«

»Um ehrlich zu sein, war es ein bisschen wie in *Mansfield Park*. Im späten achtzehnten Jahrhundert wurde eine verarmte junge Cousine nach Brockdene gebracht, um der verwitweten Gräfin Gesellschaft zu leisten. Sie gewöhnte sich daran, verhältnismäßig gut zu leben; und als die alte Dame starb, wollte sie nicht nach Hause zurück. Ich glaube nicht, dass sie sich tatsächlich umgebracht hat, aber sie lebte nicht mehr lange, nachdem man sie fortgeschickt hatte. Irgendwann kam sie zurück und spukte an dem Ort, wo sie glücklich gewesen war, so geht die Geschichte.«

»Famos!«, sagte Daisy und schrieb eilig mit. »Na ja, sie tut mir natürlich leid, aber es verleiht meinem Artikel doch ein wenig Würze. Vermutlich läuft sie nicht herum und rasselt mit Ketten?«

»Nein, sie ist nur ein junges Mädchen, ungefähr in meinem Alter, denke ich, weißgekleidet, und wandert von Zimmer zu Zimmer. Nicht, dass ich sie jemals gesehen hätte«, bestritt Felicity eilig. »Ich glaube nicht an Gespenster.«

»Ich auch nicht«, sagte Daisy mit besonderem Nachdruck, denn vor ein paar Minuten hatte sie fast doch daran geglaubt. »Danke für die Laterne, Miss Norville. Ich wollte gerade nach einer läuten.«

»Womöglich hätte sogar jemand darauf reagiert, weil

man ja weiß, dass Sie hier wohnen. Aber bitte, nennen Sie mich doch Felicity, ja?«

»Und ich heiße Daisy. Ich wollte Mrs. Pardon auch fragen, ob es wohl ein Fahrzeug gibt für meine Mutter, wenn sie Sonntag ankommt. Auch für meine Schwester – sie ist in froher Erwartung, und es geht ja steil bergauf von Brockdene Quay.«

»Es gibt Pferdefuhrwerke.« Felicitys Lippen zuckten, als sie Daisys bestürztes Gesicht sah. »Oder den Ponywagen. Er wird im Winter nicht oft benutzt wegen des Zustands der Wege, aber ich denke doch, für die Dowager Viscountess würden sie das Pony von der Weide holen. Das ist doch der Titel Ihrer Mutter, nicht?«

Daisy lachte. »Ja, und meine Schwester ist Lady John.«

»Darf ich das der Pardon ausrichten?«, bat Felicity. »Es wäre einfach zu köstlich, ihr eine Anordnung zu erteilen, der sie sich nicht verweigern kann.«

»Oh. Aber natürlich.«

»Sie müssen uns alle für verrückt halten. Aber verstehen Sie, wir sind die arme Verwandtschaft, wie das Mädchen aus der Gespenstergeschichte, und wir werden hier nur geduldet. Außer Gran zumindest. Im Testament des Sechsten Earls ist verfügt, dass sie ihr ganzes Leben lang auf Brockdene wohnen darf. Wenn sie stirbt, werden wir alle hinausgeworfen.«

»Keine sehr angenehme Aussicht.«

»Nun ja«, sagte Felicity voller Gleichgültigkeit, doch Daisy war nicht sicher, ob diese echt oder vorgetäuscht war. »Ich denke doch, dass ich bis dahin verheiratet bin und dass Miles mit der Ausbildung fertig ist. Gran mag ja winzig sein, aber sie ist kerngesund und wird noch lange leben. Meine Eltern kümmern sich sehr gut um sie, kann ich Ihnen versichern, wenn sie auch ansonsten den Kopf in den Sand stecken. Miles ist tatsächlich der Einzige unter uns, der zurechnungsfähig ist.«

»Miles?«

»Mein Bruder. Er wird zum Abendessen zu uns stoßen. Er ist fest angestellt im Büro meines Großvaters in Calstock. Grandpa ist Anwalt. Ich nehme mal an, dass er und Miles unsere Eltern und Jemima früher oder später aushalten müssen. Er hat Miles die Schule bezahlt, und ohne das Kleidergeld, das er Mutter zuteilt, würden wir nicht auskommen. Die Jahresrente, die der Sechste Earl Gran hinterlassen hat, reicht heutzutage nicht aus. Nicht viel des sogenannten ›Kleidergeldes‹ wird für Kleidung ausgegeben, kann ich Ihnen versichern.«

»Aber was für schöne Arbeiten Ihre Großmutter macht«, sagte Daisy diplomatisch.

Felicity sah an ihrem Kleid hinunter. »Ja, sehr geschickt, nicht? Und ihre gestrickten Sachen ebenfalls. Sie hat versucht, mir Stricken beizubringen, aber mir fehlt die Geduld dazu. Was mich nicht davor bewahrt, beim Stopfen zu helfen. Jemima strickt nicht schlecht für ihr Alter. Zumindest Daddy trägt, was sie so fabriziert.«

»Die grüne Weste«, riet Daisy.

»Die meisten Fehler sind unter seiner Jacke versteckt«, sagte Felicity grinsend. »Ich freue mich so, dass Sie zu Besuch gekommen sind, Daisy. Die meisten der Leute, die uns Westmoor vor die Nase setzt, sind muffige alte Historiker. Manchmal glaube ich, ich würde alles dafür tun, um hier wegzukommen! Um einfach jemanden zu haben, mit dem man reden kann … Ich freue mich richtig auf Weihnachten!«

»Ich auch«, sagte Daisy, was nur teilweise stimmte. Derek und Bel und Dereks kleiner Bruder würden ihr Freude bereiten; ihre Mutter und die von Alec würde sie dagegen einfach ertragen müssen. »Aber ich muss etwas arbeiten, ehe die anderen kommen. Gibt es Holzspäne zum Anzünden der Laterne?«

Felicity fand Anzünder neben dem Kamin. Die Laterne machte gleich ein viel helleres Licht, und Felicity hatte genug von ihrem Vater gelernt, um Daisy so viele Informationen zu liefern, wie sie brauchte. Sie gingen durch die Halle und betrachteten Armbrüste und Radschlosspistolen, Brustpanzer und Husarenhelme, indische Säbel und einen Zulu-Schild, den Kieferknochen eines Wals und den Kopf eines Albatrosses.

»Und hier ist die Ritze«, sagte Felicity und hielt die Laterne hoch, als sie die westliche Wand erreichten.

»Ritze?«

»Sagen Sie bloß nicht, Daddy hat Ihnen nicht seinen ganzen Stolz gezeigt!« Sie deutete auf ein Loch in der Wand über ihren Köpfen.

»Ich habe ihn ziemlich gescheucht. Was ist das?«

»Ein Guckloch. Es ist in einer Nische hinter dem Wandbehang im Südzimmer, das Teil der Privatgemächer war – des mittelalterlichen Wohnbereichs der Familie. Der Gutsherr konnte so auf seine Bediensteten hinunterblicken und darauf achten, dass sie sich benahmen. Es gibt noch eines mit Blick in die Kapelle, damit die Gutsherrin am Gottesdienst teilnehmen konnte, ohne sich unter das Volk mischen zu müssen.«

»Wirklich sehr mittelalterlich!«, sagte Daisy, und beide lachten. »Das ist interessant. Ich werde morgen durch das Guckloch nach unten schauen. Jetzt gehe ich aber besser und tippe meine Notizen ab. Bei dem schlechten Licht werde ich sie morgen womöglich nicht mehr lesen können. Vielen Dank für Ihre Hilfe.«

In ihrem Zimmer war inzwischen ein Feuer entzündet

worden, und es brannte eine Petroleumlampe, in deren Schein Daisy recht gut tippen konnte. Ihre Ausbildung zur Sekretärin kam ihr eindeutig zustatten, sosehr sie die kurze Zeit als Stenotypistin auch gehasst hatte.

Felicity Norville sollte sich darauf vorbereiten, ihren Lebensunterhalt selbst zu verdienen, fand Daisy. Schön und gut, dass sie hoffte, verheiratet zu sein, ehe ihre Großmutter starb, aber nachdem im Krieg so viele junge Männer gefallen waren … Andererseits, vielleicht war sie ja bereits verlobt. Seltsam allerdings, dass sie nichts davon erwähnt hatte, wenn dem so war. Die meisten Mädchen, die in festen Händen waren, konnten doch über nichts anderes sprechen.

Daisy wusch sich – zumindest die Wasserleitungen waren eher viktorianisch als mittelalterlich – und zog sich zum Abendessen um. Als sie nach unten in die Bibliothek ging, fand sie einen schlanken jungen Mann im Smoking vor, der am Kaminsims lehnte und ins Feuer starrte.

»Guten Abend«, sagte sie und trat näher. »Sie müssen Miles Norville sein.«

Er wandte sich zu ihr um. Er sah älter aus, als sie erwartet hatte, mehrere Jahre älter als Felicity. Als er sich ganz umdrehte, sah sie den leeren Ärmel, der über seiner Brust befestigt war. Alt genug also, um am Krieg teilgenommen zu haben.

»Guten Abend.« Er hatte ein bezauberndes Lächeln. »Ja, ich bin Miles. Und Sie sind zweifellos Mrs. Fletcher. Kann ich Ihnen etwas zu trinken anbieten?« Er deutete auf die kleine Tür zwischen den Bücherregalen, die Daisy bereits neugierig gemacht hatte. »Der Keller hat leider nicht allzu viel zu bieten, aber es gibt einen ganz anständigen Sherry.«

Er kam vortrefflich gut mit der Flasche und dem Glas

zurecht, und Daisy verkniff es sich, ihm zu helfen. Als sie während der letzten Kriegsjahre in der Lazarettverwaltung gearbeitet hatte, hatte sie gelernt, wie wichtig es war, die kriegsversehrten Männer alles selbst machen zu lassen.

»Ist das ein Weinkeller?«, fragte sie.

»Wir lagern unsere wenigen Flaschen dort. Keiner scheint zu wissen, was für ein Raum das früher war, nicht mal mein Vater. Es ist einfach ein kleiner fensterloser Raum mit einer stabilen Tür.«

»Ein Kerker?«

»Direkt neben der Bibliothek?«, fragte Miles zurück. »Meine Vorfahren waren ja vielleicht keine großen Leser, aber trotzdem ...!«

»Nein, wohl eher nicht.« Mit dem Glas in der Hand ließ Daisy den Blick über die Regale gleiten. »Scheint sich durchweg um eher leichte Lektüre zu handeln. Sie müssen Ihre Bücher wohl woanders aufbewahren – wie ich höre, sind Sie im Rechtswesen tätig? Mein Mann arbeitet in einem ähnlichen Bereich. Er ist Polizist.«

»Mr. Fletcher? Aber ich dachte, Ihre Mutter sei ... Oh Verzeihung!«

»Ja, meine Mutter ist die Dowager Viscountess Lady Dalrymple«, sagte Daisy unglücklich, »aber ich bin mit einem Detective von Scotland Yard verheiratet. Hat Lord Westmoor das gar nicht erwähnt? Wenn die anderen es nicht wissen, dann sagen Sie bitte nichts. Alec zieht es vor, inkognito zu bleiben, wenn er freihat.«

»Aber sicher. Er ist also bei Scotland Yard? In unserer Kanzlei geht es eher selten um Strafrecht.«

Sie unterhielten sich über die verschiedenen Aspekte der Juristerei, bis Godfrey, Dora Norville und Jemima hereinkamen. Die alte Mrs. Norville und Felicity folgten schon bald, und gemeinsam begab man sich ins Esszimmer.

Ein Hausmädchen bediente sie und wurde von Mrs. Pardon aus dem Hintergrund überwacht. Es war offensichtlich, dass das Mädchen nicht daran gewöhnt war, zu servieren. Und es war ebenso offensichtlich, dass die Norvilles es nicht gewöhnt waren, bedient zu werden. Jemima stapelte sogar mehrere leere Suppenteller, bis Felicity es bemerkte und sagte: »Lass das sein, du kleine Idiotin!«

»Ich bin keine Idiotin! Mummy, sag ihr, sie soll mich nicht Idiotin nennen.«

»Das war absolut unnötig, Felicity. Jemima wollte nur helfen. So, und damit Schluss, ihr beiden. Was soll Mrs. Fletcher denn von euren Manieren halten?«

Mrs. Fletcher vermied es gezielt, sich um die Aufregung zu kümmern. Sie wandte sich an Godfrey Norville und befragte ihn zu der Vielzahl von Schwertern, Säbeln und Degen, die in der Halle hingen. So war sie die ganze Mahlzeit über beschäftigt.

Er versorgte sie mit weit mehr Informationen, als sie jemals würde verwenden können. Sie war froh, dass sie ihr Notizbuch nicht mitgebracht hatte, sonst wäre sie überhaupt nicht zum Essen gekommen.

Das Dinner bestand aus einer guten, einfachen Mahlzeit. Wahrscheinlich hatte Lord Westmoor die Köchin eingestellt, um sein Personal zu bekochen, nicht die Verwandtschaft, für die er so wenig übrighatte. Die Zutaten waren immerhin alle frisch, stammten von der Farm des Anwesens und waren eine Gaumenfreude an sich, verglichen mit den schlaffen Angeboten aus Londoner Läden. Nachdem sie während ihrer Jahre als Junggesellin von Eiern, Käse, Dosensuppen und Ölsardinen gelebt hatte, war Daisy ohnehin nicht besonders wählerisch.

Nach dem Essen wurde Jemima zu Bett geschickt, und die anderen zogen sich auf einen Kaffee in die Bibliothek zurück. Daisy erkundigte sich nach den Farmen und den Kalköfen unten bei Brockdene Quay. Mr. Norville konnte ihr nichts dazu sagen und war auch offensichtlich nicht daran interessiert.

»Ich kann erklären, wie die Brennöfen funktionieren«, sagte Miles. »Als Junge war ich davon fasziniert, da ich zuvor noch nie eine Fabrik gesehen hatte.«

»Sie sind ja auch tatsächlich ziemlich unheimlich«, stimmte ihm Daisy zu.

»Und im Sommer habe ich immer auf dem Bauernhof des Anwesens ausgeholfen, aber das war vor dem Krieg, daher ist mein Wissen leider etwas angerostet.«

»Ich kann mir denken, dass sich viel verändert hat. Was wird dort angebaut, oder geht es vor allem um Viehhaltung?«

»Ich weiß noch, dass ich im Frühling Lämmer mit der Flasche aufgezogen habe«, sagte Felicity.

So unterhielt man sich eine Weile; dann entschuldigte sich Miles, um sich mit einigen Unterlagen zu befassen, die er mitgebracht hatte. Mrs. Norville nahm ihre Häkelarbeit auf. Mrs. Dora Norville schlug eine Partie Bridge vor.

Das würde der Dowager Viscountess gefallen, dachte Daisy. Ehe sie zugeben musste, dass sie nicht spielte (sie hatte es sogar gewissenhaft vermieden, das Spiel zu lernen), sagte Felicity: »Ach nein, Mutter, ich glaube, ich mache noch einen kleinen Spaziergang. Ich könnte etwas frische Luft vertragen.«

»Wir haben Dezember, du wirst dir den Tod holen.«

»Unsinn! Es ist ein lauer Abend, und ich ziehe etwas Warmes an.« Ohne weitere Erklärungen ging sie hinaus.

Dora Norville sah ihr stirnrunzelnd nach. »Mädchen!«,

sagte sie zu Daisy. »Immer launisch. Mit Miles hatte ich nie solche Sorgen.«

Miles, der mitgehört hatte, sagte grinsend: »Ich war auf dem Internat, Mutter, und dann in der Armee. Ich hatte gar nicht die Möglichkeit, dir Sorgen zu bereiten. Was Flick braucht, ist etwas, womit sie sich beschäftigen kann.«

»Felicity möchte nach London gehen und am gesellschaftlichen Leben teilnehmen, aber da besteht keine Chance!«

»Ich nehme an, dass sie im Sommer glücklicher ist«, sagte Daisy taktvoll, »da ist es einfacher, sich mit den ansässigen jungen Leuten zu treffen.«

»Oh ja, es gibt immer viele Tennispartien und Picknicks und Fahrten ans Meer, zusammen mit Freunden. Letzten Sommer war sie kaum einen Tag zu Hause, aber das bereitet einem auch Sorgen. Ich wusste nie genau, mit wem sie sich trifft.«

Daisy konnte dazu nichts Beruhigendes sagen. Sie war erleichtert, als Mr. Norville sie zu sich rief, um mit ihr die Pläne einer Uhr aus dem fünfzehnten Jahrhundert anzusehen. Sie befand sich in der Kapelle. Als er ihr den Mechanismus zu erklären versuchte, verstand sie kein Wort; auf ihrer Mädchenschule hatte man Mechanik und Physik für unpassend gehalten.

Sie zog sich bald zurück und beschloss, dafür früh aufzustehen, um das Tageslicht auszunutzen. Wenn es wieder sonnig sein sollte, würde sie vielleicht sogar ein paar Innenaufnahmen wagen.

*

Als sie am nächsten Morgen hinunterging, saß Miles bereits am Tisch.

»Ein warmes Frühstück«, sagte er fröhlich und deutete auf die Reihe von Platten, die auf Rechauds warmgehalten wurden, »und zwar Ihnen zu Ehren. Wenn Sie nur öfters zu Besuch kämen! Versuchen Sie die Würstchen, sie sind aus eigener Schlachtung.«

»Mmm, sie riechen köstlich.«

Sie war noch lange nicht fertig, als Miles sie schon verlassen musste, um nach Calstock in die Kanzlei zu gehen. »Heute ist Samstag, daher bin ich gegen Mittag zurück«, sagte er zu ihr, »und dann habe ich vier freie Tage! Man hat uns Montag freigegeben, Dienstag ist dann ja Weihnachten. Ihre Familie kommt morgen?«

»Ja, am Nachmittag.«

»Wie schön, an Weihnachten Kinder hierzuhaben. Ich muss los. Cheerio, Mrs. Fletcher.«

Daisy beendete ihr Frühstück, ohne dass jemand sich blicken ließ, dann ging sie ins alte Haus. Sie machte sich Notizen und schrieb Fragen auf, dann wanderte sie vom alten Speisesaal in die Kapelle und wieder zurück ins Herrenzimmer mit seinen kleinen Weinregalen, die jetzt leer waren. Von dort führte eine steile, schmale Steintreppe ins Weiße Zimmer im Holländischen Turm hinauf.

Über dem Weißen Zimmer befand sich der Salon. Mit seinen drei Fenstern war er jetzt lichtdurchflutet. Die wertvollsten Stücke hier waren zwei Kissen, auf denen König Georg III. und Königin Charlotte gesessen hatten, aber sie waren nicht besonders attraktiv. Das fotogenste Stück war der italienische Sekretär mit den Geheimfächern. Daisy überlegte, ihn zu fotografieren, aber wenn die nackten Figuren zu erkennen wären, würde ihr Verleger wahrscheinlich vor dem Druck zurückschrecken.

Die Halle und der Speisesaal mussten jetzt jedoch in der

Sonne liegen, und beide waren ein Foto wert. Daisy begab sich also wieder nach unten.

Den Rest des Vormittags verbrachte sie damit, in eben-diesen Räumen Fotos zu machen. Beim Mittagessen konnte sie die Fragen stellen, die sie sich notiert hatte, und der jederzeit hilfsbereite Godfrey Norville beantwortete sie mit der üblichen Flut an Informationen. Er hörte erst damit auf, als man aus dem Korridor das Trampeln von Stiefeln hörte.

»Wir kommen doch wohl nicht zu spät zum Mittag-essen, hoffe ich, Mr. Calloway?«, rief eine herzliche Stimme. »Kommen Sie rein, kommen Sie rein, guter Mann. Sie müssen so hungrig sein wie ich.«

»Onkel Vic!« Felicity sprang auf.

Die Tür flog auf. Ein großer, von Wind und Wetter ge-bräunter bärtiger Mann in einem Mantel mit Goldtressen stand in der Tür. »Mutter, dein fahrender Sohn ist wieder zu Hause. Wie geht es dir, meine Liebe?« Er kam mit gro-ßen Schritten auf sie zu, beugte sich hinunter und gab sei-ner Mutter einen Kuss, dann stemmte er die Hände auf die Lehne hinter ihrem Stuhl und sah sich mit offensichtli-cher Zufriedenheit um. »Dein ergebener Diener, Dora. Fe-licity, du bist ja inzwischen eine junge Dame, meine Güte! Jemima, komm und gib deinem alten Onkel einen Kuss. Nun, Godfrey, wie geht es dir, alter Junge? Und Miles, mein Guter, schön, dich wiederzusehen.«

Allgemeines Begrüßungsgeplauder schlug ihm entge-gen. Soweit Daisy das beurteilen konnte, waren alle er-freut, ihn zu sehen. Keiner schien jedoch den Mann zu be-merken, der jetzt in der Tür stand.

Der Mann, den Victor Norville als Calloway angespro-chen hatte, war ein älterer Geistlicher, eine große dünne Gestalt in schwarzer Kleidung mit Beffchen. Sein gelbliches Gesicht mit strengen Zügen wirkte resigniert und müde. Er schien nicht recht zu dem herzlichen Kapitän zu passen.

Victor Norvilles Stimme, gewöhnt an steife Brisen und krachende Wellen, übertönte das Geplapper. »Dora, ich habe einen Gast mitgebracht. Ich hoffe doch, er wird deinen Haushalt nicht zu sehr durcheinanderbringen.«

»Wir haben bereits einen Gast, Victor«, machte ihn Dora Norville auf Daisy aufmerksam. »Mrs. Fletcher«, wandte sie sich an Daisy, »wie Sie wohl bereits vermutet haben, ist das mein Schwager, Kapitän Norville.«

Der Kapitän umschloss Daisys Hand mit seiner Pranke. »Erfreut, Ihre Bekanntschaft zu machen, Ma'am. Sie sind um einiges hübscher als mein Gast! Nichts für ungut, Calloway, aber das können Sie nicht bestreiten. Das hier ist Reverend Calloway, der mich aus Indien herbegleitet hat.«

Inzwischen hatten Felicity und Jemima zwei weitere Gedecke auf den Tisch gestellt. Kapitän Norville gefiel Daisy, doch sie entschuldigte sich, um zu ihrer Arbeit zurückzukehren. Sie wollte das Familientreffen nicht stören.

Als sie gehen wollte, hielt Miles sie auf und teilte ihr mit, dass er vom Postamt in Calstock zwei Briefe für sie mitgebracht habe. Sie holte sie von dem vollgestellten Tisch in der Eingangshalle.

Einer der Briefe war von Violet, und Belinda hatte ihn mit ihrer säuberlichen Handschrift umadressiert. Der andere war von Alec. Er musste ihn geschrieben haben, kurz nachdem Daisy den grässlich frühen Zug nach Plymouth genommen hatte.

Sie riss ihn auf dem Weg nach oben zu ihrem Zimmer auf und betete, dass er nicht vom plötzlichen Auftreten einer Mordserie ans andere Ende des Landes gerufen worden war und sein Urlaub doch noch geplatzt war.

Sie überflog das Schriftstück, und als sie sich in den Stuhl am Fenster fallen ließ, brach sie in lautes, erleichtertes Gelächter aus. Seine Mutter hatte beschlossen, Weihnachten bei ihrer Schwester in Bournemouth zu verbringen! Daisy musste es also nur noch mit ihrer eigenen Mutter aufnehmen.

Einen Moment später legte sie den Brief ihrer Schwester seufzend beiseite. Johnnie fand, dass es Violet nicht gut genug ging für diese Reise. Derek sei am Boden zerstört. Nun, Belinda würde genauso bestürzt sein, und Daisy musste alleine mit ihrer Mutter fertig werden.

»Mist!«, sagte sie. Sie setzte sich an den Schreibtisch, um ihrer Schwester zu antworten. Als sie fertig war, wurde ihr klar, dass sie den Brief wohl nicht vor dem zweiten Feiertag aufgeben konnte, es sei denn, sie ging selbst zu Fuß nach Calstock. »Wie ärgerlich! Na gut, zurück an die Arbeit.« Sie setzte sich an die Schreibmaschine und übertrug Godfrey Norvilles Antworten auf ihre Fragen.

Die Hauswirtschafterin musste wohl informiert werden, dass die Forbishers und Mrs. Fletcher Senior nun doch nicht kommen würden. Daisy machte sich auf die Suche nach Mrs. Pardon und fand sie im Küchenhof.

»Nun, ich muss Ihnen gestehen, Madam, dass ich recht erleichtert bin. Ich hätte sonst jemanden im alten Haus unterbringen müssen, das keineswegs geeignet ist, das lässt sich nicht leugnen.«

Daisy ergriff die Gelegenheit, den Bau mit den Küchen, Vorratskammern, Spülküchen und Waschküchen anzusehen, die um den Hof gruppiert waren und noch benutzt wurden, obwohl sie aus derselben Zeit wie das alte Haus stammten. Dann machte sie sich zu dem Roten Zimmer auf.

Es lag über dem Herrenzimmer und war im Mittelalter

Teil des Wohnbereichs gewesen. An dem riesigen Himmelbett hingen scharlachrote Vorhänge, daher der Name. Die Gobelins an den Wänden waren besonders auffallend, vor allem eine überlebensgroße Schlachtszene, aber es gab auch drei Wandbilder mit spielenden Kindern. Nur widerwillig sah Daisy ein, dass das Licht zu schwach für Fotos war, doch das Südzimmer mit seinen großen Fenstern zum Hof würde heller sein.

Daisy betrat den Raum. Hier hingen weitere herrliche Wandbehänge, die gut beleuchtet waren, doch Daisy interessierte sich für das, was sie verbargen – das Guckloch, von dem Felicity erzählt hatte.

Die rechte Ecke musste zur Kapelle hin liegen. Daisy zog den Wandbehang beiseite und entdeckte zu ihrer Freude eine Nische, die groß genug für zwei oder drei gedrängt stehende Personen war, sowie die versprochene Öffnung in der Mauer. Die Menschen, die von hier aus dem Gottesdienst folgten, konnten vom Pastor gesehen werden, nicht jedoch von der Gemeinde, womit der Anstand der Damen gesichert war, nahm Daisy an.

Sie durchquerte den Raum, um das zweite Guckloch in die Halle zu suchen. Als sie den Wandbehang zur Seite zog, sah sie jemanden vor sich in der Nische, eine undeutliche Gestalt im Schatten.

Und aus der Halle unten erklangen die Stimmen von zwei aufgebrachten Herren, die sich anschrien.

Kapitel 4

Wenn Daisy allein gewesen wäre, hätte sie vielleicht der Versuchung nachgegeben, gegen jedes Prinzip eines damenhaften Betragens, das ihr schon in frühen Jahren eingebläut worden war. Da aber schon jemand in der Nische war, kam Lauschen leider nicht in Frage, vor allem, da sich die Person nun zu ihr umdrehte.

Daisy wich mit einem Wort der Entschuldigung zurück. Jemima folgte ihr in den von der Sonne durchfluteten Raum. Sie wirkte aufgebracht.

Daisy war nicht verwundert. Obwohl sie nicht verstanden hatte, worum es in der Auseinandersetzung ging, hatte sie doch die Stimmen der Streitenden erkannt. Godfrey Norvilles Stimme war ihr inzwischen vertraut, und die zweite Stimme konnte nur die seines Bruders sein. Die Freude über die Rückkehr des Kapitäns hatte nicht lange angehalten.

»Alles in Ordnung, Jemima?«, fragte Daisy. »Ich habe deinen Vater und deinen Onkel streiten gehört, aber es hatte nichts mit dir zu tun, oder?«

Jemima starrte sie missmutig an. »Ich weiß nicht. Ich habe nicht verstanden, was sie gesagt haben.« Sie rannte aus dem Zimmer.

Daisy war ziemlich sicher, dass das Mädchen log, aber schließlich ging es sie nichts an. Mit einem Schulterzucken beschloss sie, das Guckloch später zu untersuchen. Sie richtete ihre Aufmerksamkeit auf die Möblierung des Süd-zimmers. Dazu gehörte ein Sekretär aus Walnussholz mit – laut Godfrey – Geheimfächern wie bei dem im Salon. Zu ihrer Verärgerung konnte sie kein einziges finden.

Als sie fertig war, schwand bereits das Licht, und sie brauchte dringend eine Tasse Tee. Sie kehrte in ihr Zimmer zurück, um sich etwas frisch zu machen. Dann machte sie sich zum Wohnzimmer der alten Mrs. Norville auf, um her-auszufinden, ob die Teezeremonie an ihren angestammten Ort zurückgekehrt war.

Mrs. Norville setzte gerade die letzten Stiche an ihre Sti-ckerei. »Tee wieder in der Bibliothek«, sagte sie auf Daisys Frage.

»Ich hoffe, dass es Ihnen nicht zu viel wird, ständig trepp-auf, treppab zu gehen?«

»Keineswegs, meine Liebe.« Die alte Dame lächelte sie äußerst freundlich an. »Im Gegenteil, es tut mir gut. God-frey und Dora neigen dazu, mich in Watte zu packen, auch wenn der Doktor immer wieder schwört, dass mit mir al-les in Ordnung ist bis auf ein paar kleinere Beschwerden hier und da, was dem Alter zuzuschreiben ist.«

»Mutter?« Kapitän Norville fegte ins Zimmer wie eine frische Brise. »Hallo, Mrs. Fletcher! Was, kein Tee? Haben sich die Gepflogenheiten geändert, seit ich das letzte Mal hier war?«

»Tee heute in der Bibliothek, lieber Victor, zu Ehren un-seres Gastes. Kommen Sie herein, kommen Sie, Mr. Callo-way«, forderte sie den Geistlichen auf, der mit dem Kapi-tän gekommen, aber auf der Schwelle stehen geblieben war. »Ich bin gleich bei Ihnen.« Sie vernähte den Faden, faltete das Tuch und räumte Nadel und Stickseide weg.

Aber Reverend Calloway starrte voller Entsetzen auf die bunten Abbildungen, die im Raum verteilt waren. »Heidnische Götzenbilder!«, rief er aus. »Mein Leben habe ich damit zugebracht, diese Dämonen zu bekämpfen. Ich hätte nicht erwartet, dass man sie in meinem eigenen Land verehrt. Madam, es wäre besser gewesen, Sie wären Ihr Leben lang eine Heidin geblieben, als unseren Herrn anzunehmen und ihn dann zu verleugnen!«

»Blödsinn!«, rief der Kapitän. »Mein lieber Herr, meine Mutter ist eine Christin wie Sie und ich und Mrs. Fletcher. Ich selbst habe ihr diesen Tand geschenkt, einfach als Erinnerung an ihr Heimatland. Zierrat sind sie, nichts als Zierrat, das versichere ich Ihnen.«

»Ah ja.« Calloway sah ihn eindringlich und argwöhnisch an. »Wenn das so ist, Kapitän. Aber es ist dennoch höchst beunruhigend.«

Mrs. Norville sah ziemlich bestürzt aus. Daisy beschloss, dass es an der Zeit war, sich einzumischen.

»Ich finde den Kerl mit dem blauen Gesicht besonders lustig«, sagte sie munter. »Er erinnert mich etwas an Picassos Blaue Periode.«

»Picasso?«, fragte Calloway mit gerunzelter Stirn.

»Pablo Picasso, der französische Maler. Oder ist er Spanier? Viel, viel zu modern auf jeden Fall. Herrje, lassen Sie uns nach unten zum Tee gehen. Ich bin ganz ausgetrocknet.«

Sie zwang den Geistlichen regelrecht, sie zu begleiten, damit ihnen die Norvilles folgen konnten. Während sie weiter unsinnig über moderne Kunst plauderte – ein Gebiet, auf dem sie sich nicht besonders auskannte, jedoch hoffte, dass Calloway es noch weniger beherrschte –, fragte sie sich, was zum Teufel den Kapitän geritten haben mochte, diesen grimmigen Missionar mitzubringen.

So, wie sie den Kapitän erlebt hatte, war Daisy überzeugt, dass er aus einem liebenswürdigen Impuls gehandelt hatte. Vielleicht hatte er angenommen, dass sich Mrs. Norville gerne mit jemandem unterhalten würde, der sein Leben in Indien verbracht hatte. Wahrscheinlicher noch war, dass Calloway an Weihnachten allein gewesen wäre, und Victor Norville nicht bedacht hatte, dass er einen Schatten auf die Festtage werfen könnte. Vielleicht war es das gewesen, worüber Victor und Godfrey sich gestritten hatten.

Wie am Tag zuvor erschien Godfrey Norville nicht zum Tee. Da sie nun den Umgang der Brüder miteinander nicht beobachten konnte, zerschlug sich Daisys Hoffnung, mehr über die Auseinandersetzung herauszufinden. Ob die Anspannung, die sie beim Rest der Familie zu verspüren meinte, dafür verantwortlich war?

Sie hätte den Finger nicht darauf legen können. Sie schienen etwas aufgebracht, anders als gestern, als sie eher zurückhaltend gewesen waren. Vielleicht erklärte schlicht die belebende Anwesenheit von Kapitän Norville die Veränderung. Außerdem stand Weihnachten kurz bevor, und alle waren in Erwartung unbekannter Gäste, die morgen eintreffen sollten.

Daisy hatte weder Mrs. Norville noch ihre Schwiegertochter darüber informiert, dass sich die Anzahl der Gäste verringert hatte, daher holte sie das jetzt nach.

Alle drückten ihr Bedauern aus. Calloway hingegen platzte heraus: »Reisen an einem Sonntag! Als ich England verließ, reisten anständige Leute sonntags nicht zu ihrem Vergnügen umher, höchstens, wenn sie durch die Umstände gezwungen wurden. Was für ein trauriger Sittenverfall!«

Daisy vermutete zwar, dass ihn seine Erinnerung täuschte, doch sie fragte höflich: »Wann haben Sie England verlassen, Mr. Calloway?«

»Sofort nach meiner Ordinierung. Ich wurde dazu berufen, mich der Heiden anzunehmen, und auf diesem Gebiet habe ich über fünfzig Jahre gearbeitet.«

Er musste dann wohl über siebzig sein, überschlug Daisy, auch wenn er nicht danach aussah. Das tropische Klima war ihm anscheinend bekommen. »Immer in Indien?«, fragte sie.

»Immer in Indien«, bestätigte er und warf einen bedeutungsvollen Blick auf Mrs. Norville. »Natürlich kam ich ab und zu nach Hause, allerdings nicht in den vergangenen Jahren. Wie ich sehe, hat sich England nicht zu seinem Vorteil gewandelt.«

»Der Krieg hat vieles verändert«, sagte Daisy. Sie füllte ihre Teetasse nach und ergriff dabei die Gelegenheit, den eifernden Missionar gegen den unterhaltsameren Miles einzutauschen.

»Ich entschuldige mich für den alten Griesgram«, sagte dieser, als sie sich neben ihn setzte. »Er ist eine ziemliche Nervensäge, oder?«

»Oje, hat man mir das angesehen?«

»Nein, nein! Leider ist der Reverend aus bestimmtem Grund hier und wird über Weihnachten bleiben. Onkel Victor hat mir erzählt, was oben in Grans Zimmer vorgefallen ist. Hinter seinem plumpen, vertraulichen Getue ist Onkel Vic ein famoser Kerl. Übrigens hofft er, dass Sie die Angelegenheit nicht vor dem Rest der Familie erwähnen.«

»Natürlich nicht.«

»Ich möchte Ihnen danken«, sagte Miles verlegen, »dass Sie Gran in Schutz genommen haben.«

»Der Kerl mit dem blauen Gesicht ...«

»Krishna.«

»Krishna hat mich tatsächlich an Picasso erinnert. Alles in allem ziehe ich Krishna vor.«

Miles lachte, dann ließen sie das Thema fallen.

Während des übrigen Tages und am folgenden Vormittag sah Daisy die Norvilles und ihren geistlichen Gast nur bei den Mahlzeiten. Sie versuchte verzweifelt, ihren Artikel, wenn schon nicht zu schreiben, so zumindest zu entwerfen, ehe ihre eigene Familie eintraf. Sie musste Unmengen Material durchforsten, mit dem sie ein wunderbar lebendiges Bild erstellen konnte.

Am Sonntag, eine Stunde nach dem Mittagessen, hatte sie ihren Entwurf so weit fertig und konnte die Arbeit beenden. Der Nachmittag war bewölkt, aber immer noch mild, und es drohte kein Regen. Sie wollte zum Anleger gehen, um Alec, Belinda und die Dowager Viscountess abzuholen. Sie konnte nicht genau sagen, wann das Boot eintreffen würde, aber zumindest wusste sie, dass der Paddington-Plymouth-Express sonntags eine Stunde später fuhr.

In der Eingangshalle stieß sie auf Felicity und Miles, die ihrerseits die Neuankömmlinge begrüßen wollten, und so folgten sie alle dem Ponywagen die Auffahrt hinunter.

»Wir wollten nicht beim Essen mit Ihnen darüber sprechen«, sagte Felicity, »weil der Reverend anwesend war, aber Sie haben bei seinem Gottesdienst heute Morgen gefehlt. Gran hatte ihn darum gebeten, die Andacht in der Kapelle zu halten, und Onkel Vic hat uns alle mitgeschleppt, ob wir wollten oder nicht, sogar die Dienerschaft.«

»Wie überaus nachlässig von mir«, sagte Daisy, »wenn ich auch geltend machen muss, dass ich nichts davon gewusst habe. Mich hat keiner mitgeschleppt. Aber mein Mangel an Frömmigkeit lässt Mr. Calloway vielleicht mit mehr Milde auf Sie und Ihre Familie blicken.«

»Vergebliche Hoffnung«, spottete Miles. »Er warf einen Blick auf Flicks Lippenstift und hielt eine Strafpredigt über Eitelkeit.«

»Diese Art von Eitelkeit meinte er aber nicht«, hielt ihm seine Schwester entgegen. »›Alles ist eitel‹, es geht um die Bedeutungslosigkeit weltlicher Dinge.«

»Meine Güte, du hast wohl auch noch zugehört!«

»Und du nicht«, erwiderte Felicity.

Sie fuhren fort, sich auf geschwisterliche Art zu necken. Daisy musste daran denken, wie sehr ihr ihr Bruder Gervaise fehlte, der nicht aus den Gräben in Flandern zurückgekehrt war, dort, wo Miles vermutlich seinen Arm verloren hatte. Der Verlust ihres Bruders schmerzte immer noch, auch wenn sie sich eingestehen musste, dass sie inzwischen nicht mehr so häufig an ihn dachte, genauso wenig wie an ihren gefallenen Verlobten. Michael würde immer einen Platz in ihrem Herzen haben, aber Alec gehörte der größte Teil davon, ihm und Belinda, und gleich würde Daisy sie treffen. Sie lief etwas schneller.

Als sie in Sichtweite des Anlegers kamen, hatte bereits eine Barkasse festgemacht, und ein Pferdefuhrwerk stand bereit. Pony und Zugpferd warteten geduldig. Auf dem Anleger wartete ein Berg an Reisegepäck, der immer größer wurde. Der Bootsmann reichte die Gepäckstücke herauf und übergab sie den Händen zweier Farmarbeiter. Alec war bereits an Land und überwachte den Vorgang. Der Gepäckhaufen verdeckte die Sicht auf die Reisenden, die noch an Bord waren.

Mit einem Blick hinunter in das Boot sagte Alec mit sehr bestimmter Stimme: »Das würde ich an deiner Stelle nicht machen, altes Haus. Wenn ihr beiden nicht im Wasser landet, dann landet ihr im Schlamm.«

Altes Haus? Noch unwahrscheinlicher, als dass er seine Tochter so nannte, war die Möglichkeit, dass er seine Schwiegermutter meinte. Wen hatte er noch mitgebracht?

Alec streckte die Hand hinunter und half Belinda auf den

Kai. Sie sah Daisy sofort und kam mit fliegenden Zöpfchen auf sie zu.

»Mummy, Mummy!« Sie warf sich in Daisys ausgebreitete Arme. »Derek ist auch mitgekommen! Er hat gefragt, ob wir ihn nicht einladen könnten, ohne Tante Violet oder Onkel John zu sagen, dass er gefragt habe. Da hat Daddy gleich dort angerufen, und ich habe mit Tante Violet geredet und ihr gesagt, dass ich *schrecklich* traurig wäre, wenn Derek nicht kommen dürfte, und sie hat eingewilligt!«

Ehe sie ganz ausgeredet hatte, war Derek ausgestiegen und kam hinter ihr hergerannt, gezogen von Nana. Sein blondes Haar war von der Brise zerzaust.

»Nana!«, rief Daisy aus.

»Hallo, Tante Daisy«, sagte Derek. »Hat dir Bel gesagt, dass ich mitkomme?«

Daisy, die sich des jungen Hundes erwehren musste, hörte nur mit halbem Ohr zu, wie ihr Neffe über die Schifffahrt auf dem Tamar schwärmte. Belinda hatte sich inzwischen Felicity und Miles zugewandt.

»Guten Tag, ich bin Belinda Fletcher«, sagte sie. »Es tut mir ganz schrecklich leid, dass wir Nana mitgebracht haben. Meine Freundin, bei der sie bleiben sollte, konnte sie doch nicht aufnehmen, natürlich in letzter Minute. Daddy sagt, dass sie angebunden im Freien bleiben muss.« Skeptisch setzte sie hinzu: »Er sagt, dass ihr das schon nicht so wahnsinnig viel ausmacht.«

Felicity warf Miles einen Blick zu. Mit spitzbübischem Zwinkern sagte sie: »Das kommt nicht in Frage. Es wird keinen stören, wenn sie mit ins Haus kommt.«

»In den Ostflügel«, sagte Miles einschränkend. »Vater würde toben, wenn man sie ins alte Haus ließe.«

Belinda und Derek versprachen hoch und heilig, dass Nana nicht mal die Schnauze über die Schwelle setzen werde, dann holte Daisy die Vorstellungsarie nach. Inzwischen war auch ihre Mutter ausgestiegen und ging auf den Ponywagen zu. Schwer stützte sie sich auf Alecs Arm.

»Grandma ist total außer sich wegen Nana«, bemerkte Derek, »und dass sie per Schiff kommen musste und weil Onkel Alec ihr im Zug eröffnet hat, er glaube, dass Lord Westmoor über Weihnachten nicht dabei sei, und auch darüber, dass Mummy und Daddy nicht mitgekommen sind. Sie ist so aufgebracht wie ein ganzes Hornissennest.«

»Sprich nicht so von deiner Großmutter, du schrecklicher kleiner Kerl«, sagte Daisy, die auf diese Nachricht hin etwas mutlos wurde. »Felicity, ich glaube, es wäre eine gute Idee, wenn Sie und Miles die Kinder mit zum Haus nähmen, während ich mal sehe, ob ich die erregten Gemüter besänftigen kann.«

»Klar doch«, willigte Miles sofort ein. »Wir nehmen den hinteren Weg durch den Wald und lassen den Hund laufen. Kommt, ihr beiden.«

Felicity warf einen Blick auf ihre eher eleganten Schuhe. »Ich nicht. Ich bleibe bei Daisy.«

»Mummy?« Belinda schmiegte sich an Daisy.

»Geh ruhig mit Mr. Norville und Derek, Liebling. Nana ist schließlich dein Hund. Du bist für sie zuständig, selbst wenn du Derek die Leine halten lässt.«

»Du kannst sie jetzt übernehmen, Bel«, sagte Derek großzügig.

Sein eigener Hund, Tinker Bell, war ein Landhund und musste fast nie an der Leine gehen.

Nachdem sie Nanas Leine übernommen hatte, fühlte sich Belinda schon sicherer. Sie war überglücklich, dass Derek hatte mitkommen dürfen.

»Mr. Norville«, sagte sie, als sie den Weg betraten, der durch den Wald am Fluss entlangführte, »ist es ganz ehrlich und wirklich nicht schlimm, dass Nana dabei ist?«

»Keineswegs. Warum heißt sie Nana?«

»Nach *Peter Pan*, weil Dereks Hund Tinker Bell heißt, aber er nennt sie meistens einfach nur Tinker. Vor allem, seit er mich kennt, weil er mich nämlich Bel, wissen Sie.«

»Verstehe. Darf ich auch Bel sagen? Du kannst mich gerne Onkel Miles nennen. Mr. Norville ist mein Vater. Und er wird nichts gegen Nana haben, solange du sie aus dem alten Haus fernhältst.«

»Warum?«, fragte Derek. »Ich hätte gedacht, dass er sich um die neuen Sachen mehr sorgen würde als um die alten.«

»Er ist Historiker«, erklärte ihm Miles. »Das alte Haus ist voll kostbarster Antiquitäten – Gobelins und Himmelbetten und Schränke mit Geheimfächern und so weiter.«

»Geheimfächer! Toll!«

»Und es gibt einen Geheimgang und einen verlorenen Schatz und ein Gespenst.«

»Meine Güte«, hauchte Derek. »Wahnsinn!«

Belinda war sich nicht so sicher, ob sie ein Gespenst so toll fand, aber sie sah, dass Onkel Miles zwinkerte, und nahm an, dass er Derek aufzog. »Hast du das Gespenst schon mal gesehen, Onkel Miles?«, fragte sie.

»Ich nicht, aber ich bin voller Hoffnung. Willst du Nana nicht von der Leine lassen, damit sie Eichhörnchen jagen kann, Bel? Oder hört sie nicht, wenn man sie ruft?«

»Meistens schon.«

»Wenn ich pfeife, kommt sie immer«, sagte Derek.

»Das ist ungerecht. Mädchen sollen nicht pfeifen.«

»Wer sagt das? Deine Großmutter oder Tante Daisy?«

»Gran«, sagte Bel, die Derek nur zu gut verstand. Daisy hatte völlig andere Vorstellungen davon, was angemessen für Mädchen war, als ihre Großmutter. »Aber ich kann nicht pfeifen.«

»Lass Nana los, und wir bringen es dir bei«, versprach Onkel Miles.

Als sie schließlich am Haus ankamen, war Nana erschöpft und verdreckt, wohingegen Onkel Miles und Derek vor Lachen nach Luft schnappten über Belindas Bemühungen zu pfeifen. Aber immerhin hatte sie es fast gelernt.

»Im Haus solltet ihr lieber nicht pfeifen«, schlug Onkel Miles vor, »und Nana bringen wir am besten zu einem der Gärtner, der sie abwaschen soll, ehe sie hereinkommt. Hier entlang.«

Nachdem der Hund sauber und vom Abreiben mit zwei Säcken so trocken wie möglich war, betraten sie das Haus. Nana lief schnurstracks auf den Kamin zu, legte sich auf den Kaminvorleger und schlief ein. Keiner schien besonders Notiz von ihr zu nehmen. Alle bemühten sich mit Kissen und Tee um Lady Dalrymple.

Es gab auch ein Mädchen, das kaum älter war als Belinda und Derek, aber sie war kein bisschen freundlich. Außerdem war da noch ein unwirsch blickender Geistlicher, so gar nicht wie der rundliche, vergnügte Mr. Preston zu Hause. Derek fing ein Gespräch mit einem Kapitän an. Belinda setzte sich höflich zu einer alten Dame, die ihr zulächelte. Ihr Name war Mrs. Norville. Sie erzählte, dass sie vor sehr, sehr langer Zeit aus Indien gekommen sei, daher berichtete Bel ihr von ihrer indischen Schulfreundin Deva. Mrs. Norville war sehr nett.

Nach dem Tee führte Onkel Miles die Kinder durch das alte Haus. Er ermahnte sie, sehr sorgsam zu sein, weil alles so wertvoll sei. Sie mussten eine Laterne mitnehmen, denn es wurde schon dunkel, und es gab kein elektrisches Licht und noch nicht mal Gaslicht.

»Ich habe eine elektrische Taschenlampe«, verkündete Derek. »Daddy hat sie mir vorzeitig zu Weihnachten geschenkt. Ich gehe und hole sie.«

»Spar dir die Batterie für später auf, wenn du sie vielleicht brauchst«, riet ihm Onkel Miles und entzündete seine Laterne.

Das alte Haus war voll mit interessanten Sachen, aber im Laternenlicht war es unheimlich. Überall huschten Schatten, und die Leute auf den Wandbehängen schienen einen anzuspringen, wenn man ein Zimmer betrat. Sie bewegten sich, weil es draußen inzwischen windig geworden war, und in der zugigen Luft kräuselten sich die Gobelins und flatterten hin und her.

»Es ist ja fast so, als wäre man in einem Haus voller Gespenster«, sagte Belinda.

»Echte Gespenster stöhnen und rasseln mit den Ketten«, hielt ihr Derek entgegen. »Weißt du was, Bel, lass uns morgen zurückkommen, wenn es hell ist, und in den Geheimfächern nach der Schatzkarte suchen.«

»Dürfen wir das, Onkel Miles?«

»Wieso eigentlich nicht? Aber passt auf, dass ihr nichts kaputtmacht. Also gut, wir gehen mal lieber wieder zurück. Es ist Zeit fürs Abendessen, und ich muss mich vorher noch umziehen.«

Jemima war empört, weil sie mit Derek und Belinda essen musste, während sie gewöhnlich mit den Erwachsenen aß. Es kam ihr albern vor, auf Bel und Derek böse zu sein, weil die beiden ja gar nichts dafür konnten. Sie machte ein finsteres Gesicht und brummte vor sich hin, und nach dem Nachtisch – es gab leckere Apfelpastete mit dicker Sahne – sagte sie sehr laut: »Das wird ein *scheußli-*

ches Weihnachten«. Dann ging sie ohne ein weiteres Wort hinaus.

»Für sie wird Weihnachten vielleicht scheußlich, für uns wird es toll. Nanny hat eine große Schachtel mit Knallbonbons eingepackt und Buntpapier, aus dem wir Girlanden basteln können. Und Kapitän Norville hat gesagt, es wird einen Weihnachtsbaum und Weihnachtslieder und Gewürzkuchen und Früchtepudding mit Sixpence-Münzen drin geben, und wenn er selbst welche reinstecken müsste. Und wenn wir morgen Abend unsere Strümpfe aufhängen, kommt der Weihnachtsmann, nur hat er hier einen grauen und keinen weißen Bart.«

Belinda kicherte. »So ein netter Mann. Hoffentlich hast du ihm nicht gesagt, dass wir zu alt für den Weihnachtsmann sind.«

»Natürlich nicht! Ich habe gefragt, ob ich ein Paar von seinen Socken leihen kann, weil sie wahrscheinlich die größten Socken im Haus sind, und er hat es versprochen. Er ist ein feiner Kerl. Vielleicht werde ich auch Seemann, wenn ich groß bin.«

»Jetzt musst du erst mal ein Gentleman sein. Ich muss mit Nana raus. Leihst du mir deine Taschenlampe?«

Derek zögerte, dann fiel ihm ein Kompromiss ein. »Ich komme mit.«

Selbst mit der Taschenlampe war es sehr dunkel draußen, ganz anders als in London mit all den Straßenlaternen und den erleuchteten Fenstern. Der Wind war sehr böig und schob die beiden vor sich her. Einige der Windstöße brachten Regentropfen mit. Derek fand das sehr lustig, und Belinda war froh, wieder ins Haus zu kommen.

Sie brachten Nana in die Spülküche, wo sie schlafen sollte, dann holten sie ihre Nachtkerzen und zündeten sie an. Beide fanden es sehr lustig, brennende Kerzen mit hinauf zum Bett zu nehmen, und Derek lachte so laut, dass er dabei seine Flamme auf halbem Weg ausblies. Sie mussten zwei Treppen hinauf. Die zweite war sehr steil und schmal und gewunden mit einem winzigen Absatz oben.

Die Schlafzimmer waren auch sehr klein und hatten schräge Decken, denn sie befanden sich unter dem Dach. Dereks Zimmer lag neben Belindas und war durch eine Tür mit ihrem verbunden. Auf der anderen Seite ihres Zimmers befand sich ebenfalls eine Tür. Eines der Mädchen hatte ihr gesagt, dass sie in Reverend Calloways Zimmer führe. Ihre Eltern schliefen am Fuß der gewundenen Treppe.

Sie und Derek machten sich bettfertig, dann saßen sie im Schneidersitz auf Belindas Bett und schmiedeten Pläne für die Schatzsuche am nächsten Tag. Derek war sicher, dass die Schatzkarte in dem Sekretär mit den nackten Figuren versteckt sein musste. Bel hatte eher den anderen Schreibschrank im Verdacht, den Onkel Miles ihnen im Südzimmer gezeigt hatte, vor allem, weil sie sich nicht die nackten Figuren ansehen wollte.

»Wir schauen ja gar nicht hin«, hielt Derek dagegen. »Wir sind viel zu sehr mit der Suche nach den Geheimfächern beschäftigt, die noch niemand entdeckt hat. Du bist doch nicht zartbesaitet, oder?«

»Nein!« Bel wies das weit von sich, auch wenn sie nicht genau wusste, was zartbesaitet war. Es war aber ein tolles Wort. Derek hatte es wahrscheinlich auf seinem Internat gelernt.

»Bestens, dann ist alles besprochen. Oh, hallo, Tante Daisy. Ist schon Bettzeit?«

»Ja, Schätzchen, ab mit dir. Ich komme noch mal zu dir, wenn Bel unter der Decke steckt. Ich habe dir ein Nachtlicht gebracht, Bel, weil du dich hier nicht auskennst und es keinen Schalter gibt, mit dem man das Licht anknipsen kann, wenn es nötig ist.« Sie entzündete eine kleine dicke Kerze und stellte sie auf die Kommode. »In Ordnung, Liebling?«

Belinda war schon fast eingeschlafen, ehe ihr Daisy den Gutenachtkuss geben konnte.

Stunden später wachte sie erschrocken auf. Der Wind heulte um die Dachtraufe und durch den Schornstein, so dass ihr Nachtlicht flackerte. Als das Heulen kurz aussetzte, kratzte etwas an der Fensterscheibe. Sicher nur der Efeu, der an der Mauer hochwuchs, versuchte Belinda sich zu beruhigen. Davon war sie sicher nicht aufgewacht – aber von was sonst?

Sie lauschte. Waren das Schritte? Etwas stöhnte leise. Bel fuhr zusammen.

Eine weiße Gestalt schwebte aus der Richtung von Dereks Zimmer auf sie zu. Sie hatte einen Kopf, aber kein Gesicht. Als Bel sich aufsetzte, wurde das Stöhnen lauter. Die Gestalt schwebte durchs Zimmer, dann ertönte ein rasselndes Geräusch.

Belinda schrie auf.

Kapitel 5

Daisy und Alec hatten sich früh zurückgezogen, auch wenn sie nicht sofort schlafen wollten. Daisy lag im Bett, kuschelte sich an Alec, der einen Arm um ihre Taille gelegt hatte. Er schlief bereits. Sie sinnierte, wie schön das Leben doch war. Ehe sie verheiratet war, war ihr gar nicht klar gewesen, dass man jemanden sowohl körperlich als auch seelisch so vermissen konnte, und das nach nur zwei Tagen Trennung.

Sie war froh, dass sie ein Doppelbett hatten. Kein moderner Unsinn mit zwei Einzelbetten, dachte sie schläfrig, als sie Belindas Schrei hörte.

»Daddy!«

Alec rührte sich etwas. Daisy sprang aus dem Bett. Ohne Zeit zu verschwenden und nach ihrem Nachthemd zu suchen, packte sie ihren Morgenmantel und zog ihn an, während sie sich schon barfuß auf den kühlen Holzdielen durch die Dunkelheit tastete. Wo war die Tür? Wenn es doch nur einen Lichtschalter gäbe!

Der schmale Lichtstreifen einer Lampe, die im Treppenhaus brannte, zeigte ihr den Weg. Sie riss die Tür auf und stolperte die unbequeme Stiege hinauf zu Belindas Zimmer. Die Stimme des Kindes hatte sich zu einem Aufheulen gesteigert: »Daddy!«

»Liebling, ich bin da. Alles in Ordnung. Hast du was Schlimmes geträumt?« Daisy nahm das schluchzende Kind in die Arme und sah sich in dem nur schwach erleuchteten Zimmer um.

Die Tür zum Zimmer des Geistlichen war offen. Daisy war nicht so behütet aufgewachsen, dass sie nicht von Priestern gehört hatte, die …

»Ein Gespenst! Es war ein Gespenst, Mummy, ganz in Weiß, und es hat gestöhnt und mit den Ketten gerasselt.«

»Hat es dich angefasst, Liebling?« Noch als sie das sagte, hörte Daisy Stimmen aus dem Nebenzimmer. »Warte hier, Belinda, ich sehe mal nach, was da los ist.«

Mr. Calloway, vollständig bekleidet, hatte das Gespenst an seinem sehr menschlichen Handgelenk gepackt. Es trug ein knöchellanges weißes Gewand und einen weißen Spitzenschal, der seinen Kopf bedeckte.

»Mit okkulten Dingen herumpfuschen«, sagte der Geistliche gerade, »ist ein höchst gefährlicher Zeitvertreib. Du gefährdest deine unsterbliche Seele für einen albernen Streich.«

»Lassen Sie mich los. Das war nur ein Spaß!«

»Jemima«, flüsterte Belinda und ließ ihre Hand in Daisys gleiten. »Sie mag Derek und mich nicht.«

»Das ist kein Spaß. Zuerst sind es Geisterspiele, als Nächstes begeht man schon die Todsünde, Geister und Tote heraufzubeschwören.«

»Ich glaube kaum, dass die Gefahr besteht«, mischte Daisy sich ein. »Ein dummer Streich, nichts weiter, oder, Jemima? Ich muss zwar ernsthaft mit dir reden, junges Fräulein, aber wir wollen Mr. Calloway nicht von seiner Andacht abhalten.« Sie hatte neben dem Bett ein Kopfkissen auf dem Boden bemerkt, das von zwei Knien eingedrückt war.

»Ich bin verwundert zu hören, dass Sie das so leicht abtun, Mrs. Fletcher. Doch ist jetzt nicht die Stunde für schwerwiegende Vorhaltungen. Ich werde morgen mit ihren Eltern reden und sie um ihr Einverständnis bitten, ob ich ihr nicht klarmachen darf, wie schlimm ihre Streiche sein können. Dies ist ein sorgenbelastetes Haus. Ich werde für alle Bewohner beten.«

Daisy war versucht zu sagen: »Für mich bitte nicht«, aber damit wäre sie ein ganz schlechtes Vorbild für die Mädchen; außerdem war sie viel zu gut erzogen. »Gute Nacht«, sagte sie stattdessen und winkte das Gespenst gebieterisch zu sich. Sie war ganz die Tochter ihrer Mutter, dachte sie reumütig. Selbst barfuß und ohne Nachthemd unter dem Morgenmantel war sie zu Gesten fähig, die herrisch genug waren, dass Jemima hinter ihr her in Belindas Zimmer trottete.

Sie schloss die Tür, stellte sich auf den Bettvorleger und sagte: »Belinda, ab ins Bett mit dir, ehe du dich noch erkältest. Jemima, nimm den Schal deiner Großmutter vom Kopf. Und dann sag mir, warum du einem jüngeren Kind, das Gast in eurem Haus ist, so übel mitgespielt hast? Warum wolltest du Belinda Angst machen?«

»Es ging mir nicht darum, Belinda zu erschrecken, ich wollte nur Mr. Calloway vertreiben.«

»Mr. Calloway? Warum um alles in der Welt …?«

»Er wird uns das Weihnachtsfest ruinieren! Ich nehme an, dass du allen erzählst, was ich gemacht habe«, fauchte sie Belinda an.

»Nein, mache ich nicht. Ich petze nicht.«

»Aber Mr. Calloway will es deinen Eltern berichten«, erinnerte Daisy das Mädchen. »Du musst ihnen sagen, was passiert ist. Aber jetzt solltest du lieber ins Bett gehen. Na los.«

Jemima verschwand durch die Tür zum Treppenhaus, die Daisy offen gelassen hatte. Als sie sie hinter sich schloss, klapperte der Türgriff ein wenig.

»Das war es«, sagte Belinda, »das Geräusch, das ich für Kettenrasseln gehalten habe. Das muss der Türgriff von Mr. Calloway gewesen sein.«

»Ist sie durch Dereks Raum gekommen?«

»Ich glaube schon. Als ich sie sah, kam sie aus der Richtung. Glaubst du, dass mit Derek alles in Ordnung ist?« Bel wollte wieder aus dem Bett springen.

»Du bleibst schön liegen, Fräulein, und siehst zu, dass du wieder einschläfst. Ich kümmere mich um Derek.«

Daisy fragte sich, ob sich ihr unerschrockener Neffe unter der Bettdecke versteckt hatte. Sie hätte es besser wissen müssen. Er schlief wie ein Stein und lag ausgestreckt auf dem Bett, die Decke bis zu den Hüften hinuntergeschoben. Sie zog sie ihm bis ans Kinn, stopfte sie fest und kehrte in ihr eigenes Zimmer zurück.

Alec schlief genauso fest wie Derek. Er hatte schließlich auch die ganze Woche gearbeitet und hatte die strapaziöse Aufgabe gehabt, ihre Mutter samt Kindern und Hund von London nach Brockdene zu verfrachten. Trotzdem, vor ihrer Hochzeit wäre er schon beim leisesten Wehgeschrei seiner geliebten Tochter aufgewacht. Daisy seufzte. Sie sollte es wohl als schmeichelhaft empfinden, dass er ihr Bels Wohl anvertraute.

Als sie ihre eiskalten Füße an seine Beine schmiegte, löste das nicht mehr als ein undeutliches Murmeln aus, während er den Arm wieder um sie legte. Hellwach überlegte Daisy, was Jemima tatsächlich im Schilde geführt hatte und ob es darum ging, was mit dem Rest der Familie Norville los war. Doch obwohl das Thema faszinierend war, döste sie nach ein paar Minuten ein.

Als Daisy und Alec am Weihnachtsmorgen zum Frühstück hinuntergingen, trafen sie im Speisezimmer nur Miles.

»Ihre zwei Kinder sind losgezogen auf eine ganz geheime Mission«, berichtete er, während sie sich an der Anrichte bedienten.

»Nicht nach draußen, hoffe ich doch«, sagte Daisy mit einem Blick auf die Fensterscheiben, gegen die der Regen prasselte.

»Ich glaube nicht. Ich habe den Verdacht, dass sie im alten Haus sind. Ich nehme doch an, man kann sich darauf verlassen, dass sie nichts anrichten?«

»Aber ja, sie sind brave Kinder.« Daisy setzte sich dem jungen Mann gegenüber.

»Mehr oder weniger«, schränkte Alec ihre Versicherung ein. »Sie haben ihnen doch bestimmt eingeschärft, besonders gut aufzupassen?«

»Ich habe behauptet, Vater würde sie umbringen, wenn irgendwas kaputtginge. Ich kann mich noch erinnern, als ich einmal … Ach was, das ist Schnee von gestern. Es ist so ungefähr das Einzige, was ihn auf die Palme bringt. Der Reverend hat heute Morgen gegen Jemima gewettert, aber das hat Vater einen Dreck interessiert. Ich nehme an, Sie wissen nicht, um was es da ging?«

Daisy wechselte einen Blick mit Alec, dem sie von dem nächtlichen Abenteuer erzählt hatte.

»Wie ich sehe, wissen Sie Bescheid, verraten aber nichts«, erkannte Miles. »Na gut, ich finde es schon noch heraus. Mutter war ziemlich verärgert über Jemimas Unfug. Sie hat sie nach oben geschickt, um für Gran Wolle zu wickeln. Mich hat Mutter gebeten, sie bei Ihnen zu entschuldigen. Sie bespricht sich mit Mrs. Pardon über die weihnachtlichen Zeremonien, weil derzeit ja eine Lady im Hause ist, eine richtige Lady. Besagte Lady frühstückt übrigens im Bett, wie ich gehört habe.«

»Das macht besagte Lady immer«, bestätigte Daisy. »Ich

hoffe, Mrs. Pardon hat ihr für die Dauer ihres Aufenthalts ein Mädchen zugeteilt. Ich bin überrascht, dass sie nicht ihre eigene Zofe mitgebracht hat.«

»Lady Dalrymple hat ihrem Mädchen über Weihnachten freigegeben«, sagte Alec, »denn sie nahm an, dass es in Lord Westmoors Haus gutausgebildetes Personal im Überfluss gibt.«

»Hausmädchen im Überfluss.« Miles sah Daisy an. »Ist es unverschämt, Mrs. Fletcher, wenn ich sage, dass wir uns alle gefragt haben, warum Lady Dalrymple an Weihnachten ausgerechnet nach Brockdene kommen wollte?«

»Ich versuche nie, mir das, was meine Mutter macht, zu erklären«, sagte Daisy ausweichend. »Wo sind die anderen alle?«

»Der Reverend ist in der Kapelle und betet darum, von Grans Götzen verschont zu bleiben. Sie haben sie noch nicht zu Gesicht bekommen, Sir, oder? Ich nehme Sie nach dem Frühstück mit hinauf, wenn Sie mögen. Sie sind ziemlich spektakulär.«

»Das hat Daisy auch schon berichtet.«

»Onkel Victor hat ein paar der Gärtner rausgeschleppt, um einen Weihnachtsbaum schlagen zu lassen und etwas Grünzeug zu holen. Flick ... Ah, guten Morgen, Sir.« Miles sprang auf, als ein älterer Herr in einem eindeutig feuchten Tweedanzug den Raum betrat.

»Setz dich, setz dich, mein Junge, und frühstücke weiter.«

»Nur noch eine Tasse Kaffee. Willst du auch eine? Mrs. Fletcher, darf ich Ihnen meinen Großvater James Tremayne vorstellen? Mr. und Mrs. Fletcher.«

Das war also der Anwalt, Dora Norvilles Vater, der Miles' Privatschule bezahlt hatte und ihm jetzt Arbeit bot. »Guten Tag, Mr. Tremayne«, sagte Daisy mit einem Lächeln. »Sagen Sie bloß nicht, dass Sie in diesem Wetter von Calstock hierher gelaufen sind?«

»Ach was, ein leichter Wind und ein paar Tropfen Regen, nichts Besonderes für einen Landmann, Mrs. Fletcher, das versichere ich Ihnen.« Er stand mit dem Rücken zum Feuer vor dem Kamin. Seine dampfenden Kleider verströmten den Geruch nach Zigarrenrauch. »Die Wettervorhersage sieht allerdings etwas anders aus. Ich habe sie heute Morgen in meinem Radioempfänger gehört, ein ausgezeichneter Radioapparat. Es heißt, dass sich der Wind im Lauf des Vormittags zu einem Sturm entwickelt. Deswegen bin ich so früh hier.«

»Hier in Brockdene liegen wir ziemlich geschützt«, sagte Miles und brachte seinem Großvater eine Tasse Kaffee. »Wahrscheinlich wird es halb so schlimm, außer für diejenigen auf See. Aber rechne lieber damit, über Nacht hierzubleiben.«

»Gut möglich, gut möglich. Ich möchte Lord Westmoors Gästen jedoch nicht zur Last fallen.«

»Das tun Sie ganz und gar nicht, Mr. Tremayne«, versicherte ihm Daisy. »Je mehr, desto lustiger, vor allem an Weihnachten.«

Er strahlte sie an. »Das finde ich auch, Werteste! Und das erinnert mich, ich habe die Post mitgebracht. Da war ein Brief für Lady Dalrymple dabei, außerdem ein oder zwei für deinen Vater, Miles. Und die Zeitungen. Liegt alles auf dem Tisch in der Diele. Godfrey hat keine Zeitung abonniert, daher bringe ich meistens ein paar mit, wenn ich herkomme. Ich nehme an, Sie möchten auch gerne einen Blick in die *Times* werfen, Mr. Fletcher.«

Alec stimmte ihm zu, obwohl er gewöhnlich den *Daily Chronicle* las, was für einen Polizisten eine erschreckend liberale Wahl war. Sie unterhielten sich ein paar Minuten

über die Tagesnachrichten, bis ein Hausmädchen hereinkam und zu Daisy sagte: »Ach bitte, Madam, Ihre Ladyschaft wünscht Sie zu sehen.«

»Na gut, ich komme gleich. Danke, …?«

»Jenny, Madam. Sofort, Madam, hat Lady Dalrymple gesagt. Sie ist furchtbar aufgebracht, Madam, und ich hoffe
wirklich nicht, dass es an etwas liegt, was ich gemacht
habe; aber ich bin nicht zur Zofe ausgebildet, das muss ich
leider zugeben.«

»Sie hätte es dir zweifellos klargemacht, wenn es deine
Schuld gewesen wäre, Jenny.« Mit Bedauern ließ Daisy
den kleinen Rest ihrer Würstchen mit Toast stehen. »Oje,
was mag nur wieder los sein?«

»Ich glaube, es hat was mit dem Brief zu tun, Madam«,
sagte Jenny, als sie das Speisezimmer verließen. »Da ich
wusste, dass Mr. Tremayne eingetroffen war und er manchmal die Post mitbringt, hab ich nachgesehen und ihn auf
dem Tisch entdeckt, und da hab ich ihn mit raufgenom-
men. Sie hat mich fortgeschickt, um ihr ein Bad einlaufen
zu lassen, und als ich ging, hat sie den Brief aufgemacht,
und als ich zurückkam, war sie ganz aufgebracht.«

»Ich bin sicher, dass es an dem Brief gelegen hat. Danke,
Jenny, du kannst jetzt gehen. Ich läute, falls du gebraucht
wirst.«

Während Daisy hinaufeilte, fragte sie sich, von wem der
Brief sein mochte und was er enthalten konnte, das so beunruhigend war. Doch sicher nicht Violet! Wenn ihr oder
dem Baby irgendwas passiert wäre, hätte sie erst an Daisy
geschrieben, damit sie es ihrer Mutter schonend beibringen konnte.

»Mutter, was …«

»Daisy, wie konntest du nur so nachlässig sein, so uner-
hört pflichtvergessen gegenüber deinem einzigen Eltern-

teil, dass ich die Wahrheit von einer Fremden erfahren muss?«

»Mutter, ich habe dir doch schon erklärt, dass Westmoor mich nicht informiert hat, dass er an Weihnachten nicht hier sein wird. Und ich wusste auch nicht, dass Mrs. Norville eine Inderin ist.«

»Inderin!« Lady Dalrymple schnaubte und wedelte mit dem empörenden Brief. Wie sie da in ihrer blassblauen gesteppten Weste im Bett saß, war sie der Inbegriff der Entrüstung. »Das ist noch das Geringste!«

»Von wem ist der Brief?«

»Eva Devenish. Eine äußerst verlässliche Quelle.«

»Mist!«, murmelte Daisy. Eva erfand niemals Klatsch; das hatte sie nicht nötig. Sie kannte jeden allerkleinsten Skandal, der die Aristokratie während der letzten fünf oder sechs Jahrzehnte erschüttert hatte. Daisy brauchte gar nicht in Zweifel zu ziehen, was Eva diesmal ausgegraben hatte. »Lady Eva ist ja nicht direkt eine Fremde, Mutter, selbst wenn sie nicht zur Familie gehört. Aber woher wusste sie überhaupt, dass du hier bist?«

»Ich traf sie zufällig im Claridge Hotel, wo ich am Samstag übernachtete, da das Haus deines Gatten nicht geeignet ist, deine Mutter aufzunehmen, wenn sie in der Stadt ist. Wir haben uns kurz unterhalten, ehe sie irgendwohin davonstürzte – wie sie das in ihrem Alter alles hinkriegt, kann ich mir nicht mal vorstellen. Es hat fast etwas Anstößiges – aber ich erwähnte, dass ich Westmoors Gast auf Brockdene sein würde. Wenn sie nur so zuvorkommend gewesen wäre, mich gleich an Ort und Stelle aufzuklären!«

»Aufzuklären worüber, Mutter?«

»Ich nehme an, du gehst davon aus, dass diese indische Person die Witwe des jüngsten Sohnes des sechsten Earls ist.«

»Ehrlich gesagt, habe ich mir überhaupt keine Gedanken gemacht, wessen Witwe sie ist.«

»Ist sie nämlich nicht.«

»Wenn du willst, dass ich dich verstehe, musst du weniger orakelhaft werden«, sagte Daisy, deren Geduld nachließ.

Kurzfristig schien die Dowager Viscountess verwirrt, als ob sie nicht wusste, was ›orakelhaft‹ bedeutete. Was sie jedoch immer erkannte, waren Respektlosigkeiten von Daisy. »Leider hat sich die Ehe mit einem Polizisten nicht gerade günstig auf deine Manieren ausgewirkt, Daisy. Eva sagt, dass es damals überall bekannt war. Ich war allerdings viel zu jung, um es mitzubekommen.«

»Natürlich, Mutter«, sagte Daisy, nicht um Reue zu zeigen, sondern in der Hoffnung, die Auflösung des Rätsels schneller zu erfahren.

»Es war um 1870. Albert Norville war Leutnant in Indien. Sein befehlshabender Offizier schrieb an Westmoor, den sechsten Earl, dass Albert sich mit einer Inderin eingelassen habe und sogar ein Kind mit ihr hätte. Selbstverständlich beorderte Westmoor Albert nach Hause.« Lady Dalrymple überflog den Brief, um ihr Gedächtnis bezüglich der Verfehlungen des unglückseligen Albert aufzufrischen. »Sein Schiff traf einige Monate später in Plymouth ein.«

»Er kam tatsächlich zurück?«

»Natürlich. Zu *jener* Zeit hat man sich seinen Eltern nicht leichtfertig widersetzt. Angeblich erfuhr Albert, dass seine Eltern in London weilten, dass jedoch sein ältester Bruder, Lord Norville, hier in Brockdene sei. Er kündigte seine Absicht an, flussaufwärts zu fahren und die Unterstützung seines Bruders zu gewinnen, ehe er Westmoor gegenübertreten würde.«

»Wie um Himmels willen ist das alles bekanntgeworden?«, wollte Daisy wissen.

»Laut Eva war die sechste Gräfin eine durch und durch indiskrete Person, um nicht zu sagen, etwas ungebildet. Der Schock entschuldigt jedoch einen gewissen Mangel an Selbstbeherrschung«, sagte Lady Dalrymple betont tolerant, »auch wenn ich mir so eine Freiheit nie herausnehmen würde.«

»Welcher Schock, Mutter?«

»Beide ertranken.«

»Was? Wer?«

»Albert und sein Bruder. Das Personal von hier berichtete, dass sie in einen bitteren Streit gerieten, und die Bootsleute, die an Bord waren, sagten, dass es tatsächlich zu Handgreiflichkeiten gekommen sei. Die Brüder fielen über Bord und konnten nicht gerettet werden.«

»Wie entsetzlich!«

»Der mittlere Bruder wurde der siebte Earl, und der jetzige Lord Westmoor ist sein Sohn. Ich werde ihm einen geharnischten Brief schreiben, sehr geharnischt sogar. Ich halte sein Betragen mir gegenüber für unzumutbar.«

»Er scheint tatsächlich etwas zu weit gegangen zu sein«, räumte Daisy ein.

»Seit dem Krieg ist er geradezu exzentrisch geworden!«

»Aber wie kam es, dass Mrs. Norville seither hier auf Brockdene lebt, Mutter? Bestimmt hat dich Eva darüber nicht im Unklaren gelassen.«

»›Mrs.‹ Norville tauchte einige Monate später mit zwei Kindern in England auf und behauptete, mit Albert verheiratet zu sein. Sie hatte keine Beweise, und der sechste Earl glaubte ihr keine Minute; aber um sie zum Schweigen zu bringen, sicherte er ihr eine Rente zu und ein Dach über dem Kopf, solange sie keine weiteren Ansprüche stellte.

Kannst du dir den Skandal vorstellen, wenn die Zeitungen von der Geschichte Wind bekommen hätten?«

»Das wäre ein Festtag für sie gewesen«, sagte Daisy, die sich jedoch viel mehr Gedanken um die Gefühle des unglücklichen Mädchens machte, das mit zwei kleinen Jungen in England eintraf und herausfinden musste, dass ihr Mann tot war und die Familie nichts mit ihr zu tun haben wollte – davon ausgehend, dass Albert tatsächlich ihr rechtmäßiger Gatte gewesen war. Sie musste doch irgendeine Art Beweis gehabt haben. Vielleicht hatte er sie nur mit irgendeiner hinduistischen Zeremonie geheiratet.

»Ich vermute, der Earl hat in seinem Testament Vorkehrungen für sie hinterlassen«, fuhr ihre Mutter fort, »um den Erben Unannehmlichkeiten zu ersparen. Aber was Lord Westmoor geritten hat, anzunehmen, dass ich die Frau als angemessene Gastgeberin in Erwägung ziehen könnte, ist mir schleierhaft! Ich habe größte Lust, auf der Stelle abzureisen.«

»Was für eine ausgezeichnete Idee, Mutter. Ich bin sicher, du könntest ein sehr angenehmes Weihnachtsfest im Claridge verbringen.« Sie verstummte. Und schluckte seufzend. »Aber selbst wenn wir ein Boot rufen könnten, das dich nach Plymouth bringt – das Wetter ist sehr schlecht, und es gibt Sturmwarnungen. Ich fürchte, du musst bleiben.«

Kapitel 6

Alle halfen bei den Weihnachtsdekorationen. Sogar Lady Dalrymple.

Nachdem sie sich damit abgefunden hatte, doch nicht beleidigt abzuziehen, war sie in die Halle heruntergekommen. In bester *Grande-Dame*-Manier genoss sie es gründlich, das Ausschmücken des Raumes zu überwachen.

Kapitän Norville war der Initiator und offiziell verantwortlich, doch die Dowager Viscountess ließ ihn und Alec, seinen tüchtigen Helfer, mit Leitern herumeilen: diese Papiergirlande (massenweise produziert von Derek, Belinda und Miles, der für die beiden die Regenbogenfarben sortierte) hänge noch nicht ganz symmetrisch, jener Mistelzweig noch nicht ganz mittig über der Tür. Der Kapitän nahm die Anweisungen Ihrer Ladyschaft mit unfehlbarer Gutmütigkeit hin. Sie schien vergessen zu haben, wenn auch nur vorübergehend, dass er ein unehelicher Sprössling einer Inderin war.

Die Inderin selbst, die die gelegentlichen herablassenden Bemerkungen Ihrer Ladyschaft sanftmütig hinnahm, saß an dem breiten Kamin. Dort brannte ein loderndes Feuer, das allerdings wegen des Sturms, der durch den Schornstein herunterpfiff, nicht die gewohnte Wärme verbreitete. Mrs. Norville bastelte aus Wollresten kleine Püppchen, die Jemima an den Weihnachtsbaum hängte. Daisy und Felicity verzierten seine Äste mit Schleifen und Süßigkeiten und schmückten sie mit Lametta. Mr. Tremayne verteilte die Christbaumkerzen auf die vorgesehenen Metallhalter, und Dora Norville klemmte sie an.

Ihr Mann hatte den silbernen Papierstern an der Spitze befestigt. Danach eilte er durch die Halle und stieß jedes Mal bekümmerte Schreie aus, wenn ein Nagel, an dem eine antike Waffe hing, zusätzlich für Papiergirlanden oder einen Stechpalmenzweig missbraucht wurde. Ob seine Anwesenheit als hilfreich bezeichnet werden konnte, blieb dahingestellt, aber immerhin war er dabei.

Alle waren anwesend, außer dem Geistlichen.

»Misteln!« Reverend Calloway kam aus dem Ostflügel durch die Tür stolziert, den Blick auf die grünen Blätter und perlweißen Beeren über sich gerichtet. »Haben wir hier einen Druidenkult? Und ein immergrüner Baum? Ich traue meinen Augen kaum! Warum wird der heilige Geburtstag unseres Herrn mit solch heidnischen Symbolen gefeiert?«

»Ein Weihnachtsbaum ist ein heidnisches Symbol, Mr. Calloway?«, fragte der Kapitän zweifelnd und etwas besorgt. »Darauf wäre ich nie gekommen.«

»Quatsch und Unsinn!«, rief Lady Dalrymple. »Guter Mann, mein Onkel war Bischof, und er hat Weihnachtsbäume niemals für unzuträglich gehalten. Ihr Dogmatismus ist lächerlich. Und was Misteln angeht ...« Zu Daisys Verwunderung färbte ein Hauch von Rot ihre Wangen. Ihre Mutter errötete? »Mein verstorbener Gatte bestand immer auf einem Mistelzweig an Weihnachten.«

»Ich bin sicher, wenn Lady Dalrymple keine Einwände hat, gibt es nichts weiter zu sagen.« Godfrey Norville warf nicht dem Geistlichen, sondern seinem Bruder einen herausfordernden Blick zu, wie Daisy mit Interesse feststellte.

»Es ist doch für die Kinder, Reverend«, sagte Kapitän Norville besänftigend.

»Für unsere Gäste«, setzte Mrs. Dora Norville mit entschlossener Munterkeit hinzu. »Die alten Traditionen bereiten doch solche Freude, nicht wahr?«

»Eine andere Tradition wird mehr nach Ihrem Geschmack sein, Padre«, sagte Miles. »Heute Abend singen wir Weihnachtslieder in der Kapelle.«

Calloway schien besänftigt. »Ich werde gerne jene Lieder singen, die dem Kirchenkalender entsprechen.«

»Mr. Calloway.« Beim unerwarteten Klang von Mrs. Norvilles sanfter Stimme drehten sich alle um und starrten sie an. »Ich hoffe, Sie sind so freundlich und halten morgen früh in der Kapelle die Weihnachtspredigt für uns?«

»Gerne, Madam.« Er rang sich zwar kein Lächeln ab, aber der Blick, mit dem er sie bedachte, war eindeutig milder. »Mit Freude höre ich, dass es einen Restbestand an anständigen Bräuchen gibt.«

Daisy sah, wie sich der Kapitän heimlich die Stirn wischte. Weshalb schien es der Familie nur so wichtig zu sein, den Geistlichen bei Laune zu halten?

Der Gong im Ostflügel ertönte und unterbrach ihre Gedankengänge. Kapitän Norville bot Lady Dalrymple galant seinen Arm, den sie, nach kurzem Zögern, herablassend akzeptierte. Die anderen folgten zum Mittagessen.

*

»Endlich!«, sagte Derek. »Ich dachte schon, wir würden nie loskommen.«

»Ich fand es nicht schlimm«, sagte Belinda. »Das Schmücken hat doch Spaß gemacht, und ich sitze auch gerne mit den Erwachsenen beim Essen. Außerdem hätte uns Mummy nie nach draußen gelassen, solange der Wind so stark war, auch wenn es zu regnen aufgehört hat.«

»Der Sturm hat die Wolken vertrieben. Gut, dass er nicht so lange angehalten hat. Komm, lass uns Nana holen.«

Belinda zögerte. »Ich glaube, wir sollten jemandem Bescheid sagen, dass wir gehen. Damit Daddy uns suchen kann, falls …«

»Na gut, von mir aus. Wir sollten Mr. Norville wahrscheinlich sowieso fragen, ob es in Ordnung ist, dahin zu gehen, aber verrate niemanden, was wir gefunden haben.« Er berührte seine Tasche. »Ich hab meine Taschenlampe.«

Sie beneidete ihn um seine Jackentaschen. Warum durften Jungen so riesige Taschen haben, die man mit allem Möglichen füllen konnte, während in ihre nur ein Taschentuch passte?

Sie suchten Godfrey Norville. »Du fragst«, flüsterte Derek. »Die Leute meinen immer, dass Jungs nur Unfug vorhaben.«

»Bitte, Sir«, sagte Belinda und hoffte, dass das, was sie vorhatten, nicht unter *Unfug* fiel, »dürfen wir in den Turm auf dem Berg?«

»In den Prospect Tower? Ja, natürlich. Ich glaube, er ist nicht abgeschlossen. Dort ist nichts, das ihr kaputtmachen könnt. Der sechste Earl hat die verrottete alte Treppe entfernen lassen, es kann euch also auch nichts passieren.«

Mit der stürmischen Nana, die um sie herumsprang, gingen sie den grasbewachsenen Hügel hinauf. Beim Näherkommen stellten sie fest, dass der Grundriss des hohen Steinturms ein Dreieck war, auch wenn er aus der Entfernung quadratisch und stabil ausgesehen hatte.

»Kein Wunder, dass man den Turm als eine Verrücktheit bezeichnet«, sagte Derek abfällig, »aber ich wette, dass man von oben ganz, ganz weit sehen konnte. Bestimmt haben sich die Schmuggler von oben Signale gegeben. Und wenn die Luft rein war, dann haben sie ihre Beute in dem Geheimgang versteckt.«

»Ihre Schmuggelware«, verbesserte ihn Belinda. »Piraten machen Beute.«

»Egal. Ein Schatz ist ein Schatz. Ich hoffe, das Schloss ist nicht ganz verrostet. Es wird furchtbar matschig, wenn wir nicht reinkönnen.«

Die Tür ließ sich jedoch leicht aufstoßen. Drinnen blickte Belinda hoch und sah ein dreieckiges Stück Himmel, denn der Turm hatte kein Dach.

»Alles wird verrostet sein, weil es ja reinregnet«, sagte sie, halb enttäuscht, halb erleichtert.

»Nicht, wenn es ganz in der Wand verborgen ist. Lass uns mal auf der Karte nachsehen.«

Derek zog ein Stück Papier aus der Tasche. Es war vergilbt und wohl etwas unachtsam aufbewahrt worden. Er kniete sich auf die feuchten, rauen Bodendielen und faltete das Papier mit großer Vorsicht auseinander, während er die Schnauze des neugierigen Hundes wegschob. Bel kniete sich neben ihn. Beide musterten die feine, verblasste Schrift und die Skizze.

»Es ist direkt gegenüber der Tür«, sagte Belinda.

»In einem guten halben Meter Höhe. Man würde es nicht sehen, weil es nicht in Augenhöhe ist.« Derek sprang auf. »Komm.«

Belinda faltete die Karte zusammen und nahm sie mit. Sie wollte den Geheimgang nicht betreten, ohne die Anleitung dabeizuhaben, wie man ihn wieder verließ. Derek hatte den lockeren Mauerstein bereits entdeckt und löste ihn heraus. Da war der Hebel, wie versprochen.

Er ließ sich überraschend leicht bewegen. In der dunkelsten Ecke des Turmes klappte ein rechteckiges Stück des Bodens nach unten.

»O Mann!«, rief Derek begeistert aus und rannte auf das schwarze Loch zu.

»Derek, was, wenn es gar nicht so geheim ist?«

»Was meinst du?«

»Ich dachte nur. Wenn der Boden wirklich sehr alt wäre, wäre er dann nicht morsch, so wie Mr. Norville die Treppe beschrieben hat? Ich glaube, der sechste Earl hat einen neuen Boden einziehen lassen. Und dabei muss man doch den Raum darunter entdeckt haben.«

»Ach so. Kann schon sein, aber vielleicht haben sie den Geheimgang nicht auf der Karte gefunden. Dort wird der Schatz versteckt sein.« Er setzte sich auf den Rand der Öffnung, ließ die Beine nach unten baumeln und knipste seine Taschenlampe an. »Ich steige auf jeden Fall mal runter. Schau mal, da sind Stufen.«

Nana ließ ab von dem, was sie am anderen Ende des Raumes beschnüffelt hatte, und kam ihm zuvor. Sie trottete die Stufen hinunter und verschwand in der Dunkelheit. Derek stieg ihr eilig hinterher, und Belinda wollte nicht allein zurückgelassen werden.

»Ist da was?«, rief sie und tastete sich voran, denn Derek hatte die Taschenlampe nicht auf die Stufen gerichtet.

»Schatztruhen!«

Belinda war jetzt tief genug unten und sah, wie der Strahl der Taschenlampe über einen Stapel hölzerner Kisten tanzte. Sie sahen kein bisschen aus wie die Schatztruhen auf den Illustrationen von *Schatzinsel* oder *1001 Nacht*.

»Sind sie abgeschlossen? Kannst du sie öffnen?«

Derek klappte einen Deckel auf und leuchtete hinein. »Nichts.« Er ließ den Deckel fallen und öffnete den nächsten.

»Außen steht *Darjeeling* drauf«, sagte Belinda, die nahe genug gekommen war, um die großen aufgemalten Buchstaben lesen zu können. »*Darjeeling, Kalkutta, London.* Ich wette, da war mal Tee drin. Die haben doch nicht nur Weinbrand, sondern auch Tee geschmuggelt, nicht?«

»Sie sind sowieso alle leer. Lass uns nach dem Tunnel suchen.«

»Da stand, dass wir die Falltür schließen müssen. Ich finde nicht ...«

»Sei doch nicht so ein typisches *Mädchen*, Bel. Komm und hilf mit.«

Sie brauchten ihre vereinten Kräfte, um die Falltür wieder über die Öffnung zu ziehen. Derek musste dazu die Taschenlampe weglegen, was nicht gerade hilfreich war, genauso wenig wie Nana, die ihnen ständig in die Quere kam. Endlich rastete die Tür über ihnen ein. Der Klang ließ Belinda erschauern, und ihr wurde ganz mulmig.

Derek ergriff die Taschenlampe. Er ließ den Strahl durch den gemauerten Raum gleiten.

»Ich kann nichts entdecken«, sagte er bitter enttäuscht. »Lass uns noch mal die Karte ansehen.« Als er sich nach Belinda umdrehte, glitt der Lichtstrahl über die Seite, die von der Falltür verborgen gewesen war.

»Nein, schau mal!«, rief sie. »Eine Klinke!«

Es war eine große, aber ganz normale Türklinke aus grau gestrichenem Metall und ohne den geringsten Rost. Sie drückten sie hinunter und zogen mit aller Kraft daran. Mit viel Knarren und Ächzen öffnete sich eine hölzerne Tür, die mit einer dünnen Steinschicht verkleidet war. Ein Geruch nach Erde drang heraus.

»Lass uns reingehen!«, rief Derek und tauchte in den schmalen Tunnel, den seine Taschenlampe erleuchtete. Nana sprang ihm nach.

Warte!, wollte Belinda sagen, *Was ist, wenn da ein Skelett liegt?*, aber dann würde er sie nur wieder auf diese schreckliche Art ein *Mädchen* nennen. »Denk dran, ich hab keine Taschenlampe. Und sollten wir nicht etwas nehmen, um die Tür offen zu halten, damit sie nicht zugeht?«

»Gute Idee. Wir nehmen eine von diesen Kisten.«

Bel stieß einen stummen Seufzer der Erleichterung aus. Wenigstens wusste sie jetzt, dass sie wieder hinauskonnten.

Der Tunnel war absolut grässlich. Sie konnte nicht viel sehen, weil Derek vorausging, aber zumindest war er derjenige, der die ganzen Spinnweben ins Gesicht bekam, was ihm gar nichts ausmachte. Erst ging es etwas abwärts, dann kam eine lange Treppe. Auf dem Plan hatte es ausgesehen, als ob an ihrem Ende ein Raum war.

»Derek, wenn wir den Schatz finden, dürfen wir ihn aber nicht behalten, oder?«

»Mist!« Er blieb abrupt stehen, drehte sich um und leuchtete sie mit der Taschenlampe an. Sie hielt sich mit einer Hand die Augen zu und wedelte ihn mit der anderen weg. Er richtete den Strahl auf ihre Füße, was auch nicht viel besser war. »Wahrscheinlich nicht. Aber was glaubst du, wem er gehört? Mr. Norville?«

»Nein, das glaube ich nicht. Ich glaube, nichts von dem ganzen Zeug gehört ihm; er ist nur schrecklich verrückt danach. Ich glaube, alles gehört Lord Westmoor. Am liebsten würde ich es Mrs. Norville geben.«

»Der alten Dame?«

»Ja, sie ist nett. Könnten wir ihn ihr nicht heimlich zuspielen?«

»Erst mal müssen wir ihn finden. Komm.«

Nana bellte zustimmend. Sie gingen weiter, und plötzlich endete der Gang, und sie betraten etwas, das halb Zimmer, halb Höhle war. Der Raum war ziemlich klein, rechteckig, mit drei Wänden aus Fels und Erde, die mit Holz abgestützt waren, und mit einer Wand, die säuberlich gemauert war.

»Kein Skelett«, sagte Belinda erleichtert.

»Keine Schatztruhe«, erwiderte Derek düster. »So ein Reinfall.«

»Vielleicht gibt es ja noch eine Karte«, tröstete sie ihn. »Wir haben den anderen Sekretär im Südzimmer noch nicht untersucht. Aber schau mal, Nana hat da was gefunden!«

»Nana, aus!«

Nana wollte ihren Fund nicht aufgeben, doch Bel befahl ihr zu sitzen und Derek entwand ihn ihrem Maul. Sie bellte, während er ihn untersuchte. Belinda durfte die Taschenlampe halten.

»Was ist es, Derek?«

»Sieht aus wie ein Dolch in einer Scheide. Mann, das ist ja fast so gut wie ein Schatz.« Er hielt ein Ende fest und zog am anderen, und die Klinge glitt heraus. Sie war nicht rostig, aber es waren rostbraune Flecken darauf. »Blut!«, sagte Derek mit schaurigem Entzücken in der Stimme. »Ich wette, damit ist jemand ermordet worden.«

»Es sieht aber nicht so richtig wie ein Dolch aus, eher wie ein Messer.«

»Glaubst du, dass Lord Westmoor den Dolch haben will, Bel? Vielleicht dürfte ich ihn behalten.«

»Vielleicht, aber wenn er antik ist, dann will Mr. Norville ihn. Wahrscheinlich um ihn aufzuheben.«

»Aber ich hab ihn doch gefunden!«

»Nana hat ihn gefunden – und jetzt hat sie noch was. Schnell, nimm's ihr ab!«

Wie zerlumpt und verdreckt der schmutzige Fetzen gewesen sein mochte, ehe Nana ihn zu fassen bekam und Derek ihn ihr entriss, würde wohl ein Geheimnis bleiben. Derek behauptete steif und fest, dass es ein blutverschmiertes Taschentuch war. Bel war sich da nicht so sicher, aber auch das würde ein Geheimnis bleiben.

»Das will zumindest keiner haben«, sagte sie.

»Ich verwahre es für immer!«, gelobte Derek. »Mal sehen, ob uns noch was entgangen ist.«

Als sie jeden Zentimeter des höhlenartigen Raumes untersuchten, entdeckten sie eine Tür in den Holzverkleidungen. »Versuch mal, sie aufzumachen«, sagte Belinda. »Ich möchte nicht durch den grässlichen Tunnel zurück, wenn es nicht sein muss.«

»Könnte schwierig werden«, gab Derek zu. Seine Stimme wurde plötzlich zittrig. »Ich glaube, meine Batterie ist fast leer.«

Er legte die Taschenlampe auf den Boden. In ihrem flackernden Licht drückten sie mit aller Macht gegen die Tür.

Schließlich öffnete sie sich ein paar Zentimeter, gerade weit genug, um einen Streifen grünlichen Lichts eindringen zu lassen. Doch dann blieb sie stecken.

»Es wird draußen auch schon bald dunkel.« Bel merkte, wie sich ihre Augen mit Tränen füllten. Sie wollte nicht lebendig begraben werden, jetzt doch nicht, wo sie einen jungen Hund und eine ganz neue Mummy hatte. Der arme Daddy würde ganz schrecklich traurig sein!

Kapitel 7

Belinda blinzelte die Tränen fort und trat ganz nahe an den Spalt. Draußen hing ein Vorhang aus Efeu. Sie hörte Vögel singen und Wasser plätschern und gedämpfte Stimmen.

»Da ist jemand. Lass uns um Hilfe rufen.«

»Nein! Das wäre ein ziemlich erbärmliches Ende eines echten Abenteuers, findest du nicht? Komm, drück mal fester.«

»Sie gehen vielleicht weg«, sagte Belinda, aber sie drückte mit aller Macht.

Knarrend ging die Tür noch ein Stückchen auf. Nana spitzte die Ohren, schlüpfte durch die Lücke und rannte davon.

»Nana! O nein!«, rief Belinda.

»Ich wette, wir passen da auch durch. Zieh deinen Mantel aus.«

Es war sehr eng, aber sie schafften es. Hinter der Efeuwand ragte ein Baumstamm aus dem Boden, an dem sie sich ebenfalls vorbeidrücken mussten. Sie kamen im Talgarten heraus und standen unversehens Daisy, Alec und dem Kapitän gegenüber.

Kapitän Norville nahm seine Pfeife aus dem Mund und brüllte vor Lachen.

»Wo kommt ihr beiden denn her?«, fragte Alec mit der Pfeife im Mund und grinste.

»Ihr seid ja völlig dreckig!«, sagte Daisy. »Was habt ihr angestellt?«

Die Geschichte sprudelte aus den Kindern hervor.

Der Kapitän lachte wieder. »Ein unternehmungslustiges Pärchen. Ich wusste von dem Raum unter dem Prospect Tower. God und ich …« Er sah sich rasch um und wirkte plötzlich etwas besorgt. »Godfrey und ich, sollte ich lieber sagen, haben da unten Schmuggler gespielt und Gefangene in Kerkern und allen möglichen anderen Kram.«

»Wir haben Mr. Norville gefragt, ob wir in den Turm dürfen«, sagte Derek.

»Brav! Von dem Tunnel und dem Raum an diesem Ende habe ich nichts gewusst. Ohne eine Karte sind wir nicht darauf gekommen, die Falltür zu schließen, daher haben wir den Verschlussriegel auch nie entdeckt. Klar, wir hatten natürlich keine elektrischen Taschenlampen, meistens nur Kerzenstummel oder eine Petroleumlaterne. Ob Godfrey ihn dann wohl später entdeckt hat?«

»Dann hätte er das hier wohl nicht liegen lassen, oder?« Derek zückte das Messer. »Und Onkel Alec, glaubst du nicht auch, dass das hier ein Blutfleck ist?«

»Könnte sein«, stimmte ihm Alec zu, der die Klinge musterte. »Ist allerdings schwer zu sagen. Ich schätze, dass das Messer schon sehr, sehr lange dort gelegen hat.«

»Ob es wohl etwas mit der Geschichte zu tun hat, die mir der Bootsführer erzählte?«, überlegte Daisy. »Ich nehme an, Sie kennen die Geschichte, Kapitän. Vor ungefähr hundert Jahren hat es unter den Schmugglern einen Boss gegeben, der Red Jack hieß und mit den Norvilles verwandt war. Die Familie hat ihn versteckt, als er von den Dragonern schlimm verletzt worden war.«

»Das ist es bestimmt!«, sagte Derek aufgeregt. »Bestimmt haben sie ihn in dem geheimen Raum versteckt, in dem *wirklich* geheimen Raum, und das hier ist das Messer, mit dem er gegen die Dragoner gekämpft hat.«

»Könnte sein«, sagte der Kapitän. »Der Griff ist aus Teakholz und kunstvoll geschnitzt. Delfine und Seeschlangen – typisch. Sieht aus wie die Art von Messer, die die Seeleute heute noch bei sich tragen, für Taue und Tabak und Pökelfleisch und solche Dinge, die man schneiden oder schnippeln muss. Ich kenne die Geschichte, Mrs. Fletcher, aber Godfrey weiß bestimmt besser darüber Bescheid.«

»Ich frag ihn danach.« Derek ließ die Klinge wieder in die Scheide gleiten. »Komm mit, Bel.«

»Sachte, junger Mann!«, befahl Alec. »Erst geht ihr und schließt alle Geheimtüren, die ihr offen gelassen habt.«

»In Ordnung, Onkel Alec. Aber ich glaube nicht, dass wir die an diesem Ende schließen können. Wir haben sie kaum aufgekriegt.«

»Ich schau mal, was ich machen kann«, sagte der Kapitän.

»Danke, Sir. Bel und ich kümmern uns um die Tür am anderen Ende.«

»Und dann«, warf Daisy ein, »ehe ihr überhaupt im Traum daran denkt, mit Mr. Norville zu reden, geht ihr beide und wascht euch Hände und Gesicht und zieht euch um. Und kämmt euch!«

Bel schob ihre Hand in Daisys. »Bist du böse, Mummy?«

»Keineswegs, Liebling. Wie der Kapitän finde ich es auch schrecklich mutig von euch. Aber trotzdem müsst ihr euch waschen und euch die Zweige und Spinnweben aus dem Haar kämmen. Ach ja, und bürstet Nana, ehe ihr reingeht. Ab mit euch.«

Es war fast Teestunde, als Belinda und Derek sauber und ordentlich angezogen nach unten kamen. Derek hatte das wertvolle Messer dabei. In der Halle stießen sie auf Mr.

Norville, Miss Norville und Jemima, die gerade unterwegs zum Tee waren. (»Mince Pies und Weihnachtskuchen«, hatte das Hausmädchen angekündigt, das ihnen ihre schmutzigen Kleider abgenommen hatte.)

»Ach bitte, Sir, sehen Sie mal, was wir gefunden haben«, sagte Derek.

Wieder erzählten sie ihre Geschichte. Jemima beobachtete sie die ganze Zeit finster. Bel war sicher, dass sie vor Neid platzte.

»Was für ein Abenteuer«, sagte Miss Norville. »Miles wird völlig aus dem Häuschen sein. Er hat mich ständig mitgeschleppt, um nach dem Gang und dem Schatz zu suchen. Aber wir haben nicht mal den Raum unter dem Prospect Tower gefunden. Du hast uns nie davon erzählt, Daddy.«

»Es war nichts Aufregendes drin.« Mr. Norville schien nicht sonderlich interessiert zu sein. Er zog die Klinge aus der Scheide und sagte: »Ein gewöhnliches Seemannsmesser. Könnte achtzehntes Jahrhundert sein, aber ist keineswegs ein seltenes Stück. Die Schnitzerei sollte man sich wohl mal gründlicher ansehen, aber dafür habe ich im Moment keine Zeit. Lasst es hier auf dem Tisch liegen. Ich kümmere mich darum, wenn alles erledigt ist.«

»Das schmutzige alte Ding interessiert doch keinen«, sagte Jemima abfällig.

Während die Kinder den Norvilles in die Bibliothek folgten, blickte Derek traurig zurück zu seinem geschmähten Schatz, der jetzt auf dem Dielentisch lag. Er seufzte.

»Mach dir nichts draus«, flüsterte Belinda. »Ich wette, es gibt noch eine Karte, im Südzimmer, dann finden wir den *richtigen* Schatz.«

*

Die Kapelle war mit Stechpalme, Efeu und Tannenreisig geschmückt. Auf dem Altar und in den schimmernden Messingkronleuchtern, die von der Gewölbedecke hingen, brannten Kerzen. Auch das Holz schimmerte: die Kirchenbänke, das kleine Pult mit der Orgel und der herrlich geschnitzte Lettner. So nachlässig sie auch scheinen mochten, die Dienerschaft von Lord Westmoor kümmerte sich um seinen Besitz.

Viele von ihnen saßen bereits im hinteren Teil der Kapelle, als die uralte Uhr die Stunde schlug und die Gäste und die Verwandten Seiner Lordschaft hereinkamen.

Als Daisy die Stufen vom alten Speisesaal herunterstieg, erkannte sie Mrs. Pardon und zwei oder drei Hausmädchen, die sie schon kennengelernt hatte. Die anderen, die mit den Gästen nichts zu tun hatten, beäugten die Fremden neugierig und flüsterten untereinander. Das Flüstern brach abrupt ab, als Reverend Calloway erschien. Daisy, die sich in die vorderste Reihe zwischen Bel und Derek gesetzt hatte, sah, wie der Geistliche die Dekoration unwillig betrachtete. Er war doch wirklich zu pedantisch, um es in Worte zu fassen!

Da es sich nicht um einen offiziellen Gottesdienst handelte, sondern nur Weihnachtslieder gesungen werden sollten, setzte er sich in die Reihe hinter Daisy. Dora Norville ging auf die Orgel zu, während ihr Mann vorne aufstand und das erste Lied ankündigte.

»O Gott«, murmelte Belinda, als die Orgel die Einleitung intonierte. »Das singen wir in der Schule.«

Daisy hörte ein abfälliges Schnauben hinter sich. Es bestand kein Zweifel, wer es ausgestoßen hatte. Der Reverend sang ostentativ nicht mit.

Auf das erste Lied folgte »O kommt, all ihr Gläubigen« und darauf »Das erste Weihnachtsfest«. Bei beiden hörte man Mr. Calloways kräftigen Bariton. Dann erhob sich Miles und begab sich nach vorne.

»Ich würde euch gerne ein Weihnachtslied beibringen, das ich von einem verwundeten deutschen Soldaten gelernt habe.« Er wurde von einem entsetzten Aufstöhnen aus den Bänken unterbrochen, fuhr jedoch unbeirrt fort: »Dieser Soldat lag Weihnachten '18 im Lazarett im Bett neben mir. Er hat es für mich übersetzt. Es ist sehr einfach. Wenn ich es einmal vorsinge, hoffe ich, dass ihr die zweite Strophe mitsingen könnt.«

> O Tannenbaum, o Tannenbaum
> Wie grün sind deine Blätter!
> Du blühst nicht nur zur Sommerzeit,
> nein, auch im Winter, wenn es schneit …«

In der zweiten Strophe erklangen zaghaft weitere Stimmen, dennoch blieb der Gesang dünn.

Daisy war sicher, dass sich einige weigerten, überhaupt mitzusingen. Der durchdringende Sopran ihrer Mutter fehlte ausnahmsweise auch. Sie selbst sang mit und dachte an Gervaise und an ihren gefallenen Verlobten Michael, einen Pazifisten, der zusammen mit anderen der Freiwilligen Ambulanz von einer Mine getötet worden war. Seine Vision vom Frieden hatte es verdient, in Erinnerung gehalten zu werden. Die *Boches* – die Deutschen – waren immerhin auch Menschen. Daisy beendete das Lied mit Tränen in den Augen.

Doch die ganze Zeit war ihr die unheilvolle Stille hinter ihr bewusst. Calloways Schweigen schien sich direkt zwischen ihre Schulterblätter zu bohren, auch wenn sie sicher war, dass es eigentlich diesem gottlosen Lobgesang galt.

Die Lage verbesserte sich nicht durch die nächsten Lieder. Daisy fragte sich allmählich, ob die Auswahl Calloway absichtlich beleidigen sollte. Wer hatte entschieden, was gesungen werden sollte? Godfrey Norville las von einer Liste ab, während er die Lieder ankündigte. Hatte er sie selbst geschrieben? Oder war das ein Streich von Miles und Felicity?

Miles hatte das deutsche Weihnachtslied allerdings mit tödlichem Ernst vorgetragen. Andererseits hatte Daisy das Gefühl, dass es gerade dieses Lied war, das den Geistlichen am meisten erregt hatte, und zwar nicht, weil er die Deutschen hasste.

Die nächsten beiden klassischen Weihnachtslieder milderten Calloways Stimmung. Dann kündigte Godfrey Norville das letzte Lied an, das man nur als Loblied auf Früchtekuchen bezeichnen konnte.

Belinda und Derek sangen aus vollem Hals mit.

Während der letzte Akkord verklang, beugte sich Derek über Daisy hinweg und sagte: »Bel, magst du Früchtekuchen überhaupt?«

»Igitt«, sagte Belinda, »aber das Lied finde ich lustig!«

Dann kehrten alle über die schmale, gewundene Treppe in den alten Speisesaal zurück. Sofort beschwerte sich die Dowager Viscountess über das deutsche Weihnachtslied.

»Die Deutschen waren vor hundert Jahren auch mal unsere Verbündeten«, bemerkte Alec gelassen, »und die Franzosen unsere erbitterten Feinde. Und eines Tages kann sich das Blatt wieder wenden. Wir können nicht die gesamte deutsche Bevölkerung auf ewig für ihren Kaiser verantwortlich machen, genauso wenig, wie wir den Franzosen Napoleon vorhalten.«

Lady Dalrymple erwiderte, dass sie den Franzosen niemals trauen würde. Daisy hörte nur halb hin, denn sie interessierte sich mehr für das, was hinter ihr gesagt wurde.

»Profane Lieder!«, rief Calloway aus.

»Um das Fest zu feiern«, versuchte ihn Kapitän Norville zu beruhigen.

»Um heidnische Naturverehrung zu feiern!«

»Christliche Nächstenliebe und die Hoffnung auf ein ewiges Leben. Freude über die Geburt Christi«, beschwor ihn der Kapitän.

»Profane Lieder«, wiederholte Calloway störrisch, »in einer geweihten Kapelle, die mit Grünzeug verunstaltet ist. Man kann von mir nicht erwarten, dass ich die heilige Messe umgeben von heidnischer Vielgötterei halte.«

»Ich nehme die Stechpalmen- und Efeuzweige sofort höchstpersönlich ab«, versprach der Kapitän, doch Daisy hatte den Eindruck, dass in seiner Stimme gleichermaßen Feindseligkeit wie Besänftigung lag.

Die Kinder waren in die Halle vorausgelaufen. Daisy folgte ihnen und sah, dass jemand alle Kerzen am Baum entzündet und die Lampen gelöscht hatte. Derek und Belinda standen staunend vor dem Baum, den Kinder immer als Wunder empfanden. Dann fing Belinda an, ein Krippenlied zu singen, und Derek stimmte ein.

»Ist er nicht schön, Mummy? Wie die Sterne im leuchtenden Himmel für das Jesuskind.«

»Wirklich schön«, sagte jemand leise, und Daisy stellte erstaunt fest, dass der Reverend in der Nähe stand. »Eine leuchtende Fackel in einer düsteren Welt, wie unser Herr … Ich kann meinen Weg nicht klar und deutlich sehen. Ich muss um Erleuchtung beten. Mr. Norville, ist die Kapelle im Wald abgeschlossen?«

»Nein«, sagte Godfrey Norville argwöhnisch, »sie ist stets offen.«

»Dort werde ich heute Abend beten. Ich muss allein sein, entfernt von dem Zwiespalt, den ich hier im Haus spüre.«

»Jetzt sofort?«

»Nein, später. Wenn sich die Stunde der Geburt unseres Herrn nähert, werde ich um Erleuchtung beten.« Er legte die Hand auf Belindas Kopf. »Danke, mein Kind, dass du mir geholfen hast, die Bedeutung zu erkennen.« Er entfernte sich.

»Meine Güte!«, wunderte sich Felicity. »Vielleicht ist er ja doch irgendwie menschlich. In welche Richtung er wohl springen wird?«

»Springen?«, fragte Daisy, die nichts verstand.

Felicity schüttelte den Kopf und lächelte leicht verschmitzt. »Entschuldigen Sie, Daisy, meine Lippen sind versiegelt.«

Daisy beschloss, offen zu sein. »Ich würde wirklich gerne wissen, was hier vor sich geht. Es werden so viele verwirrende Andeutungen gemacht, das ist sehr beunruhigend. Vermutlich ist das der Zwiespalt, den Mr. Calloway zu spüren glaubt.«

»Ich habe doch gleich gesagt, dass er Weihnachten kaputtmacht«, mischte sich Jemima boshaft ein. »Wenn er bloß nicht gekommen wäre. Wenn ihn Onkel Vic nur nicht getroffen hätte. Wenn er nur *tot* wäre.«

»Ach, hör schon auf, Jemmie. *Du* wirst uns das Fest noch verderben, wenn du nicht aufpasst.«

»Kopf hoch, Jem.« Miles war zu ihnen getreten. »Du siehst nach sieben Tage Regenwetter aus. Denk doch mal an Geschenke und Truthahnbraten und flambierten Weihnachtspudding.«

»Ich mag keinen Weihnachtspudding.«

»Ich verrate dir ein Geheimnis: Die Köchin hat zu Ehren unserer bedeutenden Gäste ein Trifle gemacht.«

»Wenn *die* bloß auch nicht gekommen wären!«, sagte das unmögliche Mädchen und trollte sich.

Ihr Bruder und ihre Schwester seufzten gemeinsam. »Entschuldigen Sie, Daisy«, sagte Miles. »Mutter hat sie nicht mehr unter Kontrolle, muss ich leider sagen.«

»Ihre Manieren sind schlicht grässlich«, pflichtete ihm Felicity bei. »Vielleicht können Onkel Vic oder Großvater ihr ein paar Jahre auf einem Pensionat spendieren.«

»Eine gute Idee, wir sollten mal die Fühler in dieser Richtung ausstrecken.« Miles unterbrach sich. »Aber erst, wenn das hier vorbei ist. Man weiß schließlich nicht, in welche Richtung der Schuss geht. Oh, das Wachs tropft. Mach ein paar Lampen an, Flick, ich lösche die Kerzen lieber, ehe der Baum noch in Flammen aufgeht.«

Brennend vor Neugierde, aber ohne Hoffnung auf eine befriedigende Auskunft, machte sich Daisy daran, die Kinder zu Bett zu schicken.

*

»Und ich glaube nicht, dass ich jemals so wenig Ahnung hatte, was vor sich geht.«

»Daisy, hör mir auf mit deinen Ahnungen«, stöhnte Alec und riss sich den steifen Kragen ab. Er hasste steife Kragen, aber noch schlimmer wäre es gewesen, seiner Schwiegermutter zusätzliche Munition zu geben, die sie gegen ihn verwenden konnte. »Ich hatte auf eine Pause bei der Detektivarbeit gehofft. Es ist doch nicht mehr passiert, als dass der Kapitän einen bigotten Eiferer eingeladen hat und der Rest der Familie ihn loswerden will – was ich nur zu gut verstehen kann.«

»Er ist doch einfach schrecklich, nicht, Liebling?« Sie zog die Nase auf ihre anbetungswürdige Art kraus, worauf er sie immer sofort küssen wollte. »Aber Kapitän Norville ist doch den ganzen Weg von Indien mit ihm hergereist, er hat also nur zu gut gewusst, wie er ist. Warum hat er ihn eingeladen? Und warum versucht er mit aller Macht, es ihm hier recht zu machen?«

»Normale Höflichkeit einem Gast gegenüber. Und ich nehme an, der Kapitän hat ihn eingeladen, bevor er wusste, was für eine Nervensäge er ist.«

»Da steckt mehr dahinter«, sagte Daisy überzeugt. Sie hatte ihr Kleid inzwischen halb ausgezogen, und Alec wollte nicht länger über die Norvilles reden oder auch nur an sie denken. »Sonst würde er wohl kaum um Mitternacht allein in den Wald gehen und mit Gott besprechen, ob er noch ein paar Tage bleiben soll.«

»Es reicht, Liebes! Wie ich Belinda kenne, wird sie beim Morgengrauen hier sein und uns den Inhalt ihres Strumpfes zeigen wollen, selbst wenn sie nicht mehr an den Weihnachtsmann glaubt. Und sie bringt Derek zweifellos gleich mit. Lass uns schlafen!«

»Schlafen?«, fragte Daisy unschuldig, doch in ihrem ansonsten so harmlosen Blick lag ein schelmisches Blitzen.

»Ins Bett, Mädchen! Ich komme dazu, sobald ich dieses Folterinstrument gefaltet habe.« Er kämpfte mit den Manschettenknöpfen seines gestärkten Hemdes.

»Lass mich dir helfen, Liebling«, sagte Daisy.

Irgendwie landete das Hemd dann doch auf dem Boden, wo es die Nacht verbrachte.

Bel und Derek tauchten beim ersten Morgenschein auf. Bis Daisy sie schließlich hinausgejagt hatte, um sich zu waschen und anzuziehen, hatten sie zwei Schokoladeriegel, zwei Brauselollis und die Mandarinen aus der Spitze ihrer Strümpfe verspeist und sich gegenseitig ihre Bilderheftchen vorgelesen.

»Ich bin klebrig«, sagte Daisy.

»Und ich bin kaputt«, sagte Alec, »aber wir sollten wohl besser aufstehen. Es muss ein Polizist her, um die beiden davon abzuhalten, alle restlichen Geschenke vor dem Frühstück aufzumachen.«

»Frühstück vor den Geschenken und Geschenke vor der Kirche. Ich nehme an, Calloway besteht darauf, eine Predigt zu halten, selbst am Weihnachtsmorgen. Ich hoffe, sie wird kurz und handelt nicht nur vom Höllenfeuer.«

Nach dem Frühstück versammelten sich alle in der Bibliothek. Daisy, die keine Ahnung gehabt hatte, wer sich alles auf Brockdene befand, hatte eine große Packung Pralinen mitgebracht, die dankend angenommen wurde. Typisch Daisy, dass sie genau das Richtige ausgesucht hat, dachte Alec.

Er selbst hingegen war etwas unsicher in Bezug auf das Geschenk zu ihrem ersten gemeinsamen Weihnachten. Sie hatte einen Brocken versteinerten Holzes bewundert, den sie irgendwo im Westen der USA gesehen hatten, und er hatte heimlich Holzopal-Ohrringe und eine lange Glasperlenkette gekauft. Solche Ketten bis zu den Knien waren gerade in Mode, aber vielleicht hätte sie lieber eine richtige Perlenkette gehabt, auch wenn er sich nur eine kurze leisten konnte, und nur Zuchtperlen?

Er hätte sich jedoch keine Gedanken machen müssen. Sie war begeistert, und als er irgendwas von Perlen murmelte, sagte sie abschätzig: »Ach, Perlen trägt doch jeder. Ich wette, so etwas hat sonst keiner in England.«

Belinda und Derek freuten sich ebenso über ihre Geschenke aus Amerika, aber der große Renner war etwas, das Daisy für ein paar Pennys erstanden hatte. Als sie ihnen erklärte, dass die getrockneten Maiskörner zu »Popcorn« würden, wenn man sie röstete, mussten sie das sofort ausprobieren. Derek rannte in die Küche, um einen Topf zu holen.

Alle versammelten sich um den Kamin und sahen zu. Als die Kerne zu platzen begannen, jaulte Nana auf und versteckte sich hinter einem Stuhl. Ein paar der weißen Puffkörner flogen heraus und loderten im Feuer auf. Sie waren größer, als Daisy erwartet hatte, und quollen schon bald aus dem Topf, was zur allgemeinen Heiterkeit beitrug.

Alle kosteten davon, einschließlich Nana und sogar Lady Dalrymple, doch als Belinda und Derek gar nicht mehr aufhören wollten, sagte sie: »Daisy, sag ihnen, dass es genug ist. Sie verderben sich ja den Appetit.«

»Nein, nein«, sagte Mr. Tremayne, »diese Körner sind doch nichts als Luft, Mylady. Und die Kinder müssen ja noch den Gottesdienst in der Kapelle überstehen, ehe wir uns zu Tisch begeben.«

Die Stimmung der Gesellschaft wirkte etwas gedämpft. Alec war aufgefallen, dass Calloway weder zum Frühstück noch danach aufgetaucht war, doch es war eher ein erleichtertes Gefühl gewesen. Schließlich war Alec außer Dienst. Es war ihm egal, wer zu welcher Zeit wo weilte.

»Der Reverend schläft wohl aus, nachdem er die ganze Nacht im Wald mit seinen Dämonen gekämpft hat«, sagte Miles leichthin.

»Sprich nicht so respektlos von Mr. Calloway«, fuhr ihn der Kapitän an.

»Vor allem nicht an Weihnachten.« Ausnahmsweise pflichtete Godfrey seinem Bruder bei. »Wir sollten uns lieber zur Kapelle aufmachen. Es ist fast elf Uhr. Er wird aufgebracht sein, wenn wir zu spät kommen.«

Die alte Uhr schlug gerade die Stunde, als Alec Daisy in die Kapelle folgte. Ein paar Bedienstete saßen hinten, wenn auch lange nicht so viele wie beim Singen der Weihnachtslieder.

Im Tageslicht hatte die Kapelle etwas von ihrem Reiz verloren, aber jetzt konnte man einige schöne alte Gemälde sehen, und die Sonne, die schräg durch die Buntglasfenster fiel, malte farbige Flecken auf die weißen Wände. Von Calloway war nichts zu sehen. Zweifellos wollte er einen großen Auftritt haben.

Die Gemeinde verharrte in erwartungsvollem Schweigen. Immer noch kein Calloway. Die Kinder begannen zu zappeln. Daisy legte den Arm um Belinda, und Lady Dalrymple nahm Derek ein Gummiband ab, das er aus der Tasche gezogen hatte.

Und immer noch kein Calloway. Kapitän Norville stand auf und trat hinaus. Ein paar Minuten später kam er ohne Calloway zurück. Er wandte sich an die Hauswirtschafterin im hinteren Teil.

In der Stille war ihr geflüstertes Gespräch zu hören.

»Wer hat dem Reverend heute Morgen den Tee gebracht?«, fragte der Kapitän.

»Niemand«, sagte die Frau ohne Umschweife. »Mr. Calloway ist nicht Gast Seiner Lordschaft.«

Kapitän Norville stieß einen verzweifelten Stoßseufzer aus. Miles sprang auf und trat zu ihm. »Ich gehe mal nachsehen, ob er vielleicht noch schläft, Sir«, erbot er sich.

»Danke, mein Junge.« Der Kapitän erhob die Stimme. »In der Zwischenzeit schlage ich vor, dass alle, die es wünschen, in die Halle gehen, wo es bequemer ist.«

Daisy führte die Kinder schnell hinaus. Alec wartete, um Lady Dalrymple den Vortritt zu lassen, doch sie blieb noch, um still zu beten. Als sie die anderen einholte, kam sie schnurstracks an Alecs Seite und beklagte das schlechte Benehmen moderner Geistlicher generell, im Besonderen jedoch das von Reverend Calloway.

Alec fand es besser, der Adressat ihrer Klagen zu sein als der Gegenstand.

Er musste sie nicht lange ertragen, ehe Miles aus dem Ostflügel in die Halle kam. »Das Bett von Mr. Calloway ist unberührt«, verkündete er.

»Er ist auf und davon«, sagte Felicity augenblicklich.

»Sei nicht vulgär, Liebes«, sagte ihre Mutter automatisch, sah aber erleichtert aus.

Der Kapitän, dem es offensichtlich die Sprache verschlagen hatte, starrte Miles nur an, während Jemima murmelte: »Was für ein Glück!«, und die alte Mrs. Norville wisperte: »Ach herrje!«

»Unsinn!«, rief Godfrey Norville ziemlich beunruhigt. »Warum sollte er so kurzerhand verschwinden? Als Victors Gast war er doch willkommen auf Brockdene. Wir haben uns alle erdenkliche Mühe gegeben, dass er sich wohl fühlt, oder etwa nicht?«

»Keine Sorge, Vater, er ist nicht abgereist«, sagte Miles. »Zumindest fehlt meines Erachtens nur seine Außenbekleidung. Vielleicht hat er beschlossen, nach Calstock in den Gottesdienst zu gehen, statt vor uns Heiden zu predigen.«

»Miles!« Seine Mutter war schockiert.

»Entschuldige, Mutter.«

»Vielleicht ist er in der Kapelle eingeschlafen«, schlug Daisy vor. »In der am Fluss.«

»Verdammt unangenehm.« Miles schüttelte den Kopf. »Nein, aber womöglich ist er auf dem Weg durch den Wald gestürzt. Der Sturm hat ziemlich viele Äste abgerissen, und es war dunkel, denkt dran. Er ist vielleicht gestolpert und hat sich den Knöchel verrenkt.«

»Hoffentlich hat er sich das Bein gebrochen«, sagte Jemima gehässig, »oder den Hals.«

»Jemima!« Die arme Dora geriet immer mehr aus der Fassung.

»Wie auch immer«, sagte Alec ruhig, »wir machen uns lieber auf und suchen nach ihm. Miles, Kapitän, Mr. Norville, Sie kommen doch mit? Ich kenne mich nicht aus.«

»Ich komme auch mit«, brüllte Derek. »Komm, Bel. Wir nehmen Nana mit. Sie ist bestimmt ein toller Spürhund.«

Daisy machte diesen Plan umgehend zunichte. »Ihr bleibt schön hier, alle beide.« Sie wechselte einen Blick mit Alec, der sie unterstützte. Wenn sie Calloway verletzt vorfänden oder wenn er in den Tamar gefallen und ertrunken wäre, könnten sie keine Kinder gebrauchen.

Als Alec herunterkam, nachdem er die Schuhe gewechselt und einen Mantel angezogen hatte, erwarteten ihn bereits Miles, Kapitän Norville und Mr. Tremayne.

»Vater beruhigt gerade meine Mutter«, sagte Miles beklommen. »Ihre ungeratenen Kinder sind leider eine harte Prüfung für sie.«

Sie durchquerten die Terrassengärten, gingen durch die Unterführung unter dem Weg und betraten den Talgarten. Hier teilten sie sich auf, um die verschiedenen gewundenen Wege abzusuchen. Sie waren teilweise steil und glitschig und mussten in der Dunkelheit schwer zu begehen gewesen sein, aber keiner fand eine Spur von dem fehlenden Geistlichen.

Am Nachmittag zuvor waren Alec und Daisy nicht ganz bis zum unteren Ende des Gartens gegangen. Als sie jetzt an den Wald kamen, sah Alec, dass Miles recht gehabt hatte, der Sturm hatte tatsächlich einigen Schaden angerichtet. Die breiten Waldwege lagen voller Zweige und dickerer Äste.

»Wenn einer davon auf den armen Kerl gefallen wäre«, sagte Tremayne, »dann hätte er keine Chance gehabt.«

»Nein«, stimmte ihm Miles zu, »oder er könnte im Dunkeln leicht über einen gestolpert sein, auch wenn ich vermute, dass er eine Laterne mitgenommen hat.«

»Gehen wir mal davon aus, dass er den Weg nicht verlassen hat«, schlug Alec vor »es sei denn, wir finden ihn nicht in der Kapelle. Wir halten uns erst mal an den Weg.«

»Selbst mit Schlimmerem als einem verstauchten Knöchel – und ich hoffe, dass es nichts Schlimmeres ist – hätte er wohl in der Kapelle Schutz gesucht, statt den Versuch zu machen, zum Haus zurückzukommen«, sagte der Kapitän bekümmert.

»Achtet aber bitte auf Fußabdrücke«, sagte Alec. »Wenn er den Weg verlassen hat, haben wir vielleicht Glück und sehen es.«

Aber der abflauende Sturm hatte den Boden ausgetrocknet, und es waren keine schlammigen Stellen mehr da, die Fußabdrücke hätten aufweisen können. Das Laub war über den Weg geweht und raschelte unter ihren Schritten. Vielleicht hätte ein erfahrener Fährtenleser ihre Spur verfolgen können, aber Alec konnte nicht entdecken, wo sie entlanggelaufen waren.

Die Kapelle kam in Sicht.

»Na so was, sie ist offen«, sagte Miles. Er eilte voraus, stieß die Tür ganz auf und trat ein.

Als die anderen näherkamen, stürzte er mit aschfahlem Gesicht heraus. Nach zwei Schritten blieb er wankend stehen, mit geschlossenen Augen, seine einzige Hand zur Faust geballt.

Alec war als Erster bei ihm. »Ruhig, alter Junge. Halten Sie sich an mir fest.«

»Es ... geht schon wieder. Ich habe viel Schlimmeres gesehen. Es ist nur ... es kommt alles wieder hoch.«

»Was?«, fragte der Kapitän. »Was hast du gesehen?«

»Calloway. Er ist da drin. Tot. Mit einem Messer im Rücken.«

Kapitel 8

N ein!« Kapitän Norville stürzte auf die offene Kapellen-
tür zu. Als Tremayne ihn am Arm packte, riss ihn die
Wucht der Bewegung herum, und er ballte die Hände zu
Fäusten. »Lassen Sie mich los!«

»Halt! Sie dürfen da nicht hinein, Victor. Das ist eine
Angelegenheit für die Polizei.«

»Er ist tot? Calloway ist tot?« Der Kapitän lockerte die
Fäuste wieder und schüttelte den Kopf wie ein verwirrter
Stier, dessen anvisiertes Opfer gerade über den Zaun ge-
sprungen war. Seine Schultern sackten nach vorne. »Dann
wird Mutter niemals zu ihrem Recht kommen.«

»Um ehrlich zu sein, Onkel Victor«, sagte Miles, der
noch bleich war, aber in dessen Wangen die Farbe allmählich zurückkehrte, »ich glaube nicht, dass es Großmutter
noch besonders viel ausmacht.«

»Du hast ja keine Ahnung! Wusstest du, dass sie immer
noch mit einer Miniatur meines Vaters unter dem Kopfkissen schläft? Für dich ist sie nichts als eine runzelige alte
Dame, aber innerlich ist sie noch immer jung und hübsch
und in Trauer.«

Niemals hätte Alec von einem Seemann solch romanti-
sches Gerede erwartet. Was um Himmels willen ging da
nur vor sich? Vage erinnerte er sich, dass ihm Daisy eine
tragische Geschichte aus Mrs. Norvilles Vergangenheit erzählt hatte, aber er hatte nicht besonders gut zugehört.

Man durfte Daisys scheinbar harmloses Geplapper nicht einfach abtun, dachte er. Dann rief er sich ins Gedächtnis, dass Weihnachten war und er Urlaub hatte. Er würde sich keinesfalls um die Untersuchung zu Calloways Tod kümmern, verdammt! Trotzdem …

»Ich stelle mal lieber sicher, dass der arme Teufel nicht einfach dort liegt und langsam verblutet«, sagte er zu Tremayne. »Ich berühre nichts außer seinem Handgelenk.«

Miles sah ihn verwundert an. »Aber …«, begann er, dann verstummte er, während Alec ihn mit einem Stirnrunzeln ansah.

Da war noch etwas, was Daisy ihm erzählt hatte: Sie hatte dem jungen Miles gegenüber seinen Polizei-Beruf erwähnt und ihn zum Stillschweigen verpflichtet, als sie festgestellt hatte, dass Lord Westmoor seiner verarmten Verwandtschaft nichts darüber gesagt hatte.

Alec betrat die düstere kleine Kapelle. Er konnte nicht anders: Er sah sich nach Fußspuren um, und obwohl er keine entdeckte, nicht mal die von Miles, trat er nur auf eine Seite, um selbst keine Spuren zu hinterlassen. Reverend Calloway lag der Länge nach vor dem schlichten Altar. Es hätte auch eine Pose der Ehrerbietung vor dem Herrn sein können, hätte nicht der Griff des Messers zwischen seinen Schulterblättern herausgeragt.

Sein Kopf war von Alec abgewandt. Die Arme lagen unter seinem Körper, als habe er gekniet, als er niedergestochen wurde. Er trug seinen schwarzen Anzug, sein Mantel lag gefaltet über der Lehne der Kirchenbank neben der ausgebrannten Laterne.

Unter dem schwarzen Tuch des Anzugs war der große Blutfleck um das Messer herum schwer auszumachen. Das untere Ende des Griffs war befleckt. Alec nahm an, dass ein guter Teil des Blutes sofort ausgetreten, allerdings nicht herausgespritzt war. Der Mörder musste Blut an den Händen haben, jedoch wahrscheinlich nicht an seiner Kleidung.

Die Klinge war oben in Calloways Rücken eingedrungen, zwischen den Schulterblättern schräg nach unten gerichtet, doch zu hoch oben, um sein Herz getroffen zu haben, vermutete Alec. Als er jedoch unter den Körper griff, um nach dem Handgelenk zu tasten, wusste er, ehe er es berührte, dass der Mann tot war.

Kein Puls. Kalt, die Totenstarre weit fortgeschritten. Kurz nach Mitternacht wahrscheinlich.

Verdammt, er wollte doch *keinesfalls* ermitteln! Aber er konnte sich nicht davon abhalten. Als er sich wieder erheben wollte, entdeckte er eine dunkle Pfütze geronnenen Blutes bei Calloways geöffnetem Mund, die sich wie ein Kissen unter seiner Wange auf dem kalten Steinboden ausgebreitet hatte. Das Messer musste die Lunge verletzt haben. Vielleicht hatte sie auch das Rückenmark getroffen und den Mann gelähmt. Das würde erklären, warum er sich im Todeskampf nicht bewegt hatte, warum er so gerade auf dem Boden lag.

Das Messer kam Alec seltsam bekannt vor. Er bückte sich und betrachtete es genauer. Ja, wenn er sich nicht täuschte, war es das Seemannsmesser, das Belinda und Derek gestern in dem Geheimgang gefunden hatten.

Wo hatten sie es hingelegt?

Verdammt, er wollte sich doch keinesfalls in die Ermittlungen einmischen! Das war ein Fall für die örtliche Polizei.

Er eilte aus der Kapelle, nahm sein Taschentuch und schloss damit die Tür. »Wo befindet sich die nächste Polizeiwache?«, fragte er.

»Calstock«, sagte Tremayne. »Sie ist ...«

Der Kapitän unterbrach ihn. »Dann ist Calloway also tot, Fletcher? Ich habe halb Indien nach dem Mann abgesucht und ihn überredet, mit nach England zu kommen, obwohl er sich dort gerade in den Ruhestand versetzen lassen wollte, habe wochenlang seine Prüderien ertragen ...«

»Warum?«, fragte Alec direkt.

»Warum? Weil ...«

»Je weniger Sie sagen, desto besser, Victor«, unterbrach ihn Tremayne seinerseits und wiederholte: »Dies ist ein Fall für die Polizei.«

»Ich gehe und benachrichtige sie«, bot Miles an.

»Bist du sicher, dass du dich dazu imstande fühlst, Junge?«, fragte sein Großvater besorgt.

»Ja, absolut. Es geht mir besser, wenn ich etwas zu tun habe.« Er sah Alec an. »Ich nehme an ... ich nehme an, ich muss ihnen melden, dass es sich um Mord handelt.«

»Wäre wohl schwierig, es als einen Unfall oder als Selbstmord einzustufen«, stimmte ihm Alec trocken zu. »Nicht mal als Selbstverteidigung. Melden Sie einfach einen gewaltsamen Tod und verlangen Sie, dass ein Arzt mitkommt.«

»Ja, Sir.«

»Ich glaube, Dr. Hennessy ist über Weihnachten verreist«, sagte Tremayne. »Du kannst sagen, ich hätte vorgeschlagen, die Landeshauptstelle in Bodmin um Rat zu fragen. Erzähl ihnen aber nicht mehr als unbedingt nötig.«

»Jawohl, Sir.« Wieder warf der junge Mann Alec einen Blick zu, und er nickte. Aus Sicht der Familie, wenn schon nicht aus der Perspektive der Polizei, hatte der gerissene alte Anwalt natürlich recht. »In Ordnung, dann mache ich mich auf.« Er eilte den Weg zurück, den sie gekommen waren.

»Warten Sie!«, rief Alec. Er wandte sich Tremayne zu. »Kommt er am Haus vorbei?«

»Nein, der öffentliche Fußweg führt am Fluss entlang und umgeht die Gärten. Warum?«

»Schon gut!«, rief Alec Miles zu, winkte ihn weiter und beobachtete, wie er an dem Tor zum Park vorbeiging. Dann sagte er zu Tremayne: »Weil ich nicht will, dass die Kinder etwas davon erfahren.«

»O Gott, nein!« Kapitän Norville, der mit düsterem Blick auf die Kapelle dagestanden war, drehte sich schnell um. »Und die Damen um Himmels willen auch nicht!«

»Wir müssen ihnen aber etwas sagen«, hielt ihnen Tremayne entgegen, »zumindest den Damen. Wir müssen uns auf eine Geschichte einigen, ehe wir zum Haus zurückkehren. Etwas, das nicht allen das Weihnachtsfest verdirbt.«

»Sie werden es früh genug herausfinden, sobald die Polizei eintrifft«, stellte Alec klar. »Besser, wir sagen ihnen gleich die Wahrheit. Zumindest, dass Calloway tot ist und Miles nach einem Doktor sucht. Sie sollen ruhig eine natürliche Ursache vermuten. Ich glaube nicht, dass ihn jemand so sehr mochte, dass sein Abgang ihnen den Appetit verdirbt.«

»Mir ist er schon verdorben!«, murmelte der Kapitän.

»Also gut«, sagte Tremayne, »am besten, wir gehen zurück und bringen es ihnen bei, ehe sie sich fragen, was eigentlich los ist.«

»Ich muss bleiben«, sagte Alec widerstrebend, »und aufpassen, dass keiner hineingeht und Beweise vernichtet. Wenn wir Glück haben, kommt Miles rechtzeitig mit einem Polizisten zurück, damit ich das Essen nicht versäume.«

»Ich bleibe auch«, murrte der Kapitän. »Kann doch einen Gast von Westmoor nicht allein hierlassen.«

»Tut mir leid, ich würde das gerne annehmen, Kapitän. Aber ich fürchte, es sieht so aus, als ob Sie und Ihre Familie die Hauptverdächtigen sein werden.«

»Ich? Ich brauchte ihn lebend. Sein Tod hat alles zunichtegemacht!«

»Fletcher hat recht, Victor. Auch wenn ich mich mit strafrechtlichen Vorgängen nicht besonders auskenne, sehe ich doch, dass wir alle, selbst ich, unter Verdacht stehen. Kommt jetzt. Wir wollen die Damen doch nicht unnötig auf die Folter spannen.«

»Versuchen Sie bitte, es vor den Kindern geheim zu halten«, bat ihn Alec.

»Natürlich«, sagte der Kapitän schroff.

»Und wenn es einen Schlüssel für die Kapelle gibt, denke ich, dass die Polizei sie abschließen will, bis sie den Tatort untersuchen kann.«

»Ich schicke jemanden mit dem Schlüssel.«

Sie stapften davon. Alec schlenderte vor der Kapelle auf und ab. Er hatte seit Jahren keinen Wachdienst mehr getan, aber verbrachte noch immer viel Zeit mit Warten, meistens in weit unangenehmerer Umgebung. In den Bäumen zwitscherten Vögel, und zwei rostrote Eichhörnchen jagten einander und sprangen von Ast zu Ast wie Trapezkünstler. Irgendwo in der Ferne ertönte fröhliches Glockengeläut, das Ende des Gottesdienstes in Calstock wahrscheinlich.

Heute würde kein Gottesdienst auf Brockdene gehalten. Der vorgesehene Priester war verblutet oder an seinem eigenen Blut erstickt – doch Alec wollte nicht über die genaue medizinische Ursache seines Abgangs spekulieren und auch nicht darüber, wer ihn auf den Weg gebracht hatte.

Er zog seine Pfeife aus der Tasche … und steckte sie wieder ein. So gerne er jetzt geraucht hätte, erschien es ihm irgendwie respektlos dem Toten gegenüber. Dieses Gefühl hatte er schon öfter gehabt. Um sich abzulenken, vom Rauchen und von dem nicht zu unterdrückenden Instinkt, zu ermitteln, spazierte er um die Kapelle herum.

Auf jeder Seite waren Beete mit immergrünen Büschen, Lorbeer und Rhododendren, aber man konnte zwischen den Sträuchern und der Mauer durchschlüpfen. Hinter der Kapelle fiel der Boden unvermittelt ziemlich steil ab, fünfzehn bis sechzehn Meter tief bis zu einem schlammigen Grund. Der Fluss war trübe und braun und strudelnd nach dem Sturm und dem heftigen Regen, und er führte Schmutz und Geröll mit in Richtung See, wo anscheinend Ebbe herrschte. Das gegenüberliegende Ufer, das von gelblichem Schilf bestanden war, stieg viel sanfter zu einem Hügel an, auf dem rote Devonshire-Rinder weideten.

»Alec!« Das war Daisys besorgte Stimme. »Alec, wo bist du?«

»Hier. Komme schon.« Er eilte wieder nach vorne.

Daisy warf sich ihm in die Arme und drückte ihn fest. »Oje, Liebling, ich habe schon befürchtet, dass man dich auch abgemurkst hat.«

»Auch? Also konnte der Kapitän nicht den Mund halten, nehme ich an.«

»Dann ist Calloway also tatsächlich ermordet worden. Wie entsetzlich! Kapitän Norville und Mr. Tremayne haben nur gesagt, dass er tot sei.«

Alec stöhnte. »Und ich habe dir gerade verraten, dass man ihn umgebracht hat!«

»Gestehe mir doch ein bisschen Grips zu, Liebling. Wenn er einfach gestorben wäre, an einem Herzanfall oder so was, dann wäre der Kapitän geblieben, um auf den Doktor zu warten. Dass du geblieben bist, bedeutete für mich, dass an dem Tod etwas verdächtig war und du nicht wolltest, dass der Kapitän deine Indizien zerstört. Liege ich richtig?«

»Nicht *meine* Indizien. Ich bin im Urlaub. Ich habe Miles gerade noch daran hindern können, mich zu verraten, also kein Wort über meinen Beruf! Wo sind die Kinder?«

»Ich habe sie erwischt, wie sie sich rausgeschlichen haben, direkt, nachdem ihr gegangen wart. Ich habe ihnen das Versprechen abgenommen, nicht hierherzukommen. Sie wollten auf den Hügel mit dem Prospect Tower gehen und spielen anscheinend, dass er ein riesiger Wigwam ist. Beide hatten die Indianerkostüme an, die wir ihnen mitgebracht haben. Bel sieht anbetungswürdig aus in der perlenbestickten Jacke und mit der Feder im Haar, und dazu die rotblonden Zöpfe! Die arme Nana muss einen Büffel spielen, aber sie lässt sich ja gerne jagen, und die Kinder tun ihr nicht weh. Wie ist er umgekommen?«

»Erstochen mit … o verdammt, Daisy!«

»Du kannst es mir doch genauso gut jetzt sagen, Liebling. Sobald der örtliche Polizist kommt, ist es sowieso kein Geheimnis mehr.«

»Hoffentlich können wir es vor Belinda und Derek verschweigen. Und ich hatte auf ein friedliches, wenn schon nicht fröhliches Weihnachtsessen gehofft, ehe es allgemein bekannt wird.«

»Also, ich sage es keinem. Vor allem Mutter nicht. Du lieber Himmel, sie wird ganz schön geladen sein! Noch mehr als ohnehin schon. Am besten behalten wir die Nachricht so lange wie möglich für uns. Wir überreden den Bobby, erst nach dem Essen ins Haus zu kommen, dann wissen es nur – lass sehen – vier von uns. Außer dem Mörder. Was glaubst du, wer ihn erstochen hat?«

»Ich bemühe mich sehr, nicht darüber nachzudenken«, machte ihr Alec klar.

»Keiner mochte den armen Kerl besonders«, überlegte Daisy. »Und ich fürchte, keiner wird ihm nachtrauern. Wenn ich nur wüsste, warum ihn Kapitän Norville überhaupt eingeladen hat.«

»Er hat etwas Merkwürdiges gesagt«, räumte Alec widerstrebend ein. »Er hat gesagt: ›Dann wird Mutter niemals zu ihrem Recht kommen.‹ Und dann sagte er, dass sie ihren Mann immer noch betraue.«

»Aber er war nicht ihr Mann. Oder war er es doch? Ich weiß, dass du nicht zugehört hast, als ich dir von Mutters Brief erzählt habe.«

»Liebe Güte, Daisy, wovon zum Teufel redest du?«

Daisy hielt die Hand hoch. »Sei mal kurz still. Lass mich nachdenken. Das ändert die Sachlage. ›Zu ihrem Recht kommen‹ muss wohl in diesem Zusammenhang bedeuten … Liebling, ich glaube, ich weiß, weswegen Calloway hier war!«

»Muss ich um Aufklärung betteln?«

»Nein, warum solltest du?« Sie sah ihn mit gerümpfter Nase an. »Du bist doch absolut entschlossen, nicht zu ermitteln, deshalb hast du gar keinen Grund, es wissen zu wollen. Außerdem sind es nur Gerüchte und Vermutungen, keine Beweise.«

»Ich warne dich, gleich passiert ein zweiter Mord!«, knurrte Alec.

»Reg dich doch nicht gleich auf, Liebling. In Ordnung, dann fange ich mal ganz vorne an.« Sie erzählte Evas Darstellung der Geschehnisse, die zum Ertrinken von Albert und seinem ältesten Bruder, dem Viscount Norville, Erbe des sechsten Earls, geführt hatten.

»Eine traurige Geschichte. Wahrscheinlich haben sie

gestritten, weil der Viscount seine Unterstützung verweigerte. Aber das indische Mädchen war da immer noch in Indien. Gemeint ist doch die alte Dame, die unter dem Namen Mrs. Norville bekannt ist?«

»Ja, sie traf ein paar Monate später ein, mit zwei Babys. Kannst du dir das vorstellen, Liebling? Sie machte die weite Reise, um zu ihm zu kommen, und musste herausfinden, dass er tot war. Einfach entsetzlich! Sie behauptete, mit ihm verheiratet zu sein, aber ohne Beweis gab es wohl nicht die geringste Hoffnung, dass ihr der Earl glaubte. Oder wohl eher, zugab, dass er ihr glaubte.«

»Keine Chance, selbst wenn es stimmte. Und doch lebt sie seit so vielen Jahren in diesem Haus.«

»Er gewährte ihr eine Zuwendung und ließ sie auf Brockdene leben, um sie ruhigzustellen. Er ließ sie sogar den Familiennamen annehmen, aber sie wurde nie als Familienmitglied akzeptiert, und Victor und Godfrey wurden als unehelich angesehen. Angenommen, sie sind tatsächlich Alberts Söhne, dann wären sie direkte Cousins des derzeitigen Earls. Und wir können sicherlich davon ausgehen, dass sie nicht nur Alberts Söhne sind, sondern auch ehelich.«

»Sehr wahrscheinlich«, sagte Alec, »auch wenn ihre Chance, es zu beweisen, mit Calloway gestorben ist.«

»Du stimmst mir also zu?«, rief Daisy aufgeregt. »Calloway war der Geistliche, der Albert mit dem indischen Mädchen vermählt hat, und der Kapitän hat ihn mitgebracht, damit er die Vermählung bezeugen kann!«

»Eine schlüssige Folgerung. Aber wer hätte dann ein Motiv, den Mann zu ermorden? Sie hätten doch alle überglücklich sein sollen bei der Aussicht, legitimiert zu werden.«

»Es sei denn, Calloway hat seine Meinung geändert. Mit

vielem war er nicht einverstanden – die Götzen von Mrs. Norville, die Weihnachtslieder, die Misteln –, und ich bin sicher, dass er die ganze Angelegenheit mit Vorbehalten ansah. Das war der Grund … Ah, die Uhr in der anderen Kapelle schlägt zwölf. Ich hoffe, dass Miles rechtzeitig zum Weihnachtsessen zurück ist. Ich würde es ungern verpassen.«

»Warum gehst du nicht einfach zurück zum Haus, Liebes?«, schlug Alec vor. »Es wäre vielleicht eine gute Idee, nach den Kindern zu sehen. Ich traue ihnen glatt zu, dass sie einfach loslaufen und dann plötzlich hier im Wald auftauchen. Sie würden es vermutlich einfach auf Nana schieben.«

»Ja, Jäger müssen dem Büffel folgen. Vielleicht sollte ich tatsächlich gehen und nachsehen, was sie im Schilde führen. Teilst du dem hiesigen Polizisten unsere Folgerungen mit?«

»Die auf Gerüchten beruhen und möglicherweise nichts mit Calloways Tod zu tun haben? Wenn er ein wenig Grips hat, dann findet er das selbst heraus, oder seine Vorgesetzten von der Bezirksstelle tun es. Abgesehen davon will ich nicht, dass man sich fragt, warum ich mich um Folgerungen kümmere – was ich ja auch keinesfalls wollte. Du hast es mal wieder geschafft, Daisy!«

»Das kannst du mir nicht anhängen, Liebling. Ermitteln ist nicht nur dein Beruf, es liegt dir im Blut. Ach so, hier ist der Schlüssel für die Kapelle. Der Kapitän bat mich, ihn dir zu geben. Er war sehr beeindruckt von deiner Ahnung, die Polizei würde abschließen wollen.« Sie ging lachend davon.

Selbstverständlich wandten sich Alecs Gedanken, noch ehe sie ganz außer Sicht war, wohl oder übel dem zu, was sie berichtet hatte und in welchem Bezug es zu dem Mord stehen konnte. Anders als ihre oft sehr weit hergeholten Theorien klang ihre Vermutung diesmal ziemlich vernünftig. Man würde es noch bestätigen lassen müssen, was nicht schwierig sein sollte. Der Kapitän konnte keinen Grund haben, es in Abrede zu stellen, eher umgekehrt, denn es würde ihn und seine Familie entlasten.

Es sei denn, Calloway hatte es sich anders überlegt, wie Daisy andeutete. War es möglich, dass Kapitän Norville in diesem Fall die Beherrschung verloren und ihn angegriffen hatte?

Alec musste daran denken, wie der Kapitän die Fäuste geballt hatte, als ihn Tremayne am Ärmel packte. Unbeherrschtheit? Doch selbst wenn der Kapitän wutentbrannt war, kam er Alec eher nicht wie jemand vor, der seinen Gegner hinterrücks erstach.

Andererseits war der Kapitän bestimmt schon in Ländern gewesen, in denen eine Ehrenkränkung nach Rache in allen möglichen Formen schrie. Vielleicht hatte sich im Laufe seiner Reisen beim Kapitän der Code des englischen Gentlemans abgenutzt.

Zum Glück, so rief sich Alec ins Gedächtnis, war es nicht seine Angelegenheit, sich mit Kapitän Norvilles Psyche zu beschäftigen. Und da kam auch endlich Miles, nicht nur mit einem, sondern mit zwei Polizisten, die Fahrräder neben sich herschoben.

»Sergeant Tilton, Sir, und Constable Redkin. Das ist Mr. Fletcher, Sergeant. Er ist Gast auf Brockdene.«

Tilton war ein resigniert wirkender Mann, der nicht mehr weit vom Pensionsalter entfernt war. Redkin war neu im Dienst, wenn man von dem leichten Flaum auf seinen Wangen und seiner blitzsauberen Uniform ausging.

»Ein Gast?«, fragte Tilton misstrauisch nach. »Darf ich fragen, Sir, warum Sie hier am Tatort herumhängen?«

»Ich bin geblieben, um sicherzustellen, dass keiner die Kapelle betritt, Sergeant. Sind Sie zuständig für den Fall?«

»Aye, vorerst zumindest. Die Stürme haben alle Telefonleitungen im Umkreis von Bodmin abgerissen. Das liegt am Rand der Heide, mitten im Sturmgebiet. Bessie von der Vermittlung sagt, dass die Leitungen nach Osten und am Fluss entlang in Ordnung sind.«

»Warum hat man dann nicht in Plymouth angerufen?«

Der Sergeant starrte ihn empört an. »Es käme mir nicht in den Sinn, Sir, der Polizei von Devon zu stecken, was hier in der Gegend passiert. Da würde ich schon eher Scotland Yard anrufen, glauben Sie mir.«

Alec und Miles vermieden es geflissentlich, sich anzusehen. Der Constable machte große Augen. »Mein Gott, Sergeant, Sie wollen den Yard dazu holen?«

»Könnte vielleicht so weit kommen, Junge. Bin schließlich kein Kriminalbeamter und will das auch nicht vorgeben; und wegen der Feiertage kann in nächster Zeit niemand kommen und die Telefonleitungen reparieren.«

»Was ist mit einem Arzt?«, fragte Alec, dessen professioneller Instinkt sich erneut zu Wort meldete.

»Mein Großvater hatte recht«, sagte Miles zu ihm. »Dr. Hennessy ist über Weihnachten zu Verwandten nach Exeter gefahren. Sergeant Tilton hat in Saltash angerufen und gebeten, Dr. Clay zu schicken, doch das dauert mindestens ein paar Stunden.«

»Aye, wenn er überhaupt zu Hause ist. Jetzt wäre ich Ihnen dankbar, Sir, und Ihnen, Mr. Miles, wenn Sie mich und Redkin allein ließen, damit wir alles in Augenschein nehmen können.«

»Gerne. Hier ist der Schlüssel«, sagte Alec und fragte sich, wie viel Beweise die beiden wohl unkenntlich machen würden. Er und Miles machten sich auf den Rückweg. »Danke, dass Sie mein Inkognito trotz der bestimmt sehr großen Verlockung gewahrt haben.«

»Es war schwierig, als Tilton mit Scotland Yard anfing. Werden Sie wirklich nicht eingreifen, Sir? Ich kann mir nicht vorstellen, dass diese beiden Einfaltspinsel auch nur die geringste Ahnung haben von dem, was sie tun. Sie sind an Bergarbeiter gewöhnt, die am Samstagabend vor dem Pub raufen, oder an den einen oder anderen Landstreicher, der Hühner klaut. Sie nehmen wohl nicht an, dass ein Landstreicher oder ein Tramp das getan hat, oder?«, setzte er hoffnungsvoll hinzu.

Alec fragte sich, wie genau sich der junge Mann den Messergriff angesehen hatte, der aus Calloways Rücken ragte. Wahrscheinlich hatte er ihn nicht erkannt, falls er den Fund der Kinder überhaupt zu Gesicht bekommen hatte.

»Ich möchte wirklich keine Vermutungen anstellen«, sagte Alec. »Ich bin im Urlaub. Lassen Sie uns die Sache erst mal vergessen und das Weihnachtsessen genießen.«

*

Das Essen war festlicher, als unter den gegebenen Umständen zu vermuten gewesen wäre. Den Kindern, einschließlich Jemima, hatte man noch nichts vom Tod des Geistlichen gesagt. Bel und Derek, die über ihre Indianerspiele plapperten, fragten nicht danach, warum er nicht anwesend war. Jemima, die sich in dem heiklen Alter zwischen Kindheit und Erwachsensein befand, machte eine hämische Bemerkung, dass der Geistliche jetzt keinen Truthahn abbekomme, wurde jedoch von ihrer Mutter streng ermahnt.

Den Kindern zuliebe versuchten die meisten Erwachsenen, heiter und fröhlich zu sein. Dabei half ihnen der

Wein, den Godfrey hinter der kleinen Tür in der Bibliothek hervorholte.

Daisy war zu sehr damit beschäftigt, zwischen den Bissen ein Auge auf Belinda und Derek zu haben, und konnte dem Rest der Gesellschaft nicht so viel Aufmerksamkeit schenken, wie sie eigentlich wollte. Wenn sie die anderen am Morgen nur besser beobachtet hätte, statt sich auf die Kinder und die Geschenke zu konzentrieren. Der Mörder, der ja mit der Entdeckung seiner Tat rechnen musste, hatte sich doch bestimmt ungewöhnlich verhalten.

Soweit sie es jetzt beurteilen konnte, benahmen sich Miles und Felicity ganz unbekümmert, sie gewohnt lebhaft und ironisch, er gutmütiger, wenn auch gleichermaßen schlagfertig. Jemima schmollte, aber das war ja nichts Neues.

Ihre Mutter war aufgekratzt, doch wirkte sie zugleich verbissen. Godfrey Norville konnte man beim besten Willen keine Fröhlichkeit nachsagen. Er schien mit den Gedanken anderswo zu weilen und quälenden Überlegungen nachzuhängen, was unter den Umständen natürlich war. Victor Norville gelang es besser, seinen Kummer darüber zu verbergen, dass seine Pläne zunichtegemacht worden waren, doch dann und wann legte sich sogar über seine leutselige Art ein düsterer Schatten. Die alte Mrs. Norville war möglicherweise noch stiller als sonst. Nach so vielen Jahren der Verbannung musste es schwer sein, mit dem Verpuffen ihrer Hoffnungen fertig zu werden.

Mr. Tremayne war tief in Gedanken. Daisy wusste nicht, ob man ihn über den geheimen Grund hinter Calloways Besuch aufgeklärt hatte, aber als Anwalt war ihm sicher bewusst, dass der Tod des Geistlichen nichts als Ärger für die Norvilles bedeutete.

Doch das verschlug niemandem den Appetit. Auf Truthahn, Maronenfüllung mit Petersilie, Thymian, Zwiebeln und Fleischfarce, braune Sauce, Rosenkohl, Erbsen und Röstkartoffeln folgten ein Trifle und der bläulich flackernde flambierte Weihnachtskuchen. Der Kapitän verteilte den Kuchen und achtete darauf, dass Belinda und Derek die Glückspennys bekamen, genau wie sie es erhofft hatten. Und er ließ auch nicht zu, dass Daisy darauf bestand, sie müssten alles aufessen.

»Es ist doch Weihnachten«, rief er aus. »So, und wo ist jetzt die riesige Schachtel mit Knallbonbons, die Master Derek mitgebracht hat?«

Es waren genug Knallbonbons für alle da. Kapitän Norville überredete sogar Lady Dalrymple, einen mit ihm zusammen platzen zu lassen und das Papiermützchen aufzusetzen und in die kleine silberne Trillerpfeife zu blasen, die sie darin gefunden hatte. Nach dem kurzen Knallen lag der leichte Geruch nach Schießpulver in der Luft, und alle lasen ihre Sinnsprüche.

Schließlich wurden die Kinder unruhig. Daisy erlaubte ihnen, spielen zu gehen, schärfte ihnen aber noch ein, nicht in den Wald zu gehen. Die Erwachsenen zogen sich in die Bibliothek zurück und tranken Kaffee.

Dort wurden sie dann auch von Sergeant Tilton aufgesucht. Mit der Mütze in Händen betrat er unbehaglich und offensichtlich erfüllt von Selbstmitleid den Raum.

»Entschuldigen Sie, Herrschaften«, sagte er, »dass ich Sie an so einem Tag wie heute stören muss; aber ich muss ein paar Fragen stellen, da es sich offenbar um Mord handelt.«

»Mord?« Lady Dalrymple zog unmutig die Augenbrauen hoch. »Das ist ja wohl der am schlechtesten geführte Haushalt, den zu betreten ich je das Pech hatte.«

»Tut mir leid, Ma'am«, sagte der unglückliche Sergeant.

»Alec«, sagte die Dowager Viscountess im Befehlston, »du kannst dich doch wohl dieser Person annehmen. Wenn man schon einen Kriminalbeamten in der Familie hat, dann ist es wohl das Mindeste, dass er sich nützlich macht!«

Kapitel 9

Scotland Yard!« Tilton, der bisher strammgestanden hatte, drehte seine Mütze zwischen den nervösen Fingern. Sein Blick huschte durch die Eingangshalle, in die er und Alec sich zurückgezogen hatten, als wollte er nach einem Notausgang suchen. »Detective Chief Inspector! Warum haben Sie das nicht gleich gesagt, Sir?«

»Weil ich nicht vorhatte ... vorhabe, mich in Ihren Bereich einzumischen, Sergeant. Wenn meine Schwiegermutter es nicht ausgeplaudert hätte ...«

»Ah«, sagte Tilton und hatte offenbar begriffen.

»Nun setzen Sie sich doch, Mann. Es ist Weihnachten, ich bin im Urlaub, und außerdem hat die Met in Cornwall nichts zu suchen, es sei denn, Ihr Polizeipräsident, der Chief Constable, ruft nach uns. Ich kann also nichts machen.«

Tilton kauerte auf der Kante eines der steifen Stühle. »Aber der Chief Constable ist über Weihnachten verreist.«

»Das war zu erwarten!«

»Und Sie haben mich ja gehört, Sir, ich kann die Kripo in Bodmin nicht anrufen, damit jemand kommt. Ich habe schon selbst überlegt, Scotland Yard anzurufen. Hier geschehen keine Morde, Sir, abgesehen von dem jungen Jack Levitt, der damals im Jahr '02 vor dem Boot Inn erstochen wurde, und das war ein fairer Kampf. Dazu kommt, dass ich es nicht gewohnt bin, mit dem Adel umzugehen, es sei denn, es geht mal um eine Verkehrsübertretung oder so was. Können Sie uns nicht helfen, Sir?«, flehte er.

»Nicht ohne ausdrückliche Genehmigung.« Alec seufzte tief auf. »Ich nehme an, unter den gegebenen Umständen ist es das Geringste, was ich tun kann, Sie nach Calstock zu begleiten. Sie können im Yard anrufen, und wenn die Genehmigung durchgeht, bin ich bereit, meine Leute herzubeordern.«

»Aye, Sir!« Der Sergeant sprang auf und wollte sofort los.

In der Zwischenzeit würde die Spur kalt werden, dachte Alec, allerdings auch nicht kälter, als wenn man die Sache Tilton allein überlassen hätte. Es waren bereits mehr als zwölf Stunden vergangen, seit Calloway überfallen worden war, schätzte er. Wieder seufzte er. »Was für ein Weihnachtstag!«

»Ich hab mein Weihnachtsessen versäumt«, sagte Tilton vorwurfsvoll, »ebenso wie Constable Redkin, den ich bei der Kapelle zurückgelassen habe.«

»Großer Gott, mein Lieber, natürlich! Wir gehen in der Küche vorbei und lassen uns etwas geben, was Sie unterwegs essen können. Und dem Constable lassen wir etwas bringen. Ein paar Minuten mehr oder weniger machen auch nichts aus. Und ich ziehe lieber meine Stiefel an.«

Er ließ den Sergeant in der Küche und ging hinauf, um sich für draußen umzukleiden. Daisy war ebenfalls in ihrem Zimmer, um sich umzuziehen.

»Das mit Mutter tut mir wirklich leid, Liebling«, sagte sie. »Wer hätte denn auch vermutet, dass sie praktisch damit angibt, einen Inspector in der Familie zu haben? Das hat jetzt wirklich für Aufregung gesorgt. Godfrey war drauf und dran, dir deine Arglist übelzunehmen, doch Miles machte ihn darauf aufmerksam, dass du wohl kaum ahnen

konntest, in Brockdene auf eine Verbrechenswelle zu stoßen. Mr. Tremayne sagte, wie gut, dass ein kompetenter
Kriminalbeamter übernehmen würde. Ich nehme an, du
gehst nach Calstock, um im Yard anzurufen?«

»Warum solltest du etwas dergleichen annehmen?«,
fragte Alec verärgert.

»Miles hat erzählt, dass der Sergeant seine Vorgesetzten
nicht erreichen kann. Ich komme mit. Ich brauche ein
bisschen Bewegung nach dem Essen, vor allem, da ja noch
die Teestunde und ein Abendessen folgen. Miles und Felicity passen auf die Kinder auf.«

Alec gab klein bei. Noch war er schließlich nicht im
Dienst, und sein Urlaub hatte ja auch den Zweck, Zeit mit
Daisy zu verbringen. Sie holten den Sergeant ab und mach-
ten sich auf.

Es war ein schöner Nachmittag. Zuerst führte der Weg
durch Wälder. Zwischen den Bäumen konnte man bisweilen den Tamar sehen. Sergeant Tilton war wieder mürrisch
geworden, als er begriffen hatte, dass Daisy mitkam. Er
stapfte voraus, schob mit einer Hand sein Fahrrad, in der
anderen trug er ein Sandwich, so dass Alec und Daisy sich
an den Händen halten und ungestört miteinander reden
konnten.

»Bei der Kapelle hast du etwas gesagt«, sagte Alec, »als
wir darüber redeten, dass sich Calloway möglicherweise
umentscheiden würde. Du hast gesagt: ›Das war der
Grund …‹, und dann hat die Uhr geschlagen, und du hattest nur noch das Essen im Kopf.«

»Ich muss sagen, Mrs. Pardon hat uns königlich bewir-
tet«, antwortete Daisy nachdenklich. »Was für ein armse-
liges Weihnachtsessen bekommen die Norvilles wohl,
wenn Westmoor ihnen keine unerwünschten Gäste auf
den Hals schickt?«

»Was wolltest du also sagen?«, fragte Alec geduldig.
»›Das war der Grund‹ wofür?«

»Lass mich mal zurückdenken. Ah ja, ich weiß wieder. Das war der Grund, warum Calloway in die Kapelle ging und betete – um sich göttlichen Rat zu holen, weil er sich nicht entscheiden konnte. Hast du nicht gehört, wie er darüber redete?«

»Nein. Hat das jemand mitbekommen?«

»Felicity war dabei. Ihr Vater, glaube ich, auch. Miles? Ich kann mich nicht erinnern. Jemima. Aber egal, sie haben sicher später darüber geredet. Sie wussten es wahrscheinlich alle.«

»Nehme ich auch an. Also konnte ihm jeder von ihnen gefolgt sein und ihn überfallen haben, als er sagte, er werde nicht bezeugen, dass die Hochzeit stattgefunden hat. Das klingt ein bisschen verrückt. Vernünftig wäre es gewesen, abzuwarten, ob er sich doch noch umstimmen ließ. Verstehst du, Daisy, logischerweise wäre derjenige der Mörder, der von dem Erbe ausgeschlossen würde, wenn die Heirat bewiesen werden könnte. Wer ist Westmoors Erbe?«

»Sein Sohn natürlich. Der rechtmäßige Erbe, nicht der mutmaßliche. Den konnte doch niemand verdrängen.«

»Er hat einen Sohn? Mist!«

Daisy war plötzlich unsicher. »Ich glaube wenigstens. Aber natürlich konnte ich wegen des Krieges nicht an dem gesellschaftlichen Leben teilnehmen, daher kenne ich nicht alle Westmoors. Ich bin allerdings sicher, dass ich ein oder zwei Töchter kennengelernt habe.«

»Töchter sind nicht relevant.«

»Lass so was Bel nicht hören, Liebling. Ich wette, dass Sergeant Tilton es weiß. Westmoor ist hier schließlich bekannt. Tavy Bridge – sein Hauptanwesen, wie sie sagen – befindet sich irgendwo in der Nähe von Tavistock.«

»In Devon? Zwei beteiligte Grafschaften also. Mir bleibt keine Hoffnung, dass ich mich raushalten kann.«

»Ich frage Tilton, ob Westmoor einen Sohn hat.«

»Nein, tu das nicht. Die Norvilles müssen es doch auch wissen. Wenn ich den Fall übernehmen muss, möchte ich der örtlichen Polizei keinen unnötigen Anlass bieten, um über die Familie zu spekulieren.«

»Guter Hinweis«, stimmt Daisy ihm zu. »Wie auch immer, ich kann nicht sehen, wie ein angeblicher mutmaßlicher Erbe, der nicht Westmoors Sohn ist, von Calloway hätte erfahren sollen. Er und der Kapitän sind doch erst vor zwei Tagen in Plymouth gelandet und dann direkt nach Brockdene gekommen.«

»Ebenfalls ein guter Hinweis«, sagte Alec mit einem Lächeln. »Schau mal, da ist ein Reiher.«

Der Weg hatte den Berg hinuntergeführt, sie hatten eine Brücke über einen kleinen Bach überquert, der in den Tamar lief, und folgten dem Weg jetzt weiter durch Marschland am Fluss. Sie kamen an zwei der reichlich vorhandenen Kalköfen und an einigen Katen vorbei und gingen unter einem Bogen des beeindruckenden Eisenbahnviadukts durch. Calstock zog sich vom Tamar den Hügel hinauf, eine schmutzige Bergbaustadt, in der Zinn, Kupfer und Arsen abgebaut wurden. Am Fluss gab es einen Hafen.

Sie liefen die schmale, gewundene Hauptstraße entlang und stießen auf ein Haus mit einem glänzenden Messingschild, auf dem stand:

TREMAYNE & WEDGE

ANWÄLTE UND VEREIDIGTE NOTARE

»Die sehen ja ziemlich erfolgreich aus?«, fragte Daisy Sergeant Tilton, der langsamer gegangen war und auf sie wartete.

»Aye, es geht ihnen recht gut. Mr. Tremayne macht inzwischen nur noch Teilzeit, kann sich seine Klienten aussuchen, wie er will. Der junge Mr. Miles wird eine Partnerschaft mit ihm eingehen, sobald er mit dem Studium fertig ist. Kommt ziemlich gut zurecht, wenn man es sich überlegt. Da wären wir also.«

Er lehnte sein Fahrrad an die Mauer der kleinen Polizeiwache und trat vor ihnen ein. Dann führte er Daisy in einen Warteraum im hinteren Teil und schloss die Tür fest, ehe er sich dem Telefon im vorderen Teil zuwandte.

Daisy musste eine Ewigkeit warten, wie es ihr vorkam. Sie versuchte, sich mit dem Geheimnis um Calloways Mord zu beschäftigen, aber ohne weitere Hinweise landete sie in einer Sackgasse. Nachdem der Blick aus dem Fenster langweilig wurde, nahm sie eine Ausgabe der *Sporting Times* zur Hand, die jemand auf dem Tisch hatte liegen lassen. Da sie schon eine Woche alt war und sich Daisy sowieso kein bisschen mit Fußballclubs auskannte, hielt ihr Interesse nicht lange an.

Allmählich ging ihr die Geduld aus. Sie machte die Tür einen Spalt auf und hörte, wie Alec sagte: »Tut mir leid, Tom, meine demütigste Entschuldigung an Mrs. Tring. Und ich fürchte, ich muss auch Piper das Weihnachtsfest verderben. Können Sie ihn benachrichtigen?«

Also hatte Alec sein Team hergerufen. Er sollte den Fall übernehmen. Daisy wusste nicht, ob es ihr leidtun sollte, weil sein Urlaub damit ruiniert war, oder ob sie froh sein sollte, weil sie jetzt aus ihm viel mehr Informationen herauslocken konnte als aus Sergeant Tilton.

»Ja, den Postzug nach Plymouth«, sagte Alec gerade. »Er fährt ab Paddington zu einer unchristlichen Zeit, aber ich brauche euch so schnell wie möglich. Es wurde schon zu viel Zeit verschwendet. Dann den Regionalzug nach Calstock, und jemand wird euch von hier den Weg nach

Brockdene weisen. In Ordnung, Tom, dann sehe ich Sie und Ernie morgen früh. Bis dann.« Er legte auf. »Du kannst jetzt rauskommen, Daisy.«

Keineswegs beschämt darüber, beim Lauschen erwischt worden zu sein, kam Daisy aus dem Hinterzimmer. »Wo ist Sergeant Tilton?«

»Er wurde zu einem häuslichen Übergriff gerufen. Er hat im Yard angerufen, und die haben die Amtsstelle in Cornwall ausfindig gemacht. Ich glaube, er war nicht erfreut darüber, dass seine Feierlichkeiten unterbrochen wurden. Im Gegenteil, er war äußerst erfreut, die Zuständigkeit weiterzureichen, ich bin also der Boss. Lass uns nach Brockdene zurückgehen.«

»Du wartest nicht auf Tom und Ernie, ehe du mit den Befragungen anfängst, oder?«, fragte Daisy, während sie sich auf den Weg machten.

»Wenn du darauf hoffst, dass ich dich bitte, mitzuschreiben, wäre das tatsächlich eine Hilfe«, gab Alec zu. »Natürlich nur, solange niemand Einwände hat. Gibt es jemanden, den wir komplett ausschließen können? Abgesehen von Lady Dalrymple und den Kindern natürlich. Die alte Mrs. Norville wahrscheinlich. Ich kann mir nicht vorstellen, dass sie um Mitternacht zur Kapelle trottet. Mr. Tremayne muss ungefähr genauso alt sein, aber er ist ja noch ganz rüstig.«

»Aber er hat weniger Motive als die anderen. Ich bin übrigens ein bisschen überrascht, dass er seine Tochter jemanden heiraten ließ, dessen eheliche Abkunft in Zweifel steht.«

»Ich würde sagen, er wollte sie aus dem Haus haben.«

»Sei nicht so gemein, Liebling. Sie kann doch nichts für ihre Zähne, und ich vermute, dass ihre Art – zugegeben, ziemlich ungehobelt – das Ergebnis ihrer jahrelangen Ehe mit einem Waschlappen wie Godfrey ist. Ich glaube, sie war ziemlich erpicht darauf, auf Brockdene zu leben. Es ist doch in gewisser Weise eine Stufe nach oben für die Tochter eines Landanwalts.«

»Mag sein, aber damit hat Tremayne noch lange kein Motiv, Calloway umzubringen. Was das Motiv angeht, ist wohl Victor Norville am wahrscheinlichsten, aber sosehr ich mich auch bemühe, ich kann mir nicht vorstellen, dass er einen unbewaffneten Mann hinterrücks ersticht, egal, wie aufgebracht er ist. Trotzdem befindet er sich auf meiner Liste ganz oben.«

»Wie steht's mit der Gelegenheit?«, überlegte Daisy. »Jeder konnte Calloway ungesehen zur Kapelle folgen, und da wir alle gegen elf zu Bett gegangen sind, hat wohl keiner ein Alibi für Mitternacht. Außer Godfrey und Dora, was aber nicht zählt, wenn es um Eheleute geht, stimmt's?«

»Ganz so einfach ist es nicht«, sagte Alec, »aber natürlich wird die Aussage einer Ehefrau zugunsten ihres Mannes meistens nicht besonders schwer gewertet. Wie du schon sagst«, setzte er düster hinzu, »jeder hätte unbeobachtet zur Kapelle gehen können.«

»Du glaubst wohl nicht, dass es ein Landstreicher war, der vielleicht hoffte, dass Calloway Geld bei sich hatte?«

»Auf keinen Fall.«

»Warum nicht, Liebling? Waren seine Taschen voller Geld?«

»Ich habe nicht nachgesehen. Die Waffe spricht dagegen.«

»Du hast noch gar nicht gesagt, womit er erstochen worden ist. Ich nehme an, es war eine von den grässlichen Waffen, die in der Halle hängen.«

»Ich bin nicht sicher, ob du es wirklich wissen willst, Liebes.«

»Was dann, Alec? Natürlich will ich es wissen!«

»Ich bin ziemlich sicher, dass es das Seemannsmesser war, das Bel und Derek gefunden haben.«

»Nicht wirklich! Gott, wie schrecklich! Das dürfen sie auf keinen Fall erfahren.«

»Weißt du, was sie damit gemacht haben?«

»Derek hat erzählt, dass sie es Godfrey Norville gezeigt haben. Der fand es nicht besonders interessant, sagte jedoch, sie sollten es auf dem Tisch in der Halle liegen lassen.«

Alec stöhnte. »Auf dem Tisch in der Eingangshalle. Da kann es sich ja jeder genommen haben.«

»Absolut jeder«, pflichtete ihm Daisy bei. »Und wahrscheinlich hätte es auch keiner vermisst, im Gegensatz zu dem historischen Zeug in der Halle, es kann also jederzeit entwendet worden sein.«

»Es fehlt eben ein Butler mit Argusaugen, der alles sieht. Oder ein Zimmermädchen, das an Türen lauscht, oder eine Zofe, die alle Geheimnisse ihrer Herrin kennt. Es ist wirklich ein seltsamer Haushalt. Ich habe keine Ahnung, wo ich anfangen soll, das alles zu entwirren.«

»Wenn das Messer nicht mehr dort liegt, solltest du dich dann nicht lieber vergewissern, dass die Kinder es nicht genommen haben? Wenn sie es woandershin gelegt haben, könnte man vielleicht herausfinden, wer es sich geholt hat, falls du verstehst, was ich meine.«

»Ich würde sie lieber ganz aus der Sache heraushalten, auch wenn man ihnen beibringen muss, dass Calloway tot ist. Leider muss ich sagen, dass die kleine Jemima anwesend war, als Tilton verkündete, dass es sich um Mord handelt.«

»Sie war nicht bestürzt. Ich könnte schwören, dass ich es in ihren Augen habe aufblitzen sehen. Sie hat ihn gehasst. O Liebling, du glaubst doch nicht …?«

»Jemima? Großer Gott!« Alec sah sie entsetzt an. »Das kann man leider nicht ausschließen«, sagte er ernsthaft. »Sie ist in diesem schwierigen Alter. Auch Heranwachsende begehen bisweilen einen Mord. Warum hat sie ihn so gehasst?«

»Ich nehme an, aus demselben Grund, warum ihn keiner besonders mochte; dazu kam dann noch seine Schelte für ihre Geistergeschichte. Er hat da wirklich schrecklich heftig reagiert, und in ihrem Alter neigen die Gefühle leicht mal zu Extremen. Obwohl ich mich auch ein- oder zweimal gefragt habe, ob sie vielleicht psychisch etwas labil ist. Ich habe dir gar nicht erzählt, dass sie mir heimlich hinterhergelaufen ist, als ich mir die Kapelle im Wald angesehen habe. Das war, ehe du kamst.«

»Du glaubst nicht, dass das vielleicht so ein Spielchen war? So wie Belinda und Derek, die auf Büffelpirsch gehen?«

»Doch, doch, sehr gut möglich«, sagte Daisy erleichtert.

»Wie auch immer«, sagte Alec, »sie gehört auch auf meine Liste, zusammen mit dem Rest ihrer Familie.«

»Es scheint tatsächlich eine Familienangelegenheit zu sein. Ich kann mir nicht vorstellen, dass das Personal etwas damit zu tun hatte. Und weißt du was, Liebling, ich glaube, dass es doch einen Westmoor-Sohn gibt, einen Lord Norville, der der Erbe des Earls ist. Er war nicht auf derselben Schule wie Gervaise, aber ich erinnere mich, dass er einen Sommer auf Fairacres verbracht hat, weil er ein entfernter Cousin ist. Nichts kann seine Stellung als Erbe gefährden, es würde ihm also nichts bedeuten, was er über Calloway hätte herausfinden können.«

»Aber ganz sicher bist du nicht, oder? Ich werde mich zuerst nach dem Erben erkundigen«, beschloss Alec. »Kann sein, dass es meine Verdächtigen milde stimmt, wenn sie herausfinden, dass sie nicht die Einzigen sind. Führt nicht dieser Weg rechts zum Haus zurück? Ich muss noch mal zur Kapelle, um dem jungen Constable mitzuteilen, was los ist.«

»Ich gehe lieber zu den Kindern zurück.« Es war Daisy bisher nie bewusst geworden, welche Verantwortung Kinder in einem Haushalt bedeuten konnten, in dem es weder Erzieherinnen noch Kindermädchen gab wie in ihrer eigenen Kindheit.

»Schau doch nach, ob das Messer weg ist. Aber fang um Gottes willen *nicht* an, Leute zu befragen. Wenn der Doktor aus Saltash eingetroffen ist und den Toten noch nicht untersucht hat, schick ihn … Nein, sage, ich erwarte ihn bei der Kapelle, ehe es dunkel wird.«

»Jawoll, Chef. Ich schicke auf jeden Fall jemanden mit einer Laterne.«

»Ach ja, bitte. Ich bin ziemlich sicher, dass Calloways Laterne ausgebrannt ist und nachgefüllt werden muss.«

Die Sonne versank gerade hinter dem Haus, als sie an der Gabelung den rechten Weg nahm. Die paar Schäfchenwolken waren rosa angehaucht, was auf einen weiteren schönen Tag hinwies, hoffte Daisy. Bel und Derek könnten draußen spielen und würden der Befragung von Verdächtigen nicht im Weg stehen.

Wer hatte Calloway ermordet? Beim Betreten des Hauses überlegte Daisy, dass sie, statt mit Alec zu gehen, vielleicht lieber dort hätte bleiben sollen. Sie hätte die Leute beobachten können, während ihnen bewusst wurde, dass es einen Mord gegeben hatte. Der Schock über die Preisgabe von Alecs Beruf durch ihre Mutter hatte den Schock über Sergeant Tiltons Eröffnung zunächst überlagert und die Reaktionen der Leute getrübt.

Sie blickte auf den Dielentisch. Das Messer war fort.

Dann ging sie in die Bibliothek. Jemima lag auf dem Bauch auf dem Kaminvorleger und las in einem Jahrbuch für Jungen, das eines von Dereks Weihnachtsgeschenken war. Kapitän Norville und Miles spielten Schach mit einem erlesen schönen Elfenbeinschachspiel, das der Kapitän seinem Neffen geschenkt hatte. Felicity hatte sich offenkundig voller Überdruss in ihrer Nähe in einen Stuhl gefläzt. Sie blickte herüber und setzte sich auf, als Daisy eintrat. Jemima hielt den Kopf stur gesenkt. Die Männer wollten sich erheben.

Daisy bedeutete ihnen, sitzen zu bleiben. »Alec hat den Fall übernommen«, sagte sie. »Er ist wieder bei der Kapelle. Ist inzwischen ein Arzt aus Saltash aufgekreuzt?«

Alle drei schüttelten den Kopf. »Nicht, dass ich wüsste«, sagte Felicity. »Sind Sie zum Hilfssheriff ernannt worden, wie in so einem Wild-West-Roman?«

»Nicht direkt. Alecs Sergeant und ein Detective Constable werden morgen früh hier aufkreuzen. Ich habe gesagt, ich schicke jemanden mit einer Laterne zur Kapelle. Sollte ich Mrs. Pardon bitten, jemanden hinzuschicken?«

»Nein, ich gehe«, sagte Miles und erhob sich wieder.

Der Kapitän schüttelte den Kopf und kam schwerfällig auf die Füße. »Du hast deine Pflicht getan, mein Junge«, sagte er.

Daisy bemerkte, dass Miles ziemlich blass war und die Schultern hochgezogen hatte, als ob ihn sein fehlender Arm schmerzte. Oder sein Gewissen plagte? War er zu erpicht darauf, zum Tatort zurückzukehren? Oder war sein Onkel Victor zu erpicht darauf? »Ich gehe, Mrs. Fletcher. Meine Fußspuren sind sowieso schon überall verteilt.« Er ging hinaus.

»Sucht Mr. Fletcher denn nach Fußspuren?«, fragte Felicity mit betonter Beiläufigkeit, was jedoch nicht überzeugend klang. »Meine kann er auch überall finden. Ich gehe da oft spazieren.«

Jemima sah endlich von dem Buch auf. »Weil du an der Kapelle deinen Liebsten triffst«, sagte sie gehässig.

Felicity sprang auf. »Du miese kleine Petze!«, rief sie und kam auf ihre Schwester zu. »Ich zeig dir schon noch, was mit Spionen passiert!«

Jemima ließ Dereks Buch liegen, versuchte, Felicity auszuweichen und flitzte zur Tür. Sie kreischte, als Felicity sie erwischte und an einer Haarsträhne zog, entging aber einem weiteren Vergeltungsschlag und verschwand.

»Hast du wirklich heimlich einen Mann getroffen?«, fragte Miles mit ernstem Gesicht. »Bei der Kapelle?«

»Ach, stell mir bitte keine Fragen. Was geht es dich an? Wir haben schließlich nichts *Unmoralisches* angestellt.« Die Betonung auf unmoralisch klang verächtlich.

»Na, schließlich bin ich dein Bruder«, entgegnete Miles sanft. »Aber meine Fragen sind zurzeit nicht von Bedeutung. Mit Mr. Fletcher hingegen musst du rechnen.«

Kapitel 10

Ich muss mit Ihnen reden, Daisy!«, flehte Felicity.

»Gerne. Ich gehe lieber mal und sehe nach, wo Belinda und Derek abgeblieben sind. Kommen Sie doch mit.«

»Keine Sorge«, sagte Miles. »Sie sind vor ein paar Minuten reingekommen. Flick hat gesagt, sie sollen sich zum Tee umziehen und waschen. Ich sehe nach, ob sie das auch tun.« Er wandte sich ab, um zu gehen, dann zögerte er und sah zu seiner Schwester zurück. Aber er schien seine Meinung zu ändern, zuckte mit den Schultern und schloss hinter sich die Tür.

»Müssen Sie Mr. Fletcher erzählen, was Jemima gesagt hat?«, fragte Felicity.

»Es wäre viel besser, wenn Sie es ihm selbst erzählten«, sagte Daisy ausweichend. »Er findet es in jedem Fall heraus, von Miles …«

»Ach was, Miles ist vielleicht nicht einverstanden, aber er würde es nicht ausposaunen. Es ist schließlich nicht so, als ob … mein Freund irgendwas mit Calloways Tod zu tun hatte. Wir hatten nicht vor, uns an Heiligabend zu treffen, und er ist niemand, der einfach aufkreuzt. Er hatte sowieso etwas anderes vor.«

»Alec glaubt Ihnen bestimmt viel eher, wenn Sie es ihm selbst erzählen, ehe Jemima die Katze aus dem Sack lässt.«

»Da haben Sie wohl recht«, sagte Felicity niedergeschlagen. »Was ist sie nur für ein kleines Ekel!«

»Wenn sie es herausgefunden hat, besteht die Möglichkeit, dass es jemand anders auch weiß.«

»Wie schrecklich langweilig alles ist, finden Sie nicht auch?«

»Nein, eigentlich nicht. Im Großen und Ganzen finde ich das Leben ziemlich interessant. Sie sollten sich vielleicht eine Stelle suchen.«

»Keine Chance! Das wäre noch langweiliger. Ich werde heiraten.« Felicity seufzte. »Was sich dann wahrscheinlich als das Langweiligste von allem herausstellt. Daisy, Mr. Fletcher wird es aber doch nicht meinen Eltern erzählen, oder? Ich möchte es lieber so lange wie möglich geheim halten.«

»Jemand, mit dem sie nicht einverstanden sind?« Ein heftig verliebter junger Mann, der jedoch nicht als angemessene Partie galt, würde womöglich mit noch größerem Widerstand von Seiten der Familie rechnen, wenn der Vater seiner Auserwählten plötzlich zu einem legitimen, rechtlich anerkannten Verwandten eines Earls wurde. Reichte das als Mordmotiv aus? »Mutter war außer sich, als ich mich mit einem Polizisten verlobte.«

»Es ist etwas anderes.« Felicity grinste und hatte eine bittere Miene aufgesetzt. »Nennen Sie es familiäre Komplikationen. Wir sind nun mal eine schwierige Familie. Ah, da kommt Gran. Es muss wohl Teestunde sein.«

Bel, Derek und Miles traten direkt hinter Mrs. Norville ein. Daisy wurde eine Weile aufgehalten, weil ihr die Kinder aufgeregt von ihren nachmittäglichen Abenteuern erzählten. Tremayne, Dora Norville und Jemima kamen zusammen herein. Mit Ausnahme von Belinda und Derek waren alle verhaltener Stimmung und unterhielten sich gedämpft. Daisy blickte ein paarmal auf und sah, wie Dora Norville ihr verzweifelte und flehentliche Blicke zuwarf.

Als Lady Dalrymple ein paar Minuten später eintraf, schickte Daisy die Kinder zu ihr und setzte sich zu Dora.

»Jemima, geh und frage, ob dein Vater auch zum Tee kommt«, sagte Dora.

»Warum?«, maulte das Mädchen. »Er kommt doch fast nie.«

»Weil Weihnachten ist und wir Gäste haben«, sagte ihre Mutter scharf. »Er hat gesagt, er sei im Salon, um Briefe zu schreiben. Ab mit dir.«

Jemima schlurfte davon. Dora wandte sich Daisy zu. »Mrs. Fletcher, ich muss mit Ihnen reden.«

»Pass auf, was du sagst!«, warnte sie Tremayne.

»Ach, Papa, was kann ich denn schon sagen, das die Sache noch schlimmer macht? Ich werde keine Beichte ablegen, weil ich nichts zu beichten habe.«

»Trotzdem, meine Liebe, sei vorsichtig.« Der alte Anwalt entschuldigte sich und ging, um sich mit Miles zu unterhalten.

»Mrs. Fletcher, wird Ihr Mann diese schreckliche Geschichte untersuchen?«

»Ja, man hat ihm den Fall anvertraut. Das bringt uns als Ihre Gäste leider in eine unangenehme Lage, fürchte ich.«

»Keineswegs, keineswegs. Sie sind Westmoors Gäste. Außerdem lasse ich mich lieber von Mr. Fletcher befragen als von den hiesigen Leuten. Wie erniedrigend! Schließlich stehen wir wohl alle unter Verdacht?«

»Es sieht so aus. Aber es ist noch ein neuer Verdächtiger hinzugekommen, was vielleicht alles ändert.«

Ihr Ausdruck wurde fröhlicher. »Ich bin sicher, dass es auf keinen Fall etwas mit der Familie zu tun haben kann. Wir hatten die allerbesten Gründe, Reverend Calloway bei guter Gesundheit zu halten. Ich nehme an, es wird jetzt alles ans Tageslicht kommen.«

»Alec will Ihre Gründe natürlich erfahren, auch wenn ich glaube, dass wir uns schon ziemlich viel zusammengereimt haben. Er wird so diskret sein wie nur möglich.«

»Da bin ich mir sicher. Ein richtiger Gentleman. Man hätte niemals vermutet … Aber ich erzähle Ihnen lieber die ganze Geschichte, um sicherzugehen, dass Sie alles wissen. Also, als ich ein Mädchen war, hat der Earl – der siebte Earl, der Vater des jetzigen Earls – im Sommer und an Weihnachten Gesellschaften auf Brockdene abgehalten.«

»Habe ich gehört«, murmelte Daisy mit einem amüsierten Blick auf die Dowager Viscountess.

»Es handelte sich natürlich immer um die beste Gesellschaft. Ich hätte nie zu träumen gewagt, dass ich eingeladen werde. Aber wenn Lord Westmoor nicht hier war, dann sind wir hergekommen und haben hier Federball gespielt und Picknicks veranstaltet und dergleichen. Die Kinder des Pastors, des Gutsherrn, des Doktors, meine Schwester und ich, wir waren alle im gleichen Alter wie die Norville-Jungen.« Ihre Stimme wurde fast zu einem Flüstern. »Wir wussten natürlich, dass Mrs. Norville eine … Ausländerin war, mehr aber auch nicht. Unsere Eltern hatten überhaupt keine Ahnung, dass sie *nicht verheiratet* war.«

»Aber sie war es doch, nicht?«

Dora Norville wurde rot. »Ja, natürlich. So hat sie es Godfrey und Victor auch gesagt, und Godfrey hat es Papa gesagt, als er um meine Hand anhielt. Aber er musste die … die Ungewissheit einräumen, damit ich nicht erwarten würde, zu Lord Westmoors Gesellschaften eingeladen zu werden, wenn er nach Brockdene kam. Man hat damals erwartet, dass sich Mrs. Norville, Godfrey und Victor nicht zeigten. Richtig ungerecht!«, stieß sie bekümmert hervor.

»Ziemlich harte Bedingungen«, pflichtete ihr Daisy bei. »Wann hat Westmoor aufgehört, hier Gesellschaften abzuhalten?«

»Als der alte Earl starb, hat der jetzige Earl seine regelmäßigen Besuche eingestellt. Er kam eigentlich nur noch ab und zu. Der Krieg machte dem schließlich ein Ende. Er hat sich seit 1914 nicht mehr sehen lassen. Und dann tauchte Victor mit Reverend Calloway auf, der beschwören konnte, dass meine Schwiegermutter verheiratet gewesen war! Lord Westmoor hätte uns als Teil seiner Familie anerkennen müssen. Warum sollte einer von uns Calloway tot sehen wollen?«

»Eine gute Frage«, stimmte Daisy zu, eine Frage jedoch, die nicht sofort geklärt werden konnte, weil Mrs. Pardon mit dem Tee hereinkam und Dora einschenken musste.

Da Daisy seit dem Mittag bis nach Calstock und zurück gelaufen war, freute sie sich richtig auf Weihnachtskuchen und Mince Pies. Beides schmeckte ausgezeichnet. Der Kuchen hatte eine schöne dicke Schicht Marzipan unter dem Zuckerguss. Die Mince Pies waren aus Blätterteig und dick mit Puderzucker bestreut. Gebäckstücke aus Blätterteig hätte Daisy allerdings nicht angeboten, wenn Kinder dabei waren. Derek und Belinda waren alsbald völlig mit Krümeln übersät (ganz abgesehen von dem Fußboden, wo Daisy jedoch lieber nicht hinsah) und hatten die Gesichter voller Puderzucker.

»Das passiert einfach, wenn man atmet«, erklärte Belinda die Unordnung.

»Geht und wascht euch die Gesichter – und die Hände.«

»Schon wieder?«, protestierte Derek. Beide seufzten theatralisch und gingen.

Daisy war froh, dass sie fort waren, als Alec ein paar Minuten später mit Kapitän Norville erschien. Trotz aller Bemühungen wäre es nicht möglich gewesen, den Kindern den Mord vorzuenthalten.

»Der Doktor war hier und hat den Leichnam für eine Autopsie mitgenommen«, verkündete der Kapitän lautstark, »obwohl er ziemlich sicher ist, dass die Klinge die Lunge getroffen hat und der arme Mann in seinem eigenen Blut ertrunken ist.«

»Ich muss schon sagen, Kapitän!«, ermahnte ihn Lady Dalrymple empört. Doch er hörte nicht auf sie, und sie verließ nicht den Raum.

»Es tut mir leid, Mutter«, fuhr der Kapitän fort, trat zu der alten Mrs. Norville und nahm ihre kleine Hand in seine großen Pranken. »Es ist alles aus. Ich habe mein Bestes getan.«

Sie legte die andere Hand an seine Wange, als er sich über sie beugte. »Es spielt keine Rolle, lieber Victor«, sagte sie freundlich. »Ich weiß genau wie unser Herr, dass Reverend Calloway mich mit deinem Vater getraut hat.«

»Getraut!«, rief Lady Dalrymple aus. »Dieser anmaßende Pastor war hier, um Ihre Heirat zu bezeugen? Dann ist Kapitän Norville Westmoors mutmaßlicher Erbe?«

»Nein, nein, Mylady, nicht ich. Lord Westmoors Sohn, der junge Lord Norville …«

Die Dowager Viscountess unterbrach ihn und sagte bestimmt: »George Norville ist im Krieg gefallen.«

In der spannungsgeladenen Stille, die folgte, sah sich Daisy um und musterte die Gesichter der Familie. Victor Norville war verblüfft, kein Zweifel. Was sein Motiv auch gewesen sein mochte, das ihn Calloway nach Brockdene bringen ließ, es hatte nichts damit zu tun, dass er erwartete, den Titel des Earls zu erben.

Mr. Tremayne hatte vom Tod George Norvilles gewusst,

vermutete Daisy. Er hatte es seiner Tochter nicht verraten und musterte sie jetzt besorgt, um zu sehen, wie die Nachricht auf sie wirkte. Dora Norville war überrascht, voller Zweifel, möglicherweise verwirrt. Sie versuchte, sich klarzumachen, was das für ihre Familie bedeutete. Gleich würde sie erkennen, dass sich aufgrund von Calloways vorzeitigem Tod nichts änderte.

Die Zeugenaussage des Geistlichen hätte sie zur Gräfin gemacht. Victor war kinderlos und unverheiratet. Den Regeln nach wäre sein Bruder sein Erbe gewesen.

Godfrey war gerade rechtzeitig hereingekommen, um Lady Dalrymples Eröffnung mitzubekommen. Er stand in der Tür, schräg hinter Alec, so dass Daisy sein Gesicht sehen konnte. Godfrey wirkte schockiert, um nicht zu sagen, entsetzt. Die Heftigkeit seiner Reaktion verblüffte Daisy. Sie hätte von einem Mann, der sich ganz der Gelehrsamkeit verschrieben hatte, nicht erwartet, dass ihm ein Titel so wichtig war. Natürlich war mit dem Titel auch ein gewisser Reichtum verbunden, selbst bei all den Erbschaftssteuern und Vermögenssteuern, und die Liebe zur Geschichte schloss Begehrlichkeiten natürlich nicht aus.

Miles wäre dann der Erbe seines Vaters gewesen und mit ziemlicher Sicherheit im Lauf der Zeit Earl geworden. Daisy hatte seine spontane Reaktion auf die Eröffnung ihrer Mutter nicht mitbekommen, doch als sie ihn jetzt ansah, hatte sie den Eindruck, dass er nicht überrascht war. Er war in der Armee gewesen. Die gleichen Nachnamen hätten es doch bestimmt mit sich gebracht, dass ihn jemand vom Tode von George Norville in Kenntnis setzte.

Was war mit Felicity? Als sich Daisy schließlich ihr zuwandte, wirkte ihre Miene völlig unergründlich. War sie nicht überrascht? Was versuchte sie zu verbergen?

Godfrey brach das Schweigen. »Ich nehme an«, sagte er

mit Nachdruck, »dass sich die Emporkömmlinge dort am anderen Flussufer als die Erben des Earls ansehen.«

Daisy hatte den Eindruck, in Felicitys Blick Bestürzung, fast wie einen Schrecken aufblitzen zu sehen, als Alec fragte: »Die Emporkömmlinge?«

»Nicht direkt ›Emporkömmlinge‹«, sagte Miles. »Mr. Norville in Helstone ist Lord Westmoors Cousin zweiten Grades. Soviel ich weiß, ist er der anerkannte Erbe.«

»Wir sind die *direkten* Cousins des Earls!«, rief Godfrey. »Miles, du hast gewusst, dass George Norville im Krieg gefallen ist? Warum hast du es mir nicht gesagt?«

»Es hätte unsere Lage nicht verändert, höchstens schmerzlicher gemacht. Und als Onkel Victor dann Calloway mitgebracht hat, wollte ich ihm nicht mit einem komplizierten Umstand einen Strich durch die Rechnung machen. Die Lage war schon prekär genug.«

»Ganz recht, mein Junge«, stimmte ihm der Kapitän zu. »Wer weiß schon, was der Reverend davon gehalten hätte, dass wir nach weltlichen Ehren jagen. Nun, das ist jetzt abgehakt und juckt mich nicht mehr. Mir liegt es sowieso nicht, den Herrn zu spielen. Die See ist gut genug für mich, und ich habe etwas für später zurückgelegt. Schenk mir doch noch mal eine Tasse Tee ein, Dora, und zu einem weiteren Stück Kuchen würde ich auch nicht nein sagen. Solche Köstlichkeiten gibt es auf See nicht! Du auch noch eine Tasse, Mutter? Und Sie, Lady Dalrymple?«

Während er noch sprach, begab sich Daisy zu Felicity, der Einzigen, deren Reaktion Fragen aufgeworfen hatte. Alec hatte anscheinend dieselbe Idee, doch er blieb noch bei Miles stehen.

Felicity ging in die Offensive. »Mr. Fletcher, ich muss Ihnen etwas sagen. Sollen wir ins Speisezimmer gehen?«

»Ja, das wäre gut. Haben Sie was dagegen, wenn Daisy

mitkommt und sich Notizen macht? Sie ist natürlich nicht in offizieller Funktion dabei, aber es wäre mir eine große Hilfe, bis mein Constable eintrifft.«

»Notizen? So viel habe ich gar nicht zu berichten.«

»Vielleicht nicht«, sagte Alec, »aber ich muss mehrere Leute befragen und ihre Aussagen auseinanderhalten.«

»Ach so, na gut. Daisy weiß sowieso schon das meiste.«

»Ich habe mein Notizbuch nicht dabei«, sagte Daisy, als sie die Bibliothek verließen. »Ich muss nach oben und es holen.«

»Wo ist Ernie Piper mit seinen stets gespitzten Bleistiften, wenn ich ihn mal brauche?«, neckte Alec sie.

»In der Schublade im Dielentisch sollte neben Handschuhen und Schlüsseln auch Papier sein«, sagte Felicity. »Ist das ausreichend?«

Mr. Tremayne war ihnen in die Halle gefolgt. »Felicity, du solltest der Polizei gegenüber keine Aussage machen, ohne einen Anwalt dabeizuhaben. Ich muss wohl davon ausgehen, dass auch ich unter Verdacht stehe, Chief Inspector. Schließt das jedoch aus, dass ich die anderen vertrete?«

»Ich bin mir über die rechtlichen Feinheiten nicht ganz im Klaren, Sir. Aber es geht zurzeit auch nicht um offizielle Aussagen, wenn Sie also dabei sein wollen ...«

»Das ist nicht nötig, Großvater, ehrlich. Ich habe Mr. Calloway nicht ermordet, und ich muss Mr. Fletcher auch nichts Weltbewegendes erzählen. Nichts über die Familie. Ich glaube, jetzt sollte man eher Mutter die Hand halten als mir.«

Der alte Mann schüttelte den Kopf. »Diese modernen jungen Damen ... Gut, wie du wünschst, meine Liebe. Ah, da kommt Miles. Vielleicht lässt du zu, dass er dir ›die Hand hält‹. Miles, mein lieber Junge, ich glaube, du kennst dich in rechtlichen Dingen genug aus, um deine Schwester davon abzuhalten, sich zu belasten.«

»Aber ich habe überhaupt nichts getan!«, versicherte Felicity erneut. Gereizt öffnete sie die Tür zum Gang. »Na, von mir aus, wenn Mr. Fletcher nichts dagegen hat.«

»Miles kann mitkommen«, sagte Alec, worauf Mr. Tremayne in die Bibliothek zurückkehrte und hinter sich die Tür schloss. »Ich habe auch ein paar Fragen an ihn.«

Miles nickte. Sie folgten Felicity zum Speisezimmer, und alle setzten sich an den langen Tisch.

»Sie zuerst, Miss Norville. Was haben Sie mir zu sagen, ehe wir dazu kommen, was ich Sie fragen will?«

Felicitys trotziges Gesicht ließ sie Jemima ähnlich sehen. »Ich war mit jemandem verabredet, mit einem Mann, in der Kapelle. Aber wir hatten nicht vereinbart, uns an Heiligabend zu treffen. Da hatte er mit seiner Familie etwas anderes vor, was er nicht absagen konnte.«

Eine Enthüllung dieser Art hatte Alec nicht erwartet. Sie eröffnete allerhand Möglichkeiten. »Seinen Namen, bitte.«

»Ich kann nicht einsehen, was sein Name mit der Sache zu tun haben soll. Ich sagte doch, dass er gestern Abend nicht kommen konnte.«

»Wenn er nicht hier war, hat er auch nichts zu befürchten. Wer ist es?«

»Mein Gott, Flick, es war doch nicht …« Miles verstummte abrupt, als Alec ihm jenen scharfen Blick zuwarf, der seine Untergebenen immer in Habachtstellung versetzte und Missetäter zu Eis gefrieren ließ. Denselben Blick warf er nun auch Felicity zu.

»Tja, wenn Sie es unbedingt wissen müssen … Ich denke, Sie werden es sowieso irgendwie herausfinden. Er kam in Brockdene Quay an, und da musste ihn wohl zwangsläu-

fig jemand sehen. Es war Cedric Norville«, sagte sie trotzig.

»Einer der Helstone Norvilles?«

»Der älteste Sohn«, bestätigte Miles, der eindeutig
schockiert wirkte.

»Der zweite in der Erbfolge auf den Grafentitel«, sagte
Alec. »Zumindest solange Calloway das Geheimnis nicht
gelüftet hatte.«

»Er wusste nichts von Calloway; ich habe ihm nichts gesagt.« Sie log, dachte Alec. »Außerdem hatte er keinerlei
Ahnung, dass Calloway die Kapelle im Wald aufsuchen
wollte. Wir wussten es ja selbst nicht bis einige Stunden davor.«

Auch wenn das stimmte, war es irrelevant. Wenn Cedric
in der Hoffnung gekommen war, Felicity zu treffen, dann
Calloway in der Kapelle vorfand und entdeckte, wer er
war ... Aber was war mit dem Messer? Wie hätte Cedric an
das Messer kommen sollen, das Belinda und Derek in dem
Geheimgang gefunden hatten?

»Sie sehen also«, fuhr Felicity fort, »dass Cedric nichts
mit der Sache zu tun hatte. Was wollten Sie mich fragen?«

»Als Ihr Vater und Ihr Bruder die Helstone Norvilles er-
wähnten, verriet Ihre Miene eindeutig, dass Sie etwas über
sie wussten«, sagte Alec trocken. »Ich hatte zwar nicht erwartet, dass Sie so eng befreundet sind, aber ich wollte
herausfinden, was Sie wussten.«

»Nun wissen Sie es«, sagte Felicity und erhob sich mit
gespielter Trägheit.

»Nicht so schnell. Ich habe noch ein paar Fragen. Erstens: Sie wussten, dass der Sohn des Earls im Krieg gefallen war. Cedric Norville hat es Ihnen gesagt, nehme ich
an? Warum haben Sie es Ihrer Familie nicht mitgeteilt?«

»Ist das nicht offensichtlich?«, fragte sie gedehnt. »Sie hätten wissen wollen, wie ich das rausgefunden habe.«

»Na gut. Wenn ich Ihnen vorerst glaube, dass Sie Cedric Norville gestern nicht getroffen haben, dann gehe ich mal davon aus, dass niemand Sie gesehen hat, sagen wir mal zwischen halb zwölf gestern Abend und fünf Uhr heute Morgen?«

»Jemima vielleicht«, sagte Felicity gleichgültig, »obwohl sie fest schlief, als ich hinaufging. Sie teilt das Zimmer mit mir, solange ›die Gäste Seiner Lordschaft‹ bei uns sind. Sonst keiner, es sei denn, jemand ist in mein Zimmer geschlichen und hat gebannt auf meine schlafende Gestalt geblickt.«

»Unwahrscheinlich, gebe ich zu. Haben Sie während der Nacht irgendwelche ungewöhnlichen Geräusche gehört – Türen, die zugingen, knarrende Dielen oder dergleichen?«

»Rein gar nichts. Ich habe wie ein Murmeltier geschlafen. Aber wenn ich irgendwas Ungewöhnliches gehört hätte, hätte ich angenommen, dass es Jemima auf einer ihrer Gespensterrunden war. Ich hätte wohl nicht mal die Augen aufgeschlagen, um nachzusehen, ob sie weg war. Es ist mir einerlei.«

»Kann ich mir denken«, sagte Alec, dessen trockener Ton Felicity leicht erröten ließ.

»Wie auch immer, ich bin erst am Morgen aufgewacht. Ich habe in letzter Zeit wegen verschiedener Angelegenheiten nicht so viel Schlaf bekommen. Ich war also müde.«

Alec änderte die Taktik. »Ist Ihnen klar, was Belinda und Derek in dem Geheimgang gefunden haben?«

»Das Seemannsmesser? Ja, ich war dabei, als sie es meinem Vater zeigten. Er war ja nicht besonders interessiert. Aber warum ... Ach herrje, ist das die ...«

»Mr. Norville schien nicht besonders interessiert? Warum nicht?«

»Er sagte, es sei kein seltenes Stück.«

»Verstehe. Und wenn ich es mir recht überlege, sagte Kapitän Norville, dass die Schnitzereien typisch für ein Seemannsmesser seien. Dann kann die Tatwaffe dem Messer aus dem Turm einfach geähnelt haben. Ich wäre Ihnen übrigens dankbar, wenn Sie das für sich behielten. Die Kinder sollten es nicht erfahren.«

»Nein, natürlich nicht.«

»Haben Sie das Messer danach gesehen?«

»Nicht bewusst«, sagte Felicity stirnrunzelnd. »Daddy hat Derek gesagt, er solle es auf den Dielentisch legen. Ich bezweifle, dass mir aufgefallen wäre, ob es noch dort gelegen hat. Normalerweise liegt da immer viel Kram herum. Könnte doch sein, dass die Kinder das Messer genommen haben, um damit zu spielen, und es irgendwo fallen gelassen haben. Jeder hätte es an sich nehmen können, einer der Gärtner, ein Landstreicher.« Oder Cedric Norville, dachte Alec. »Treffen Sie sich heute Abend mit Cedric?«

»Nein! Erst wieder ... an Silvester.«

»Danke, Miss Norville, das wäre erst einmal alles.«

»Wir sind schon fertig?« Felicity schien eher verwirrt als erleichtert. »Bestens. Kommt Miles als Nächster in die Mühle?«

»Ja, jetzt wird er durch die Mangel gedreht«, sagte Alec grinsend. Sollte sie doch denken, dass er ihr glaubte. Einer Sache war er sich ziemlich sicher: Sie würde Cedric Norville heute Nacht an der Kapelle treffen.

Kapitel 11

Die Nacht war klar und die Luft frostig, als Alec und Miles sich zu beiden Seiten der Kapelle am Fluss aufstellten. Wie Alec vermutet hatte, wollte Miles ihm bereitwillig dabei helfen, Cedric Norville zu stellen. Schließlich würden die Norvilles von Brockdene nicht länger verdächtigt, wenn sich herausstellte, dass der junge Liebhaber seiner Schwester der Mörder war.

Alec hatte im Lauf des Abends Gelegenheit gehabt, mit allen ein kurzes Gespräch zu führen. Als er jetzt in der Dunkelheit wartete und nicht auf und ab gehen konnte, aus Angst, sein Opfer auf sich aufmerksam zu machen, hatte er viel Zeit, über die Verhöre nachzudenken.

Miles hatte weitere Informationen über die Helstone Norvilles geliefert. Der Mr. Norville jenes Familienzweigs war Lord Westmoors Cousin zweiten Grades. Er hatte außer Cedric noch einen Sohn und zwei oder drei Töchter. Sie lebten auf einem kleinen Anwesen, das dem Earl gehörte, auf der anderen Seite des Flusses in Devon.

»Unter anderen Umständen«, hatte Miles ironisch gesagt, »hätten wir gute Nachbarn sein können, vielleicht sogar Freunde. Wie die Dinge stehen, habe ich sie gelegentlich in Calstock gesehen und ein kurzes grüßendes Nicken erhalten – sie haben mich immerhin nicht richtig geschnitten, das muss ich ihnen zugestehen –, aber ansonsten gab es keine engeren Beziehungen. Bis Flick etwas mit Cedric angefangen hat. Ich nehme an, sie haben sich letzten Sommer kennengelernt. Ich wünschte, sie hätte ihn nicht heimlich getroffen, vor allem nicht nachts, aber ich kann es ihr nicht vorwerfen, dass sie den Eltern nichts erzählt hat.«

»Sie hätten die Verbindung verboten?«

»Das weiß ich nicht genau. Mir scheint, dass es inzwischen ganz schön schwierig ist, junge Mädchen davon abzuhalten, das zu tun, was sie wollen. Aber es hätte sie betrübt. Immerhin haben uns die Helstones seit Jahrzehnten links liegenlassen. Wir sind nicht ganz respektabel, verstehen Sie.«

»Dann wären Cedrics Eltern noch unglücklicher darüber gewesen?«, vermutete Alec.

»Zweifellos«, versicherte ihm Miles. »Angenommen, sein Vater hat herausgefunden, dass sie sich bei der Kapelle trafen, kam her, fand den Geistlichen vor, vermutete, dass er sie heimlich trauen sollte, und hat ihn umgebracht?«

»Eine nette Theorie, wenn auch etwas weit hergeholt.« In dem Moment hatte Alec einen Blick von Daisy aufgefangen – sie schrieb immer noch mit –, was ihn daran erinnerte, wie er ihre wilderen Theorien gelegentlich unberechtigt abgetan hatte. »Allerdings«, sagte er eilig zu Miles, »habe ich schon zu oft erlebt, dass sich weit hergeholte Theorien als wahr herausstellen, um sie ganz auszuschließen. Ich merke mir das. Übrigens, warum haben Sie Ihren Eltern nichts von Lord Norvilles Tod erzählt?«

»Teils, weil ich damals, als die Ärzte mit mir fertig waren, einfach nicht an den Krieg denken und schon gar nicht darüber reden wollte. In erster Linie jedoch, weil es alle nur unglücklich machen würde, einen seit langem erlittenen Kummer noch schmerzhafter. Es war keine große Sache, solange wir durch den Nachweis von Großmutters Ehe wenig zu gewinnen hatten, aber wenn Onkel Victor Westmoors Erbe geworden wäre …«

»Ja, ich verstehe, was Sie meinen.«

»Ich möchte nichts als ein ruhiges Leben, auch wenn ich damit nicht viel Glück zu haben scheine.«

»Nein. Ich muss Sie fragen, wo Sie letzte Nacht zwischen halb zwölf und fünf Uhr morgens waren?«

»Ich schlief den Schlaf der Gerechten. Mein Großvater schläft in meinem Bett, und Flick half mir, ein Feldbett im Zimmer aufzustellen.«

»Ich gehe davon aus, dass Sie einander kein Alibi geben können?«, fragte Alec resigniert.

»Leider nicht. Großvater nimmt gegen sein Rheuma ein starkes Mittel, das ihn ausknipst wie eine Lampe, und ich habe in Frankreich gelernt, absolut überall wie ein Stein zu schlafen – außer, wenn die Alpträume kommen, was aber letzte Nacht nicht der Fall war. Und leider ist es noch unwahrscheinlicher, dass ›jemand in mein Zimmer geschlichen ist und gebannt auf meine schlafende Gestalt geblickt hat‹, als bei meiner Schwester. Herrje, Sir, wie kann es sein, dass man weiter dämliche Witze reißt, obwohl erst vor ein paar Stunden ein Mann ermordet wurde?«

»Das ist ein Abwehrmechanismus. Ich war im Fliegercorps, nicht in den Schützengräben, aber was ich davon gehört habe …«

»Ja, wir haben weiter unsere Witze gerissen, selbst im Angesicht der Hölle. Sie haben recht, wie sollte man das sonst überstehen? Tatsache ist, dass ich kein Alibi habe, nein. Ich bezweifle, dass Sie jemanden mit einem Alibi für diese nächtliche Zeit finden.«

»Ich weiß.« Alec hatte geseufzt und dann die Unternehmung vorgeschlagen, bei der sie sich jetzt befanden.

Nachdem er die Zustimmung von Miles erhalten hatte, hatte er sich als Nächstes der alten Dame zugewandt. Nicht, dass er sie körperlich für imstande hielt, zur Kapelle zu laufen und einen Mann hinterrücks zu erstechen, aber ihr Werdegang war entscheidend für den Mord, und bisher kannten sie darüber nur Klatsch, Andeutungen und Vermutungen. Alec musste ihre Geschichte von ihr selbst hören.

Sie war leise eingetreten, wie es ihre Gepflogenheit war, hatte Daisy schüchtern zugelächelt und ihre Anwesenheit nicht kommentiert. Alec begleitete sie zu einem Stuhl, wo sie sich mit ihrer unvermeidlichen Handarbeit niederließ, und fragte sie für das Protokoll nach ihrem vollen Namen.

»Mein früherer Name war Surate, aber als ich in die Missionsschule kam, nannte man mich Susannah, und das war auch der Name auf meinem Trauschein. Ich bin Mrs. Albert Norville.«

Sie sprach mit sanfter Bestimmtheit. Angesichts dieser bescheidenen Tapferkeit konnte sich Alec denken, dass es dem sechsten Lord Westmoor schwergefallen sein musste, sie abzuweisen.

»Erzählen Sie mir von Ihrer Ehe, Mrs. Norville.«

»Wir waren jung. Wir verliebten uns ineinander«, sagte sie schlicht. »Reverend Calloway hat uns heimlich getraut. Er war damals nicht so ... kompromisslos. Albert glaubte, dass die Engländer in Indien gegenüber gemischten Ehen viel mehr Vorurteile hatten als zu Hause. Er war sicher, seine Familie würde mich akzeptieren, wenn seine Zeit in Indien vorüber sei und er mich hierher bringen würde. Dann wurde Victor geboren. Alberts Vater erfuhr davon und beorderte ihn zurück.«

»Warum haben Sie Ihren Mann nicht begleitet?«, fragte

Alec. Wären die Dinge vielleicht anders gelaufen, wenn das Paar gemeinsam angekommen wäre?

»Zu der Zeit erwartete ich unser zweites Kind. Albert wollte mich nicht reisen lassen. Er wollte vorausfahren und die Hindernisse aus dem Weg räumen. Sobald seine Eltern begreifen würden, dass wir verheiratet waren und nicht … in wilder Ehe lebten, würde sich alles einrenken. Er war ein Optimist, mein Albert. Er wollte mir schreiben, wenn alles geregelt war; und wenn das Baby alt genug für die Reise war, sollte ich ihm folgen.«

»Verstehe. Das klingt nach einem vernünftigen Plan, aber es war wohl schwer für Sie, warten zu müssen.«

»Ich vertraute Albert, aber die Wartezeit kam mir tatsächlich sehr lang vor. Schließlich traf der Brief ein. Er hatte seine Eltern noch nicht aufgesucht, aber sein älterer Bruder, von dem er Verständnis erhofft hatte, war absolut gegen uns und hatte versucht, die Heiratsurkunde zu entwenden und zu vernichten. Albert hatte sie jedoch gut verwahrt. Er bat mich, sofort zu kommen. Er war sicher, dass seine Eltern, sobald sie mich kennengelernt hätten, mich genauso lieben würden wie er. Liebe macht blind, Mr. Fletcher.«

»Sehr oft ist das so.« Obwohl er Daisys unersättliche Neugier und ihre Neigung, sich einzumischen, nur zu gut kannte und obwohl ihn das manchmal verrückt machte, liebte er sie doch. Dennoch war es auf eine besondere Art bewundernswert, dass Albert nicht einsehen wollte, dass die Hautfarbe seiner Frau einer Zustimmung seiner Eltern unüberwindbar im Weg stand. »Also machten Sie sich auf den Weg«, sagte er.

»Ja. Godfrey war kaum einen Monat alt, der arme Junge. Albert hatte mich angewiesen, in London den Anwalt seiner Familie aufzusuchen, der mir sagen würde, wo ich ihn fände. Aber der konnte mir nur noch mitteilen, das Albert tot war.«

Ihr Ton war so leise geblieben, dass Alec erschrocken und auch entsetzt feststellte, wie ihr langsam Tränen über die Wangen rollten. Nach einem halben Jahrhundert schmerzte es sie immer noch. Alecs Erinnerung an den Kummer über den Tod seiner ersten Frau versetzte ihm einen schmerzlichen Stich, woraufhin er sich sowohl seiner ersten Frau als auch Daisy gegenüber ungerecht fühlte.

Obwohl er gewöhnlich ein frisches Taschentuch bei sich hatte, wenn er Verdächtige befragte, hatte er nicht erwartet, dass er heute eines benötigen würde. Zum Glück kam ihm Daisy zu Hilfe. Mrs. Norville betupfte sich die Augen und fuhr fort.

»Unsere Heiratsurkunde war verschwunden. Ich weiß nicht, ob Lord Norville sie entwendet hatte oder ob sie verlorengegangen war, als Albert ertrank, oder ob sie von jemandem vernichtet wurde, als man seine Leiche fand. Natürlich konnte mich Lord Westmoor nicht als Frau seines Sohnes anerkennen, aber er erwies sich als großzügig. Er bot mir hier ein Zuhause und eine Zuwendung aus seinem Vermögen, die auch nach seinem Tod fortgezahlt wurde und noch immer wird, außerdem kam er für Victors und Godfreys Privatschulen auf. Wenn die Preise seit dem Krieg nicht so gestiegen wären … aber darunter leidet ja jeder, nicht wahr.«

Alec stimmte ihr zu. Er bemerkte, dass Daisy etwas einwerfen wollte und bedeutete ihr »Nicht jetzt«, dann sagte er zu Mrs. Norville: »Dann tauchte Kapitän Norville mit Mr. Calloway auf.«

»Was für ein unglückseliger Mann.« Die alte Dame seufzte. »Es war sehr lieb von Victor, sich solche Mühe zu machen, ihn um meinetwillen zu suchen, aber auch wenn ich ihm das niemals sagen würde, wäre es vielleicht besser gewesen, die Vergangenheit ruhen zu lassen. Welch ein Aufruhr, selbst vor diesem schrecklichen Vorfall!« Wieder seufzte sie. »Nun ja, Victor hatte in Indien viel freie Zeit, und er war nie jemand, der schlafende Hunde ruhen lassen konnte, der gute Junge.«

»Apropos schlafen, Ma'am, ich muss Sie fragen, wo Sie letzte Nacht zwischen halb zwölf und fünf Uhr waren und ob Sie etwas Außergewöhnliches gesehen oder gehört haben.«

Mrs. Norville hatte dazu nichts zu berichten. Alec begleitete sie wieder zur Bibliothek und kehrte mit Dora Norville und Jemima zurück.

Dora Norville war über Calloways Auftauchen so erregt gewesen, dass sie ein Schlafpulver hatte nehmen müssen. Sie hatte wie eine Tote geschlafen (»O je, was für ein unpassender Ausdruck!«), kaum hatte sie den Kopf aufs Kopfkissen gelegt und war erst wieder im hellen Morgenlicht erwacht.

Jemima behauptete trotzig, dass Felicitys Freund Calloway umgebracht hätte, mit Felicitys Hilfe, was sie ihm auch nicht vorwerfen könne. Das führte natürlich sofort dazu, dass ihre Mutter aufschrie und wissen wollte, wie sie zu dieser Behauptung komme.

Alec konnte Jemima zu dem Geständnis bewegen, dass sie ihn natürlich nicht dabei beobachtet habe. Seit ihrem Auftritt als Gespenst war ihr strengstens untersagt worden, nachts ihr Zimmer zu verlassen. Auf Druck räumte sie außerdem ein, dass sie Felicity nicht wirklich dabei beobachtet habe, dass sie ihr gemeinsames Zimmer verlassen hatte. Da Dora außer sich war und eine Erklärung von ihrer Tochter verlangte, war es unmöglich, die Befragung der beiden fortzusetzen. Alec hatte sie wieder gehen lassen.

Er war ihnen gefolgt, um sein nächstes Opfer zu holen, als Daisy sagte: »Liebling, ehe du weitermachst, sollte ich dir sagen ...«

»Nicht jetzt, Daisy. Vor dem Abendessen muss ich noch drei Personen befragen, die vielleicht etwas gesehen oder gehört haben könnten, deine Mutter nicht eingerechnet. Ich kann nicht mal versuchen, das Personal zu befragen, ehe Tom und Ernie eintreffen. Und ich muss Bel und Derek fragen, ob sie das Messer vom Dielentisch genommen haben.«

»Das kann ich machen, wenn du möchtest«, bot sie an.

»Dann denken sie vielleicht eher, dass es darum geht, ob sie unartig waren, nicht, dass es etwas mit Calloways Tod zu tun hat.«

»Ja, bitte, Liebes. Warum versuchst du sie nicht gleich zu finden, während ich Lady Dalrymple befrage?«

»Gute Idee. Mutter wird bestimmt aufsässig, wenn sie merkt, dass ich dir helfe.«

Sie hatten sich angelächelt.

Nachdem Alec ihr versichert hatte, dass sie eine mögliche Zeugin und keine Verdächtige war, erwies sich Lady Dalrymple als verhältnismäßig hilfsbereit, falls man es als hilfsbereit bezeichnen konnte, dass sie nichts zu berichten hatte. Sie fragte sich allerdings lautstark, was es für einen Vorteil bringe, dass sich ein Chief Inspector von Scotland Yard mit dem Fall befasse, wenn der es noch immer nicht geschafft habe, jemanden festzunehmen. Alec verkniff sich den Hinweis, dass er erst seit ein paar Stunden mit dem Fall beschäftigt war.

Daisy kehrte zurück. »Die Kinder sind drüben im alten Haus«, berichtete sie, »und suchen nach einer weiteren Schatzkarte. Godfrey ist bei ihnen. Es scheint ihn nicht zu stören, dass sie an seinen geschätzten Sekretären herumhantieren.«

»Er hat wohl andere Sorgen. Was ist mit dem Messer?«

»Derek hat zugegeben, dass er es aus der Scheide genommen hat, um es sich noch mal anzusehen, als er gestern Abend auf dem Weg ins Bett war. Beide schwören jedoch hoch und heilig, dass sie es auf dem Dielentisch haben liegen lassen.«

»Das bringt uns also nicht weiter. Wo im alten Haus ist Godfrey? Nicht bequemerweise in der Halle, nehme ich an.«

»Nein, oben im Salon, im Turm. Den benutzt er als sein Arbeitszimmer oder Büro. Wolltest du ihn als Nächsten befragen?«

»Ja, ehe er von Felicitys Missetat hört und sich davon ablenken lässt. Ich verschwende wohl weniger Zeit, wenn ich ihn dort aufsuche. Wie finde ich den Salon?«

»Ich zeig ihn dir, Liebling. Du hast das alte Haus noch nicht angesehen, stimmt's?«

»Nein«, murrte er, »und jetzt komme ich wohl auch nicht mehr dazu. Aber es wäre mir lieber, du würdest hierbleiben und jeden Versuch unterbinden, dass jemand Godfrey von Felicitys Missetat erzählt. Für die paar Auskünfte, die ich bei diesen Verhören bekomme, brauchst du gar nicht mitzuschreiben. Sag mir, wie ich Godfrey finde.«

Sie beschrieb ihm den Weg. »Wenn die Kinder noch dort sind«, sagte sie, »dann schick sie lieber zu mir. Es ist sowieso bald Zeit für ihr Abendessen.«

Beim Durchqueren der Halle überflog Alec die Waffen an den Wänden und suchte nach einer Lücke. Polierte Klingen schimmerten im flackernden Lampenlicht. Dem Anschein nach fehlte nichts, wenn er es auch nicht genau sagen konnte. Er fragte sich, ob darunter auch Seemannsmesser waren – oder gewesen waren. Die Hausmädchen, die sie putzten, wussten das sicher. Danach sollte sich Tom morgen erkundigen. Er konnte weibliches Personal gut um den Finger wickeln, trotz seiner tiefen Zuneigung zu seiner Frau.

Aber Dereks Messer lag ja nicht mehr auf dem Dielentisch. Es war fast mit Sicherheit die Mordwaffe.

Würde das Cedric, auf den Alec und Miles jetzt warteten, ausschließen, oder hatte es Felicity an sich genommen, um es ihm zu zeigen, vielleicht um ihm die lustige Geschichte vom Abenteuer der Kinder zu erzählen? Oder hatte sie es womöglich mit der Absicht an sich genommen, Calloway umzubringen? Wenn sie Cedric Norville liebte, hatte sie den Geistlichen vielleicht um seinetwillen aus dem Weg haben wollen. Wenn sie ihn jedoch heiraten wollte, dann vielleicht auch aufgrund ihrer eigenen Situation. Es wäre wohl unendlich besser, so vermutete Alec, den Titel einer Gräfin zu erhalten, als nur die Schwester eines Earls zu sein und auf immer zur verarmten Verwandtschaft zu gehören.

Als er zu diesem Schluss gekommen war, erreichte Alec den Salon. Keine Spur von den Kindern, aber Godfrey war da. Er saß an einem kleinen Queen-Anne-Schreibpult, das auf einem Mahagonipodest stand.

Alec entschuldigte sich für die Störung. Er bemerkte, dass der Bogen Briefpapier vor Godfrey leer war. »Ich hoffe, dass Belinda und Derek Ihnen nicht lästig waren. Wo sind sie denn?«

Godfrey sah ihn unsicher an. »Belinda und Derek? Ach so, sie wollten die Geheimfächer finden. Ich sagte ihnen, sie sollten sich mal den Walnuss-Sekretär im Südzimmer vornehmen. Mrs. Fletcher hat sie nach dem Seemannsmesser ausgefragt, das sie gefunden hatten. Es ist ziemlich wertlos und ganz unbedeutend. Es spielt keine Rolle, wenn sie es verschlampt haben. Man muss nicht danach suchen.«

Alec hatte ihm nicht gesagt, dass man es bereits gefunden hatte, und zwar in Calloways Rücken. Es war ein Fehler gewesen, Felicity und Miles dieses Detail mitzuteilen. Aber wenn er Glück hatte, würden sie es um der Kinder willen nicht ausplaudern. Wenn der Mörder der einzige andere Verdächtige war, der davon wusste, sagte er vielleicht etwas, das ihn verriet.

Was die Alibis anging, so hatte Godfrey Norville auch nicht mehr zu bieten als die anderen, da seine Frau ein Schlafmittel genommen hatte. Keine Geräusche von Türen oder Schritten hatten ihn in der Nacht aus dem Schlummer gerissen. Calloways Tiraden hatten ihn kaltgelassen, er war jedoch viel mehr über die Tatsache aufgebracht, dass ihm sein Sohn nichts vom Tod von Westmoors Erben erzählt hatte.

»Ich beziehe keine Zeitung, weil mich die täglichen Nachrichten generell nicht interessieren«, sagte er, »aber Miles hätte wissen müssen, dass mich diese Nachricht sehr wohl interessiert. Der Earl ist schließlich ein direkter Cousin von mir. Ich fasse es kaum, wie rücksichtslos und geheimniskrämerisch sich Miles verhalten hat. Wenn ich mir vorstelle, dass Victor Lord Westmoors Erbe hätte sein können, und ich nach ihm!«

Dass Godfrey Norville so ein Aufhebens um die Sache machte, rechtfertigte Miles' Verschwiegenheit, fand Alec. Er bedankte sich bei Norville, kehrte in den Ostflügel zurück und bat Tremayne, mit ihm ins Speisezimmer zu kommen.

Der alte Herr war eindeutig aufgebracht darüber, in welche Schwierigkeiten sich die Familie seiner Tochter gebracht hatte, aber er blieb ganz der besonnene Anwalt. Auch wenn er offensichtlich gerne behauptet hätte, die ganze Nacht wach gelegen zu haben und sicher zu sein, dass Miles das Zimmer nicht verlassen hatte, hielt er sich damit zurück. Er weigerte sich auch, seine Meinung zu Calloway zu sagen oder ob er gewusst habe, aus welchem Grund der Geistliche nach Brockdene gekommen war. Er gab auch nicht preis, warum er seiner Tochter nichts von Lord Norvilles Tod gesagt hatte.

»Morgen«, fuhr er fort, »gehe ich nach Calstock und versuche, einen Kollegen telefonisch in Plymouth zu erreichen, der sich mit strafrechtlichen Fällen befasst. Kann leider sein, dass ich ihn wegen der Feiertage nicht erreiche, aber ich muss darauf bestehen, dass Sie keine offiziellen Aussagen aufnehmen, bis Butterwick dabei sein kann.«

»Ich kann niemanden zwingen, eine Aussage zu machen, Sir«, betonte Alec.

»Ich fürchte, ich hätte allen raten sollen, Ihnen vorerst keine Informationen zu geben, aber ich befinde mich in einer undankbaren Situation. Ich bin Diener des Gesetzes und darf die Polizei nicht behindern. Ich stehe außerdem unter Verdacht, wie alle in meiner Familie. Trotzdem kann ich nicht glauben, dass einer von ihnen dieses schreckliche Verbrechen begangen hat! Warum auch?«

Und er hatte für das schreckliche Verbrechen offenbar auch nicht mehr Motive als die anderen. Alec hatte ihn gehen lassen und den Kapitän gerufen. Von allen Familienmitgliedern war es bei ihm am wahrscheinlichsten, dass er Calloway umgebracht haben könnte.

Kapitän Norville hatte geschlafen wie ein Baby und darauf vertraut, dass der liebe Gott dem Reverend bei dessen Gebeten schon sagen werde, er solle beeiden, die Trauung vollzogen zu haben.

»Aye, ich wäre wild geworden wie ein angeschossener Eber, wenn er mir gesagt hätte, dass er es sich anders überlegt hatte, aber kein böses Wort wäre über meine Lippen gekommen, denn es bestand ja immer noch die Chance, dass er seine Entscheidung zurücknehmen würde. Auf See lernt man geduldig zu sein, Fletcher, vor allem auf den Segelschiffen, auf denen ich mein Handwerk gelernt habe. Wind und Wellen sind launisch, aber ich bin letztendlich immer an mein Ziel gekommen.«

»Bis jetzt.«

»Bis jetzt«, seufzte er. »Man kann niemanden aus dem Himmel zurückholen.«

Er klang nicht wie ein Mörder, aber Alec erinnerte sich wieder an die geballten Fäuste, als Tremayne ihn daran gehindert hatte, in die Kapelle zu rennen.

*

Und nun war Alec wieder an der Kapelle und wartete darauf, dass jener Verdächtige aufkreuzte, der bei weitem das beste Motiv hatte, Calloway umzubringen. Die Sterne schienen durch die kahlen Zweige. Irgendwo aus der Ferne kam der Ruf einer Eule. Der beißende Frost ließ Alec sich wünschen, umherstampfen oder in die Hände klatschen zu können, aber das leiseste Geräusch wurde in einer Nacht wie dieser, in der keine Brise wehte und kein Busch raschelte, weit getragen.

Er sehnte sich nach seinem Mantel, den er nicht angezogen hatte, um seine Bewegungsfreiheit nicht einzuschränken, und hoffte, dass sie nicht lange warten mussten, weniger um seiner selbst als um Miles' willen. Kälte konnte nach einer Amputation Phantomschmerzen auslösen.

Plötzlich drang das Rascheln des abgefallenen Laubes jenseits des Weges zu ihnen. Alec bemühte sich, im schwachen Licht der Sterne etwas zu sehen. Es erschien jedoch niemand. Hatte Cedric Norville sie entdeckt? Wenn er hinter einem Baum stand, wäre er in Sicherheit, solange er sich nicht bewegte. Die sorgfältig geplante Falle würde zu einer Geduldprobe werden.

Wieder ein Rascheln. Ein Dachs huschte über den Weg, erkennbar an seinem schwarzweißgestreiften Kopf. Er wollte wohl wissen, was da in seinem Revier los war.

Der Dachs hob die spitze Schnauze, schnupperte und verschwand unter den Bäumen. Das Warten begann erneut.

Es kam Alec wie eine Ewigkeit vor, doch die Uhr in der Kapelle des Hauses hatte nur zwei Viertelstunden geschlagen, da hörte er das Knirschen ganz normaler Schritte, die über den Weg vom Anleger kamen. Eine dunkle Gestalt in Trenchcoat und Golfmütze kam an Alec vorbei und wandte sich der Kapelle zu.

»Felicity?«

Miles trat hinter der Kapelle hervor. Der Strahl seiner Taschenlampe huschte über die Person. »Norville? Sie sind doch Cedric Norville, nicht wahr?«

Cedric knipste seine eigene Taschenlampe an und richtete sie auf Miles' Gesicht. Alec schlich sich leise von hinten an und sah, wie seine Schultern heruntersackten. »Und Sie sind Miles Norville. Ich nehme an, Felicity hat Sie geschickt, um mir auszurichten, dass sie mir den Laufpass gibt. Komisch, ich hätte ihr genügend Mumm zugetraut, dass sie ihre Drecksarbeit selbst erledigt.«

Alec packte die Arme des jungen Mannes von hinten und fragte: »Schließt das auch Mord ein?«

Kapitel 12

Alecs Nase blutete so sehr, dass er drei Taschentücher – sein eigenes sowie die von Cedric und Miles – brauchte, um die Blutung zu stillen. Es war voll und ganz seine eigene Schuld, weil er sich nicht sofort als Inspector zu erkennen gegeben hatte, wie er dem schuldbewussten Cedric versicherte.

Immerhin hatte er den jungen Mann nicht losgelassen, als der ihn attackiert hatte. Cedric hatte sich sofort beruhigt, nachdem das Zauberwort »Polizei« ausgesprochen war, dann betraten alle die Kapelle, um erste Hilfe zu leisten, bevor sie zu den anstehenden Erklärungen kamen. Miles war nicht glücklich darüber, den Ort betreten zu müssen, doch Cedric zeigte keinerlei Widerwillen. Ein reines Gewissen oder reine Gewissenlosigkeit?

Wenn er von dem Mord wusste, selbst wenn er nicht aktiv daran beteiligt gewesen war, dann würde man das doch bestimmt seiner Stimme anhören. Alec, der flach auf einer Kirchenbank lag, das Taschentuch des Hauptverdächtigen an seine Nase gedrückt, wünschte, es wäre hell, um Cedrics Miene zu sehen.

Nachdem sich Cedric nun entschuldigt hatte, wurde seine Stimme ungehalten. »Was zum Teufel hat ein Polizist hier zu suchen? Ich brauche doch keinen Bobby, der mich des Grundstücks verweist, wenn mir Flick den Laufpass gibt.«

»Ich gehe also davon aus, dass Sie nicht sonderlich überrascht wären, falls Miss Norville Sie nicht mehr sehen wollte.« Alec kam sich lächerlich vor, einen Verdächtigen zu befragen, während er nur durch die Nase sprechen und dem Mann nicht in die Augen sehen konnte.

»Nein.« Cedric seufzte und ließ sich zu Alecs Füßen auf der Kirchenbank nieder. »Das heißt, sie … sie hat gesagt, es bringe doch nichts, mich zu heiraten, denn ich würde ja nun doch nicht Earl werden. Ich habe nicht geglaubt, dass sie es wirklich ernst meinte. Mädchen sagen so etwas dahin, wissen Sie, um einen zu ärgern. Ich dachte, sie mag mich tatsächlich.«

»Warum würden Sie doch kein Earl werden?«

»Na, weil ihr Onkel so einen Missionar aus Indien mitgebracht hat, der beweisen könne, dass ihre Großmutter … hören Sie, alter Knabe, das geht doch nicht. Ich meine, so einfach über das – äh – Missgeschick einer Dame zu reden. Und was zwischen mir und Miss Norville vorgeht, ist, offen gesagt, nicht Ihre Angelegenheit.«

Alec setzte sich vorsichtig auf und nahm das Taschentuch von der Nase. »Ich fürchte doch, Mr. Norville«, sagte er.

»Hören Sie, zum Kuckuck, ich könnte ja verstehen, dass Miles Norville mir was vorhalten könnte zu dem Thema, aber …«

»Miss Norville behauptet, sie habe Ihnen nichts von Reverend Calloway, dem Missionar aus Indien, erzählt.«

»Das hat Flick gesagt?« Cedrics Stimme klang äußerst erstaunt. »Aber warum zum Teufel soll sie überhaupt was gesagt haben? Das verstehe ich nicht ganz. Verflixt, ich werde die Frauen nie verstehen.«

»Mr. Norville, ich bin Detective Chief Inspector Fletcher von der Kriminalpolizei in London. Ich muss Ihnen einige

Fragen stellen, was wir aber besser oben im Haus erledigen. Ich muss Sie bitten, mich dorthin zu begleiten.«

»Chief Inspector von Scotland Yard? Sagen Sie mal, was ist hier eigentlich los? Selbstverständlich komme ich mit, allein schon, um rauszufinden, was da vor sich geht!«

Miles, der sich bewundernswert genau an Alecs Anweisungen gehalten hatte, kein Wort zu sagen, ging voraus. Alec beschlagnahmte Cedrics Taschenlampe und bildete den Schluss, den Strahl der Lampe auf den Rücken des Gefangenen gerichtet. Wenn Cedric etwas von dem Mord wusste, benahm er sich in der Tat sehr dreist. Er war nicht nur am darauffolgenden Abend zu der Kapelle zurückgekehrt, sondern hatte auch freiwillig zugegeben, dass er Calloways Grund für seinen Besuch auf Brockdene kannte.

Er hatte ein Motiv, die Möglichkeit dazu war denkbar; die entsprechende Gelegenheit müsste noch ans Tageslicht gebracht werden. Doch sein Verhalten machte es schwierig, in ihm den Mörder zu sehen oder den Komplizen.

Als sie den Talgarten durch das Tor betraten, sah Alec das hüpfende Licht einer Laterne auf sie zukommen. Seine Hoffnung, dass sie das Haus erreichen könnten, ehe Felicity herauskam, war dahin. Wie auch immer, er *hoffte*, dass es Felicity war und nicht ihr Vater, der sich den heimlichen Liebhaber seiner Tochter vornehmen wollte.

Einen Augenblick später entdeckte die Trägerin der Laterne Miles' Taschenlampe. »Ceddie? Liebling, du darfst auf keinen Fall zum Haus kommen, heute Nacht zumindest nicht! Du kannst dir nicht vorstellen, was …« Felicity verstummte. Sie musste im Schein von Alecs Taschenlampe zwei Gestalten erkannt haben und merkte wohl, dass eine dritte Person die Taschenlampe trug. »Wer ist da?«, fragte sie aufgebracht.

»Alec Fletcher, Miss Norville, sowie Ihr Bruder und ein Freund von Ihnen.«

»Tut mir leid, Flick, sie haben mich eiskalt erwischt. Was soll der ganze …?«

»Sie haben Cedric doch nicht festgenommen, oder, Mr. Fletcher?« Die hüpfende Laterne kam schneller auf die Männer zu, und dahinter wurde Felicity allmählich sichtbar. »Ich habe Ihnen doch gesagt, dass er letzte Nacht nicht hier war!«

»Sie haben mir auch gesagt, dass er heute Nacht nicht kommen würde«, konterte Alec trocken. »Miles, bitte bringen Sie Ihre Schwester zum Haus zurück.«

»Nein! Ich will wissen … Oh!«

Die Laterne beschrieb einen Bogen durch die Luft, und fast gleichzeitig folgten ein Scheppern und ein Aufspritzen. In den züngelnden Flammen war eine Pfütze Petroleum zu sehen, die sich von dem zerbrochenen Glas bis zu dem plätschernden Bach ausbreitete, in den Felicity strauchelnd gestolpert war.

Cedric riss sich seinen Trenchcoat vom Leib und stürzte los. Fast wäre er ausgerutscht und hingefallen, konnte das Gleichgewicht jedoch wiedererlangen. Mit seinem Mantel und seinen behandschuhten Händen erstickte er die Flammen. Miles rannte ihm nach, etwas vorsichtiger. Seine Taschenlampe war auf Felicity gerichtet. Sie kroch aus dem Bach. Ihre untere Hälfte war triefend nass, die obere völlig verschmutzt. Nachdem Cedric sichergestellt hatte, dass die Flammen gelöscht waren, half er ihr.

»Ich glaube, ich habe mir den Knöchel verstaucht«, sagte sie. »Ach, zum Teufel!« Und sie brach in Tränen aus.

Alec war altmodisch genug, um das Fluchen von Frauen zu missbilligen, ebenso wie er es ablehnte, wenn Männer in Gegenwart von Frauen fluchten (obwohl er schon längst nicht mehr zusammenzuckte, wenn Daisy »Verflucht!« sagte, und von ihm bekam sie ja auch ein gelegentliches »Verdammt!« zu hören). Felicity hatte jedoch Gründe genug für ihren sprachlichen Ausrutscher und ihre Tränen.

Alec konnte ihr nicht mal ein Taschentuch anbieten. Die drei, die er bei sich hatte, waren alle voller Blut.

Die fröstelnde, triefnasse junge Frau schniefte und humpelte auf das Haus zu, rechts und links gestützt von Cedric und Miles. Nicht nur war sie bei ihrer Lüge ertappt worden, sondern ihr Liebster war – soweit sie annehmen musste – auch noch wegen Mordes verhaftet worden. Alec folgte ihnen auf den Fersen, nah genug, um zu hören, dass nichts weiter gesagt wurde als »Achtung, die Stufe!« und dergleichen. Alec trug den Trenchcoat, der nach Petroleum und verkohlter Wolle stank.

Nicht gerade sein gelungenster Einsatz. Zum Glück konnte er die Einzelheiten in seinem Bericht unterschlagen, da es ja keine förmliche Festnahme gegeben hatte. Als Alec die Haustür hinter ihnen schloss, kam Daisy aus der Bibliothek und sah schläfrig aus. Sie warf einen Blick auf die Gruppe, öffnete den Mund, schloss ihn wieder, musterte Alecs Ausdruck etwas genauer, öffnete den Mund erneut und schloss ihn wieder, ehe sie schließlich sagte: »In der Bibliothek steht eine Thermoskanne mit Kakao, Liebling. Sie, Felicity, sollten wir mal schnellstens in ein heißes Bad verfrachten. Miles, helfen Sie ihr bitte nach oben?«

Alec dankte ihr stumm und führte Cedric in die Bibliothek. Im Spiegel über dem Dielentisch hatte er die Flecken getrockneten Blutes auf seiner Oberlippe gesehen. Er spuckte auf das am wenigsten beschmutzte Taschentuch und wischte sie eilig fort. Cedric bückte sich inzwischen und legte ein paar Holzscheite auf das erlöschende Feuer.

Höflich wartete er, bis Alecs Reinigungsaktion beendet war, dann fragte er klagend: »Sagen Sie mal, Sir, was ist hier eigentlich los? Ich kann mir nicht vorstellen, dass mich Scotland Yard verhaften will, nur weil ich heimlich Miss Norville treffen wollte.«

»Haben Sie sie gestern Abend getroffen?« Alec winkte ihn in einen Stuhl am Feuer, schenkte ihm und sich Kakao ein und setzte sich ihm gegenüber.

»Nein.« Cedric hockte sich auf den Rand des Stuhles und beugte sich vor, in angespannter Aufmerksamkeit. Eine Haarsträhne fiel ihm über die Stirn. Sein Gesicht war zu rund, um gutaussehend genannt zu werden, aber seine offenherzige Miene mochte einer eigensinnigen jungen Frau wie Felicity wohl gefallen. »Ich hatte keine Zeit.«

»Wo waren sie?«

»Bei einem Familienfest«, sagte Cedric leichthin. Seine an den Tag gelegte Offenherzigkeit wirkte plötzlich ausweichend. Mit dem Versuch, nonchalant zu wirken, lehnte er sich zurück. »Heiligabend und so weiter, Sie kennen das ja.«

Alec kannte es in der Tat. Die Kinder hatten ihn im Morgengrauen mit ihren Nikolaussocken geweckt. Jetzt war es nach Mitternacht. Sein Weihnachtsurlaub war dahin. Er hatte die Nase voll.

»Wo?«, fragte er barsch.

»Äh … zu Hause.« Cedric log. Konnte er denn beides sein, ein genialer Schauspieler und ein schlechter Lügner?

»Wer war alles anwesend?«

»Ach, nur die Familie.« Alec fixierte ihn herausfordernd, und er wurde etwas genauer: »Die Eltern, mein Bruder, meine jüngste Schwester.«

»Das ist alles?«

»Äh … ja.«

»Also keine Gäste, die Sie bis spät beansprucht haben. Sie hätten sich ohne weiteres heimlich davonstehlen können, nachdem sich alle zurückgezogen hatten, und über den Fluss rudern, wie heute.«

»Nein, zum Teufel, das konnte ich verdammt noch mal nicht!«

»Wem aus Ihrer Familie hatten Sie von Reverend Calloway erzählt?«

»Keinem. Ich hätte erklären müssen, woher ich das wusste, und das hätte für Aufregung gesorgt, kann ich Ihnen sagen! Mein Vater wäre an die Decke gegangen, wenn er herausgefunden hätte, dass ich etwas für Miss Norville übrighabe.« Jetzt sagte er die Wahrheit, vermutete Alec.

»Sie wussten also als Einziger, dass Sie demnächst aus der Erbfolge ausgeschlossen würden«, sagte er.

»Ja, und das wäre das Nächste gewesen, weswegen mein Vater an die … sagen Sie mal, ist dem Reverend etwas passiert? Geht der ganze Wirbel darum?«

»Mr. Calloway wurde letzte Nacht umgebracht.«

Cedric Norville sah fassungslos aus, ganz unvorbereitet auf diese unverblümte Nachricht, obwohl er anscheinend irgendetwas geahnt hatte. »*Umgebracht*? O Gott, Sie hatten ja etwas von Mord erwähnt, als Sie mich packten. Sie glauben, ich hätte etwas damit zu tun?«

»Sie und Ihre Familie hatten das einzige offenkundige Motiv, warum Sie verhindern sollten, dass der Reverend die Ehe von Mrs. Norville mit Albert bestätigte.« Alec sah, wie Miles hereinkam. Er war leise an der Tür stehen geblieben, und Cedric schien sein Kommen nicht bemerkt zu haben. »Sie haben ja zugegeben, dass Sie wussten, dass er aus diesem Grund nach Brockdene gekommen war.«

»Ja, aber … hören Sie, haben Sie nicht gesagt, Flick habe bestritten, mir was von diesem Kirchentyp gesagt zu haben? Mein Gott, sie hat versucht, mich zu schützen! Ich wusste ja, dass sie diesen ganzen Unsinn gar nicht ernst gemeint hat, dass sie mich nicht heiraten will, weil ich kein Earl werde.«

»Aber jetzt werden Sie ja doch Earl«, betonte Alec.

»Ach so. Ja, anscheinend. Calloway ist tot?« Er schüttelte bestürzt den Kopf. »Verdammt, das begreift man ja gar nicht so schnell. Er ist gerade erst eingetroffen, und jetzt wurde er … umgebracht. Sie wollen doch nicht andeuten, dass Flick – Miss Norville – es getan hat, oder?«, setzte er aggressiv hinzu.

»Ich will gar nichts andeuten. Wo waren Sie gestern Nacht?«

»Es bringt nichts, weiterzufragen, ich sage es nicht. Genaugenommen sage ich lieber gar nichts mehr ohne Anwalt.«

»Das ist Ihr Recht, Mr. Norville. Sie werden jedoch verstehen, dass ich Sie nicht nach Hause gehen lassen kann, um dort mit Ihrer Familie ein Alibi zu konstruieren. Unglücklicherweise gibt es hier kein freies Gästezimmer, daher müssen Sie die Nacht leider im Weinkeller verbringen.«

»Das meinen Sie doch nicht ernst!«

»Wir haben ein Feldbett für dich aufgestellt«, versicherte ihm Miles mit kaum unterdrücktem Grinsen, während Alec an die Tür zwischen den Regalen trat und sie öffnete. »Es gibt genug Decken und eine Petroleumlampe. Und ich habe dir einen Schlafanzug von mir bereitgelegt«, setzte er mit einem skeptischen Blick auf den kleineren, stämmigeren Cedric hinzu. »Ich hoffe, er passt.«

»Ich komme schon zurecht. Aber verdammt noch mal, das ist ja ein elender Kerker!«, rief Cedric aus, als er sich bückte und in die kalte und dunkle Kammer starrte. »Kann ich nicht mein Ehrenwort geben, dass ich nicht abhaue, und hier auf dem Sofa schlafen?«

»Tut mir leid, das kann ich nicht riskieren.« Alec blieb hart. »Es sei denn, Sie sagen mir, wo Sie letzte Nacht waren.«

»Keinesfalls. Aber na gut«, sagte Cedric mürrisch und trat in seinen Kerker. »Ich bin eigentlich Langschläfer, aber Sie können mich, so früh Sie wollen, zum Frühstück wecken.«

Mit einem Blick auf die Uhr auf dem Kaminsims verschloss Alec die Tür hinter ihm, ohne etwas zu antworten. Er musste ja wach sein, wenn Tring und Piper ankämen, und er wollte so früh wie möglich über den Fluss nach Helstone. Wenn alle in Cedrics Familie Langschläfer waren, umso besser. Er würde die Dienerschaft ganz unbehelligt befragen können.

Er zog den Schlüssel aus dem Schloss und steckte ihn ein. »Ich kann einfach nicht sagen«, bekannte er missmutig, »ob Cedric Norville ziemlich dumm oder äußerst schlau oder einfach nur unschuldig ist.«

»Wenn Sie mich fragen, er ist ein verdammter Idiot«, sagte Miles. Dann gingen sie zu Bett.

Als Alec das gemeinsame Zimmer betrat, sah Daisy an seinem Gesicht, dass es kein guter Zeitpunkt war, um Fragen zu stellen oder ihre Ansichten kundzutun. Sie war selbst müde genug, daher machte es ihr nichts aus. Sie erhob jedoch keinen Einspruch, als er neben ihr lag, die Hände unter dem Kopf, und beschrieb, wie die Ergreifung von Cedric fast danebengegangen wäre. Doch während er noch erzählte, was der junge Mann gesagt hatte, schlief er ein. Sie beugte sich über ihn und gab seiner lädierten Nase einen flüchtigen Kuss.

Er hatte ratlos geklungen. Daisy erschien es durchaus

möglich, dass Cedric Calloway getötet hatte. Er hatte schließlich ein triftiges Motiv. Die Tatsache, dass er dumm genug war, um zum Tatort zurückzukehren und zuzugeben, von Calloway gewusst zu haben, war unerheblich. Um den Titel eines Earls zu erben, musste man nicht intelligent sein.

Oder wenn Cedric Norville es nicht gewesen war, dann vielleicht sein Vater. Ehe sie eindöste, überlegte Daisy noch, wie jener Mr. Norville an Dereks Messer hätte kommen können. Sie träumte von Unmengen geheimnisvoller Norvilles, die über den Tamar ruderten. Ihre Ruder waren Seemannsmesser, die in der Sonne aufblitzten. Vor ihnen lief Mr. Calloway über das Wasser, einen Kranz aus Mistelzweigen auf dem Haupt.

Kein erhellender Traum, dachte Daisy, als sie sich beim Aufwachen daran erinnerte.

Ein Klopfen an der Tür hatte sie geweckt. Alec, der wie immer früh am Morgen hellwach war, rief: »Wer ist da?«

»Daddy, wir sind's. Derek und ich. Und Nana. Können wir reinkommen?«

Alec sah Daisy an, die zwar aufstöhnte, aber nickte. »Kommt rein!«

Nach einem förmlichen »Guten Morgen« – beide waren wohlerzogene Kinder – und nach einem feuchten Hundekuss auf Daisy Nase, der sie ruckartig auffahren ließ, platzte Bel heraus: »Daddy, rate mal, wer da ist? Onkel Tom und Mr. Piper!«

»Detective Sergeant Tring und Detective Constable Piper«, bekräftigte Derek und hüpfte vor Aufregung von einem Bein aufs andere. »Bel und ich glauben, dass das bedeutet, dass Mr. Calloway ermordet worden ist und sie gekommen sind, um Onkel Alec bei der Suche nach dem Mörder zu unterstützen. Und wir wollten wissen, Bel und ich, ob ihr einen Spürhund braucht, um den Mörder zur Strecke zu bringen. Wir haben Nana nämlich beigebracht, unseren Spuren zu folgen und Sachen zu finden. Sie kann das richtig gut.«

»Jetzt erst mal nicht, vielen Dank, aber ich denke daran«, versprach Alec und stopfte Daisy sein Kissen fürsorglich hinter den Rücken, ehe er die Beine über die Bettkante schwang. »Aber vorerst möchte ich, dass ihr zwei – ihr drei«, verbesserte er sich, während Belinda einen seiner Hausschuhe aus Nanas Fängen riss, »dass ihr uns aus dem Weg bleibt. Das ist nämlich kein Spiel, sondern eine ernste Angelegenheit.«

»In Ordnung, Daddy, aber du musst uns dann sagen, wo ihr euch aufhaltet, sonst können wir euch ja nicht aus dem Weg gehen.«

»Heute Morgen wird Tom das Personal hier in Brockdene befragen, und Piper und ich fahren über den Fluss, um dort Untersuchungen aufzunehmen. Wo sind die beiden jetzt?«

»In der Küche. Sie frühstücken«, sagte Belinda.

»Woher wisst ihr das?«, fragte Daisy misstrauisch.

»Wir waren dort, Mummy.«

»Wir haben allmählich Hunger, Tante Daisy. Wir können nicht bis zum richtigen Frühstück warten. Detective Sergeant Tring hat den Kopf zur Tür reingesteckt und gefragt, ob das der Dienstboteneingang sei und dass er himmlisches Manna riechen könne; wenn das Speck aus Cornwall sei, dann würde er nach Cornwall ziehen. Und Bel hat der Köchin und Mrs. Pardon gesagt, dass Onkel Tom tatsächlich ein Beamter von Scotland Yard und deine rechte Hand sei, da haben sie ihm und Detective Constable Piper direkt aus dem Ofen Speck und Eier und Brot serviert. Und uns auch, warmes Brot und Butter und Honig von den eigenen Bienen. Und auch Brombeergelee. Sagenhaft!«

»Granny sagt immer, warmes Brot ist un-ver-dau-lich«, sagte Bel ängstlich, »aber ich habe kein Bauchweh bekommen, ehrlich, Mummy.«

»Gut«, sagte Daisy. »Ich sollte wohl besser aufstehen. Ab mit euch jetzt.«

Alec stand schon am Handwaschbecken und rasierte sich. Daisy blieb noch kurz liegen und überlegte, wenn sie zu wählen hätte, ob sie lieber ohne fließend heißes Wasser, Gas oder elektrisches Licht auskommen wolle. Sie konnte sich sogar noch daran erinnern, wie Fairacres mit Elektrizität ausgestattet worden war, aber nicht mehr so recht daran, wie es davor gewesen war. Andererseits hatte sie sich in vielen Häusern aufgehalten, in denen ein Hausmädchen eine Kanne heißes Wasser gebracht hatte – das dann nur noch lauwarm war, bis man dort war.

»Ich entscheide mich für heißes Wasser«, sagte sie und griff nach ihrem Morgenrock. »Ich nehme ein Bad.«

Alec, dessen eine Gesichtshälfte mit Rasierschaum bedeckt war, und der das Rasiermesser zum nächsten Streich erhoben hatte, drehte sich um. »Daisy, ich finde, du solltest lieber mit den Kindern nach London zurückfahren.«

»Liebling, nein! Erstens hat deine Mutter Dobson bis morgen freigegeben. Zweitens würde meine Mutter zweifellos mit uns fahren wollen, und ich glaube wirklich nicht, dass ich allein mit ihr und den Kindern und dem Hund und dem ganzen Gepäck zurechtkommen würde.«

»Ich habe das schon geschafft«, sagte Alec selbstgefällig.

»Drittens kommt das Boot morgen früh, um uns abzuholen, und es ist unmöglich, den Bootsmann jetzt zu erreichen. Das wär's also. Außerdem muss ich dir eine *Menge* berichten, auch wenn ich annehme, dass es belanglos ist, falls Cedric Norville Calloway umgebracht haben sollte«, endete sie niedergeschlagen.

»Ich bin mir nicht sicher, ob Cedric Norville Calloway umgebracht hat.« Alec seufzte. »Wenn nicht, dann erweisen sich deine Informationen möglicherweise als nützlich, aber ich habe keine Zeit, mir das jetzt anzuhören, sonst werde ich womöglich noch wegen ungerechtfertigter Festnahme angeklagt. Also gut, bleib hier, aber halte mir bitte die Kinder vom Hals; und stell den Verdächtigen keine Suggestivfragen; und morgen fährst du zurück, ob ich bis dahin jemanden festgenommen habe oder nicht.«

»In Ordnung, Liebling.« Daisy küsste seine seifenfreie Wange, wischte sich einen Klecks Rasierschaum von der Nasenspitze, ergriff ihren Waschbeutel und ein Handtuch und ging, um zu sehen, ob das Badezimmer frei war.

*

Alec zog sich an und ging hinunter in die Küche. In der riesigen Feuerstelle stand ein Herd aus Viktorianischer Zeit. An einer anderen Wand stand ein ausladender gemauerter Brotbackofen, der über zwei Meter breit war.

An dem sauber geschrubbten Küchentisch saßen Detective Sergeant Tring und Detective Constable Piper. Der junge Ernie Piper, der bereits fertig gefrühstückt hatte, erhob sich, als Alec eintrat. Tom war noch mit dem Rest seines vollgehäuften Tellers beschäftigt. Er konnte viel vertragen, dieser massige Mann. Sein flaschengrün und braun karierter Anzug milderte seinen Umfang nicht gerade.

»Morgen, Chief«, sagte er und nickte mit dem kahlen Kopf, der glatt und rosig war wie ein Rosenblatt. Sein prächtiger Schnauzbart zuckte belustigt, als er fragte: »Gefällt Ihnen mein Anzug?«

»Sehr schick, Tom. Und so dezent, verglichen mit dem gelb-braun karierten.«

»Ah.« Tom grinste. »Ein Weihnachtsgeschenk meiner besseren Hälfte. Sie findet, in meinem Alter sollte ich an meinen Stil denken.«

»Wie geht es Mrs. Tring? Bestimmt ist sie sauer auf mich. Es tut mir leid, dass ich euch zwei an Weihnachten wegholen musste.«

»Was ist denn passiert, Chief?«, fragte Piper neugierig.

Alec überredete die zögernde Mrs. Pardon, ihnen den Dienstbotenraum für eine Besprechung zur Verfügung zu stellen. Zwischen Bissen von dem Schinkensandwich, das ihm die Köchin aufgedrängt hatte, berichtete er seinen Männern, was geschehen war, so rasch es die Genauigkeit zuließ – und sein Versuch, sich nicht zu verschlucken. Um ehrlich zu sein, war er etwas besorgt, dass er Cedric über Nacht in den Kerker gesperrt hatte, was eigentlich gegen jede gute Sitte war.

Als er und Miles das Verlies vorbereitet hatten, hatte er erwartet, dass die Aussicht auf eine Nacht in dem feuchten Loch den jungen Mann überzeugen würde, die Wahrheit zu sagen.

Wenn Cedric diese raue Behandlung meldete, wäre das Alecs Ruf nicht gerade dienlich.

Nachdem Alec seine Männer ins Bild gesetzt hatte, händigte er Tring die Mordwaffe aus, die in Packpapier gewickelt war. »Hier ist das Messer, Tom. Es muss auf Fingerabdrücke untersucht werden. Dann befragen Sie bitte das Personal – das Hauspersonal und auch das für draußen. Ich bezweifle zwar, dass sie von großer Hilfe sind – wie ich ja erläutert habe, handelt es sich nicht um die übliche Situation, dass die Dienerschaft jede Bewegung der Familie kennt.«

»Es überrascht einen, wie viel die Leute dann doch wissen, wenn man sie darüber nachdenken lässt, Chief«, brummte Tom.

»Sobald Sie mit dem Personal fertig sind, gehen Sie rüber zur Kapelle und nehmen überall Fingerabdrücke ab, wo es geht. Piper, Sie kommen mit mir, um den Gefangenen freizulassen, ihm was zu essen zu geben und ihn über den Fluss zu bringen. Hoffen wir mal, dass er widerstandslos mitkommt.«

Zu Alecs Erleichterung hämmerte Cedric Norville zumindest nicht an die kleine Tür seiner Zelle und brüllte, man solle ihn herauslassen. Weder das Klicken des Schlüssels im Schloss noch das Quietschen der Türangeln holten ihn herbei, um berechtigte Klagen loszuwerden. Alec nahm seine elektrische Taschenlampe, bückte sich und trat ein.

Cedric lag mit geöffnetem Mund rücklings ausgestreckt auf dem Feldbett und schnarchte leise. Der Strahl der Taschenlampe schimmerte auf zwei Flaschen, die ordentlich neben dem Kopfende des Bettes standen.

Piper nahm sie hoch. »Leer, Chief, alle beide.«

Weder Pipers Stimme noch das Licht auf seinen Augenlidern weckte den Schläfer. Erst als er heftig geschüttelt wurde, schlug er schließlich die geröteten Augen auf, die er mit einer Grimasse schnell wieder schloss.

»Zeit aufzubrechen, Norville. Ich dachte, Sie würden nur zu gerne hier rauskommen.«

Da setzte sich Cedric auf, stöhnte und stellte die Beine auf den Boden. Er barg das unrasierte Gesicht in den Händen. »Teufel auch, wenn Sie einen Kerl in einen Weinkeller sperren, dann müssen Sie damit rechnen, dass er das Beste daraus macht. Hätte allerdings eine bessere Auswahl brauchen können. Sherry ist nicht wirklich mein Gesöff. Jetzt hab ich einen furchtbaren Brummschädel.«

»In der Bibliothek erwarten Sie eine Thermoskanne mit Kaffee und ein Sandwich.«

»Ein Sandwich, igitt! Einen Kaffee könnte ich allerdings gebrauchen.«

»Na, dann kommen Sie.«

Cedric wurde etwas munterer, als er den Kaffee trank. Er betastete sein Kinn und sagte: »Ob Sie mir wohl ein Rasiermesser leihen könnten, guter Mann? So kann ich Felicity nicht gegenübertreten.«

»Ich fürchte, Sie werden Miss Norville heute Morgen nicht zu sehen bekommen«, sagte Alec.

»Das muss ich aber! Himmel, wenn sich ein Mädchen so ins Zeug legt, um einen davor zu bewahren, wegen Mordes festgenommen zu werden … also, sieht es dann nicht so aus, als ob sie doch noch was für einen übrighat? Sich das mit dem Laufpass doch noch mal anders überlegt hat? Das Allermindeste wäre, sich zu bedanken und sich nach ihren Verletzungen zu erkundigen.«

Alec verkniff es sich freundlicherweise, ihn daran zu erinnern, dass er, weil er ja nun doch Anwärter auf den Earls-Titel war, wieder interessant für das Mädchen geworden war. »Jetzt nicht«, sagte er. »Ich will so schnell wie möglich nach Helstone. Sie können Miss Norville von dort schreiben, und ich überbringe ihr den Brief.«

»Ach, na gut.« Cedric seufzte. »Richten Sie ihrem Vater doch bitte aus, dass ich den Sherry ersetze. Schließlich ist es nicht seine Schuld, dass Sie mir seine Gastfreundschaft aufgezwungen haben, und ich hoffe doch immer noch ein wenig, dass er eines Tages mein Schwiegervater wird. Nun lassen Sie uns gehen.«

Auf dem Weg durch die Halle zur Haustür sagte Alec: »Es würde eine Menge Mühe ersparen, wenn Sie mir einfach sagen, wo Sie in der Nacht von Heiligabend waren.«

Hinter ihnen ertönten Schritte, die die Treppe herunterkamen. Cedric drehte sich um, dann eilte er rasch durch die Tür, die Piper geöffnet hatte. Draußen harkte ein Gärtner den Kies.

»Nein«, erwiderte Cedric mit Heftigkeit, »ich sage nichts.«

Kapitel 13

*N*ach ihrem Bad wollte Daisy sich mit Felicity unterhalten. Das arme Mädchen war gestern Abend zu verzweifelt gewesen, um etwas Vernünftiges hervorzubringen, aber inzwischen sehnte sie sich bestimmt danach, mit einer mitfühlenden Seele zu reden. Sie war vielleicht bereit, das eine oder andere zu enthüllen. Außer natürlich, falls sie etwas mit Calloways Tod zu tun hatte. Wie auch immer, jetzt schlief Felicity wahrscheinlich noch.

Daisy wollte sie nicht wecken, vor allem, da Felicity das Zimmer mit Jemima teilte. Jemima war bestimmt nicht die Person, die sie als Zuhörerin dabeihaben wollte.

Also würde sie zuerst frühstücken, beschloss Daisy. Wenn sie Glück hatte, war Miles da und konnte ihr mehr über gestern Abend erzählen, als es Alec geschafft hatte, ehe er eingeschlafen war. Sie begab sich nach unten. Godfrey, Dora und Jemima waren im Speisezimmer.

»Guten Morgen, Mrs. Fletcher«, wurde sie von Dora begrüßt, die aussah, als habe sie sehr schlecht geschlafen, wenn überhaupt. »Jemima sagt, dass Sie Felicity gestern Abend ins Bett gebracht haben …«

»Sie hat sich den Knöchel ziemlich übel vertreten, aber es ist keine Verstauchung, da bin ich sicher.«

»Verstehe. Vielen Dank, dass Sie sich um sie gekümmert haben. Können Sie mir sagen«, fuhr sie besorgt fort, »ob es stimmt, dass Mr. Fletcher bereits jemanden festgenommen und den Mörder in den Weinkeller eingeschlossen hat?«

»Leider hatte ich noch keine Gelegenheit, Alec zu fragen, was genau geschehen ist«, wiegelte Daisy ab, »aber Sie können sicher sein, dass er den Haushalt nicht in Gefahr bringen würde.«

»Nein, natürlich nicht. Ich habe nicht eine Minute lang ... Jemima sagt, es sei der Mann, mit dem sich Felicity heimlich getroffen hat!«

»Ich fürchte, mein Mann wird nicht sonderlich glücklich darüber sein, dass Miss Jemima Gerüchte verbreitet«, sagte Daisy streng.

»Ganz offensichtlich sind die einzigen Leute mit einem Mordmotiv die Helstone-Norvilles«, fuhr Godfrey auf und erhob sich. Er sah auch nicht ausgeruhter aus als seine Frau. »Und wenn sich Felicity mit einem von ihnen eingelassen hat, dann fehlt es ihr völlig an Loyalität ihrer Familie gegenüber. Entschuldigen Sie mich, Mrs. Fletcher, ich muss an die Arbeit. Kein Feiertag für Menschen wie uns, deren Arbeit nach Jahrzehnten bemessen wird.« Er stolzierte hinaus und zog sich zu seinen geliebten Antiquitäten zurück.

»Ich weiß, dass weitere Kriminalbeamte eingetroffen sind«, sagte Jemima ungeachtet Daisys scharfer Kritik, »und das ist kein Gerücht, sondern die Wahrheit.«

»Jemima, bring deiner Großmutter eine Tasse Tee und frag sie, was sie gerne essen möchte.« Als Jemima schmollend abzog, wandte sich Dora wieder Daisy zu. »Meine Schwiegermutter ist so ein zerbrechliches Wesen, wir sorgen für sie, so gut wir nur können.«

Daisy stimmte ihr höflich murmelnd zu und wünschte, auch eine Schwiegermutter zu haben, die sie gerne verwöhnen würde.

»Ich hoffe, Mrs. Norville ist nicht zu mitgenommen von dem, was geschehen ist«, sagte sie.

»Natürlich ist sie bekümmert, aber in ihrem Alter, so glaube ich, sind die Kümmernisse der Vergangenheit schwerwiegender als die der Gegenwart. Abgesehen davon, wie Godfrey schon sagte, hat keiner von uns durch dieses schreckliche Verbrechen etwas gewonnen, sondern eher alles verloren, daher ist der junge Helstone eindeutig der Schuldige. Ich bete nur, dass meine arme Felicity nicht unsterblich in den Unmenschen verliebt ist.« Sie klang traurig, und ihre Worte wirkten fragend, als vermute sie, ihre Tochter habe Daisy vor ihr selbst ins Vertrauen gezogen.

»Ich habe keine Ahnung, was ihre Gefühle angeht«, versicherte ihr Daisy, setzte jedoch nicht hinzu, dass sie alles tun werde, um das herauszufinden. Felicity benötigte Zuwendung, falls Cedric Norville der Mörder war.

»Guten Morgen, guten Morgen!« Der Kapitän trat ein, mit etwas schweren Augenlidern, aber wieder fast so munter wie üblich. »Wie ich höre, hat Fletcher den Schurken schon geschnappt. Das nenne ich schnelle Arbeit, wirklich! Dora, meine Liebe, da die Polizei den Fall gelöst hat, werde ich morgen wieder zu meinem Schiff abreisen. Es liegt zurzeit trocken, aber die Dinge lassen sich beschleunigen, wenn ich dort bin und dränge.«

»Wir werden traurig sein, wenn du gehst, Victor. Vor allem Mutter.«

»Keine Sorge, ich komme auf ein oder zwei Tage zurück, ehe wir lossegeln. Tja, Mrs. Fletcher, es tut mir so leid, dass Sie nicht das fröhliche Weihnachtsfest erleben durften, das wir Ihnen gerne geboten hätten.«

»Den Kindern macht es unendlich Spaß hier«, sagte Daisy, »und das ist doch wohl das Wichtigste, nicht? Außerdem waren wir ja aus Ihrer Perspektive ungelegene Gäste. Wir wissen zu schätzen, was Sie für uns getan haben.«

»Ich fürchte, dass Lady Dalrymple ziemlich ungehalten ist«, sagte Dora bekümmert und nagte wie ein Kaninchen an ihrer Unterlippe.

Daisy hätte ihnen sagen können, dass die Dowager Viscountess am zufriedensten war, wenn sie gute Gründe hatte, ungehalten zu sein. Ein Mord in dem Haus, in dem sie sich aufhielt, würde ihr auf Monate, wenn nicht auf Jahre Stoff für Klagen geben. Sie hielt sich jedoch zurück und murmelte, nicht ganz aufrichtig: »Ich bin sicher, meine Mutter macht nicht Sie für das verantwortlich, was geschehen ist.«

»Es war natürlich unser junger Cousin von der anderen Flussseite«, pflichtete ihr der Kapitän bei, dann setzte er leidenschaftlich hinzu: »Aber ich wünschte, ich hätte Calloway nie aufgespürt! Der arme Kerl würde heute noch zufrieden im Ruhestand in Indien leben, und der Familienfrieden wäre nicht zerstört worden.«

»Du hast es doch nur gutgemeint«, tröstete ihn seine Schwägerin.

»Um Mutters willen. Und wenn er nicht plötzlich einen Rückzieher gemacht hätte und wankelmütig geworden wäre, dann wäre er nicht mitten in der Nacht in der Kapelle im Wald gewesen. Dann hätte der junge Schuft keine Gelegenheit gehabt, ihm was anzutun. Ist meine Nichte sehr unglücklich darüber, dass Fletcher ihn festgenommen hat?«

»Ich konnte noch nicht mit Felicity reden.« Dora blickte Daisy vorwurfsvoll an. »Keiner hat mich letzte Nacht informiert, dass etwas passiert ist, und sie hat noch geschlafen, als Jemima heute Morgen aufgestanden ist.«

»Sie ist vielleicht inzwischen wach«, sagte Daisy. »Soll ich ihr eine Tasse Tee und etwas Toast bringen?«

»Das wäre sehr nett.« Offensichtlich war Dora nicht scharf darauf, ihre fehlgeleitete und möglicherweise an gebrochenem Herzen leidende Tochter zu sehen, obwohl ihre vorhergehenden Worte das hatten vermuten lassen. »Ich fürchte, Godfrey ist recht böse auf sie. Sie war ja auch sehr ungezogen. Mädchen sind so schwierig!«, jammerte sie hilflos. »Wie hätte ich je ahnen können, dass sie sich mit einem Mörder zusammengetan hat, und das auch noch hinter meinem Rücken?«

Daisy konnte ihr keine Antwort geben. Sie überließ es dem Kapitän, beruhigende Floskeln zu murmeln, und machte sich mit Tee und Toast zu der Missetäterin auf.

Cedric Norville kam als Sündenbock sehr gelegen, dachte sie, als sie durch den Gang und die Glastür zur Eingangshalle ging. Natürlich wollten ihn die Brockdene-Norvilles gerne als Schuldigen sehen. Vielleicht hatten sie ja recht. Er und sein Vater hatten ein nicht zu bestreitendes Motiv, Calloway aus dem Weg zu schaffen.

Als Daisy den Fuß der Treppe erreichte, war Jemima auf halbem Weg nach unten. Sie machte offensichtlich keine Anstalten, beiseitezutreten, um sie auf der engen Treppe vorbeizulassen, daher wartete Daisy unten.

Als Jemima die letzten Stufen erreicht hatte, sah sie Daisy mit erschreckender Boshaftigkeit an und zischte: »Ich wünschte, Sie wären niemals nach Brockdene gekommen!«

Daisy starrte sie an. In ihren Ohren klang nach, was Jemima von Calloway gesagt hatte: »Ich wünschte, er wäre nie gekommen ... Ich wünschte, er wäre tot!«

Und nun war Calloway tot.

Aus der Sicht des jungen Mädchens war der Vorteil, den Calloway ihnen hätte bringen können, vielleicht nicht erkennbar gewesen. Sie war des Nachts häufig im Wald herumgewandert und hatte ihrer Schwester nachspioniert.

Ausgewachsen und etwas stämmig, war sie körperlich durchaus in der Lage, einem nichtsahnenden Mann ein Messer in den Rücken zu stoßen.

Körperlich schon, aber auch psychisch? Daisy schauderte. Jemima war seltsam, aber doch sicher nicht so gestört, um einen Mann zu ermorden, der letzten Endes nur ein Spielverderber war.

Nein, Reverend Calloway hatte nur für Cedric Norville und seine Familie eine Gefahr bedeutet. Es *musste* Cedric gewesen sein.

Am Ende der Treppe, die sie, rein in Gedanken versunken, erklommen hatte, blieb Daisy stehen. Sie erinnerte sich an ihren Traum. Es hatte so absurd gewirkt: Unmengen von Mr. Norvilles, die mit Messern statt mit Rudern über den Fluss gefahren waren – konnte das eine Warnung gewesen sein und nicht das Ergebnis ihrer Überlegungen? Nicht, dass sie glaubte, ein Traum könne die Zukunft voraussagen, aber ihr Unterbewusstsein hatte vielleicht zwei und zwei zusammengezählt und ihr zu sagen versucht, dass Alec nicht mit einem Mörder zusammen in einem kleinen Boot fahren sollte.

Ein Gerangel in einem Boot hatte dieses ganze Unheil ja in Gang gesetzt, eine Rauferei, bei der beide Parteien ertrunken waren.

Alec war ein guter Schwimmer, rief sich Daisy ins Gedächtnis. Ernie Piper war bei ihm, und außerdem war es zu spät, ihn davon abzuhalten. Vielleicht konnte sie von Felicity genug erfahren, um sich davon zu überzeugen, dass Alec in Sicherheit war.

In dem Moment kam Felicity in einem alten braunen Flanellmorgenrock aus dem Badezimmer. Sie humpelte leicht und machte den unglücklichen Versuch, Daisy zuzulächeln.

»Wie fühlen Sie sich heute Morgen?«

»Meinem Knöchel geht es viel besser, danke.«

»Ich habe Ihnen das hier mitgebracht. Ich bringe es in Ihr Zimmer. Sie sind doch noch etwas wackelig auf den Beinen.«

»Danke, Daisy.«

Jemimas Feldbett, säuberlich zum Auslüften aufgeschlagen, nahm den größten freien Teil des kleinen Zimmers ein. Ohne auf eine Aufforderung zu warten, hockte sich Daisy ans Fußende von Felicitys Bett. Die Möbel waren gepflegt, wahrscheinlich Teil der Besitztümer des Earls und daher vom Personal regelmäßig mit Politur eingerieben. Wie Daisy sehen konnte, waren die Bettwäsche und die Decken im Gegensatz dazu geflickt und bunt zusammengewürfelt.

Ein paar Taschenbuchromane lagen auf dem Nachttisch neben der Lampe. An den weiß getünchten Wänden hingen einige Ölbilder, verdeckt von Skizzen, die an die Rahmen geheftet waren, Außenansichten von Brockdene. An Heftzwecken hingen weitere Skizzen von eleganten Kleidern und Hüten.

»Haben Sie die gemacht? Haben Sie sie sogar selbst entworfen? Ich finde, die sehen ziemlich gut aus.«

»Ehrlich?«

»Ja, auch wenn ich keine Modeexpertin bin. Aber trotzdem, haben Sie sich mal überlegt, in die Branche einzusteigen?«

Felicity zuckte mit den Schultern. »Es ist kein Geld da für eine Ausbildung oder um einen Betrieb zu gründen.«

»Ich würde doch denken, dass es Lehrstellen gibt oder etwas Ähnliches. Meine Freundin Lucy weiß über solche Angelegenheiten Bescheid. Ich könnte sie fragen, wenn Sie möchten. Wenn Sie allerdings den zukünftigen Earl von

Westmoor heiraten, dann hätten Sie für so etwas wohl kein Interesse?«

»Ich werde doch Cedric nicht heiraten, wenn er wegen Mordes gehängt wird!«

»Sie halten das also für möglich?«

»Ach Daisy, ich weiß einfach nicht«, sagte Felicity unglücklich. »Ich kann mir schlicht nicht vorstellen, dass er jemanden hinterrücks ersticht. Er kam mir immer so sehr wie der perfekte Gentleman vor, dass ich ihn deswegen oft aufgezogen habe.«

»Mord wäre in keiner Form anständig und gentlemanlike«, betonte Daisy.

»Nein, aber wenn – na, sagen wir mal, wenn ein Schuft seine Schwester erpressen würde oder so etwas, dann könnte Cedric ihn wohl zur Rede stellen und ihn erschießen – von Angesicht zu Angesicht. Verstehen Sie, was ich meine? Zu riskieren, für so etwas gehängt zu werden, hätte zumindest etwas Galantes und wäre etwas ganz anderes, als einen ältlichen Geistlichen hinterrücks zu erstechen, weil er die Erbfolge bedroht. Nein, ich kann einfach nicht glauben, dass Cedric das getan hat!«

»Aber Sie können sich vorstellen, dass er dort war, bei der Kapelle, an Heiligabend?« Sie hoffte, dass das als Vermutung durchging und nicht als Suggestivfrage.

»Ich hatte ihn nicht erwartet. Als ich ihn Samstagabend traf, erzählte ich ihm von Calloway und sagte, ich könne mir doch nicht vorstellen, ihn zu heiraten, er müsse also am folgenden Abend nicht kommen. Er sagte, er würde wahrscheinlich sowieso nicht kommen, denn im Wetterbericht sei Sturm angesagt. Und an Heiligabend konnte er nicht kommen. Er nannte mir allerdings den Grund nicht. Ich dachte, das hätte er entweder nur gesagt, weil ich ihm erklärt hatte, ich wolle ihn nicht wiedersehen, oder weil er auf einer Party mit Bella Sidlow und ihrer Clique war. Er war ziemlich hinter Bella her, ehe wir uns kennenlernten.«

»Verstehe.«

»Als er dann sagte, er werde stattdessen am Weihnachtsabend kommen, ließ ich ihn wissen, dass ich ihn nicht treffen würde. Aber er ist trotzdem aufgetaucht, also hätte er auch am Abend vorher kommen können, oder nicht?«

Daisy merkte sich das Wesentliche der Aussage. »Lieben Sie ihn?«, fragte sie direkt (zweifelsohne eine Suggestivfrage, aber ohne direkten Bezug zu dem Mord).

»Ich weiß es nicht!«, jammerte Felicity. »Ich möchte hier weg, und die einzige Möglichkeit scheint mir, zu heiraten, und hier begegne ich nicht vielen Männern. Und nachdem ich mein Leben lang zur verarmten Verwandtschaft gehört habe, finde ich die Aussicht, Gräfin von Westmoor zu werden, nicht gerade abstoßend. Aber woher soll ich wissen, ob es das ist, was Cedric so anziehend macht, oder ob ich einen Seelenverwandten gefunden habe?«

»Haben Sie es denn wirklich ernst gemeint, als Sie ihm sagten, Sie würden ihn nicht heiraten, weil er den Titel als Earl nun doch nicht erben würde?«

»Ich weiß es nicht! Ein bisschen habe ich ihn natürlich einfach auf den Arm genommen. Aber ich hätte doch niemals an so etwas gedacht, wenn ich nicht eine schrecklich geldgierige Person wäre, oder?«

»Man muss so etwas nun mal bedenken«, sagte Daisy vorsichtig, »was für ein Leben die Zukunft verspricht. Es wäre nicht gut – oder nicht gut gewesen –, Cedric zu heiraten, wenn Sie den Rest Ihres Lebens bedauern müssten, weiterhin die arme Verwandte zu sein. Ich wäre töricht gewesen, Alec zu heiraten, wenn ich nicht sicher gewesen wäre, dass es mir nichts ausmacht, die Frau eines Polizisten zu sein.«

»Weil Sie ihn lieben. Aber liebe ich Cedric? Genug?«, seufzte Felicity. »Egal, es ist jetzt sowieso Schnee von gestern. Entweder wird er tatsächlich mal Earl, dann kann ich ihn auch heiraten und herausfinden, ob ich ihn liebe – falls er mich überhaupt noch heiraten will, nachdem ich so gemein war. Oder er wird wegen Mordes festgenommen, und dann ist sowieso alles aus.«

»Sie scheinen nicht besonders aufgebracht darüber zu sein, dass er ein Mörder sein könnte.«

»Ich glaube, dass ich es tief im Inneren für absolut unwahrscheinlich halte, dass er Calloway getötet hat. Daisy, Ihr Mann würde da doch keinen Fehler begehen? Er würde Ceddie nicht festnehmen, wenn er es nicht wirklich getan hat?«

»Natürlich nicht«, sagte Daisy. Sie wünschte, Cedric kennengelernt zu haben, um sich selbst ein Urteil zu bilden. War Felicitys perfekter Gentleman in Wirklichkeit ein mieser Kerl, der einen unschuldigen, wenn auch lästigen Geistlichen hinterrücks umbringen könnte? Und wenn ja, war Felicity vielleicht seine Komplizin und ihr Gerede über unklare Gefühle nichts als eine Vernebelungsaktion?

Alles in allem hatte Daisy nichts Neues darüber erfahren, ob Cedric nicht versuchen würde, der Strafe zu entkommen, indem er den Inspector ertränkte.

Kapitel 14

Der Marsch hinunter nach Brockdene Quay ließ Cedric wieder munter werden. Er wirkte fast übermütig, als er Alec und Piper über das Pflaster zu einem kleinen Fischerboot führte, das am Anleger festgemacht war.

»Sehr schlicht«, entschuldigte er sich, als Alec ins Boot stieg, das mit zwei Ruderbänken ausgestattet war. »Gehört einem Mann, den ich kenne. Hoffentlich wollte er heute Morgen nicht angeln gehen. Im Sommer habe ich ein Segelboot auf dem Fluss, aber das hier ist tatsächlich praktischer, wenn man nur gelegentlich übersetzen will.«

Er folgte Alec und hielt das Boot mit einem Bootshaken an einem Ring in der Mauer fest, während Piper ablegte und hineinsprang. Alec und Piper drängten sich auf die eine Bank. Cedric setzte sich ihnen gegenüber und stieß sich ab. Als er die Ruder in die Dollen schob, ging es Alec durch den Kopf, dass Cedric mit einem harten Schlag eines Ruders sie beide mitten im Fluss gleichzeitig loswerden könnte.

Piper hatte sich stillschweigend einen Bootshaken gegriffen, wie Alec zufrieden feststellte. Er selbst beobachtete Cedrics Miene und achtete auf ein mögliches Anzeichen steigender Spannung.

Man sah ihm zwar die Anstrengung an, das schwer beladene Boot zu rudern, aber die Miene des jungen Mannes wurde immer entspannter, während sie auf den Fluss hinausfuhren. Das Wasser war immer noch so braun wie gestern, als Alec vom Tatort hinuntergeblickt hatte, aber es war nicht mehr so aufgewühlt. Weniger Schmutz und Geröll schwammen darin herum, stellte Alec fest, als er seine Aufmerksamkeit kurz von Cedrics Gesicht löste. Ab und zu trieben jedoch noch Äste vorbei, einer davon groß und so nah, dass Piper ihn mit dem Bootshaken fortschieben konnte.

»War es nicht ziemlich gefährlich, letzte Nacht im Dunkeln allein herüberzurudern?«, fragte Alec.

»Der alte Kahn hier ist stabil gebaut, genau für dieses Gewässer.« Cedric grinste. »Aber Sie haben recht, es war bestimmt verrückt, so kurz nach dem Sturm. Wenn man jedoch unbedingt sein Mädchen treffen will, wissen Sie … Allerdings wüsste ich auch nicht, ob ich es riskiert hätte, an Heiligabend direkt nach dem Sturm herüberzurudern, selbst wenn ich mich hätte loseisen können. Doch das ging nicht, und jetzt kann ich Ihnen auch sagen, warum, Mr. Fletcher.«

»Warum Sie nicht wegkonnten und warum Sie mir das nicht sagen konnten, hoffe ich?«, sagte Alec trocken.

»Das lag an dieser verdammten Göre, Flicks Schwester. Eine kleine Schnüfflerin, die immer an Türen lauscht und einfach Sachen behauptet und petzt. Ich wette, durch sie sind Sie auf mich gekommen, stimmt's? Ich könnte schwören, dass Flick das nie gemacht hätte, selbst wenn sie mir jetzt den Laufpass gibt.«

»Ich darf meine Informationsquellen nicht preisgeben.« Eine automatische Antwort, die außerdem etwas wichtigtuerisch klang, dachte Alec. Sie war jedoch in diesem Fall sinnlos, da Cedric von Felicity erfahren würde, dass Jemima ihn verraten hatte – falls die beiden wieder zusammenkämen. »Was sollte Jemima denn nicht hören?«, fragte er verärgert.

»Es ging mir nicht so sehr darum, dass Jemima es nicht hören sollte, aber sie hätte es Felicity und den anderen Familienmitgliedern gesagt, und ich wollte nicht – *will* nicht, dass sie es erfahren. Sie werden es doch für sich behalten, Kumpel? Oh, einen Moment mal. Wir sind da. Packen Sie bitte das Tau, alter Knabe.«

Während er die Ruder einzog, ergriff Piper das Tau. Es war an einen Pfosten gebunden, der im Schilfbett steckte. Ein schmaler Kanal lief durch das schulterhohe Schilf, das in der Brise raschelte. Cedric zog sie an dem Seil durch den Kanal, bis sie zu einem baufälligen Holzanleger kamen.

Vorsichtig stieg Alec aus und begab sich rasch auf festen Boden. Er war am Ende seiner Geduld, drehte sich um und fragte: »Und was genau soll ich für mich behalten, Mr. Norville?«

»Wo ich an Heiligabend und Weihnachten war«, sagte Cedric überrascht. »Wo wir alle waren, um genau zu sein. Die ganze Familie. Es wäre schmerzlich für Flick, weil sie und ihre Verwandtschaft nicht eingeladen waren. Noch nie.«

»Eingeladen wohin?«, bellte Alec. Der Anblick von Piper, der ein hämisches Grinsen unterdrückte, verbesserte seine Laune nicht.

Doch Piper zog schon sein Notizbuch und einen der gutgespitzten Bleistifte hervor, die er immer in der Brusttasche bei sich trug. Er hatte anscheinend den Eindruck, dass der Augenblick der Enthüllung bevorstand.

»Nach Tavy Bridge.« Cedric hatte den Kahn vertäut und richtete sich auf. »Das Anwesen meines Onkels. Nicht direkt mein Onkel. Er ist Cousin zweiten Grades und eine Generation älter oder so was in der Art, verstehen Sie? Lord Westmoor. Wir sind jede Weihnachten eingeladen und übernachten dort an Heiligabend. Es liegt drüben hinter

Tavistock, am Rand von Dartmoor. Zu weit, um einen Spaziergang zurück nach Brockdene zu machen, in der Hoffnung, Flick zu treffen, die mich sowieso nicht erwartet hätte, selbst wenn ich mich aus dem ganzen Singen und Tanzen und allgemeinen Feiern hätte verdrücken können«, schloss er triumphierend.

Alec stöhnte und ahnte schon, dass er möglicherweise jemanden nach Tavy Bridge schicken musste, um Cedrics Alibi zu bestätigen.

»Hören Sie, nachdem ich Ihnen das erzählt habe, müssen Sie doch sicher nicht mehr mit meinen Eltern sprechen, oder? Keine Angst, ich rudere Sie gerne wieder zurück.« Er bückte sich, um den Kahn wieder loszumachen.

»Nicht so schnell! Ich muss Mr. und Mrs. Norville auf jeden Fall sehen und auch alle anderen, die mit Ihnen bei Lord Westmoor waren.«

»Verdammt, können Sie das Ehrenwort eines Mannes nicht akzeptieren …? Nein, das können Sie wohl nicht. Aber Sie müssen ihnen doch nicht unbedingt sagen, warum Sie sie befragen, oder?«

Alec überbelegte und ließ zur Abwechslung mal Cedric zappeln. »Nein, für meine Zwecke ist es wahrscheinlich besser, wenn sie nicht genau wissen, was los ist. Sie wollen ihnen also keinen reinen Wein einschenken?«

»Es bringt doch nichts, die guten Altchen wegen mir und Flick zu grämen, wenn sie mich gar nicht heiraten will.«

»Wenn ich ihnen nicht erkläre, warum ich sie befrage, dann werden sie sich bestimmt bei Ihnen nach dem Grund erkundigen.«

»Stimmt«, sagte Cedric düster. »Ach, mir wird schon etwas einfallen, das Flick nicht ins Spiel bringt, natürlich ohne direkt zu lügen. In Ordnung, gehen wir es an.«

Damit machte sich Cedric auf und führte Alec und Piper über die sumpfige Wiese auf den Weg zum Haus. Er wirkte sehr selbstsicher. Alec seufzte. Das Alibi des jungen Mannes zu beweisen – oder zu widerlegen – würde eine höllische Arbeit werden.

*

Daisy ließ Felicity zurück, die angewidert ihren inzwischen kalten Tee trank, und blieb zögernd auf dem Treppenabsatz stehen. Sie wollte nach Sergeant Tring suchen, den sie ungemein schätzte. Er würde sie beruhigen und ihr sagen, dass Alec schon auf sich aufpassen könne. Oder falls es doch einen guten Grund gab, sich Sorgen zu machen, dann würde er etwas unternehmen.

Nein, wenn irgendeine Gefahr bestünde, hätte Tom Alec nicht ohne ihn gehen lassen. Außerdem befand er sich sicher mitten in den Befragungen der Dienerschaft; eine Unterbrechung würde ihn womöglich aus dem Konzept bringen. Daisy sollte lieber erst mal nachsehen, wo Belinda und Derek steckten. In ihrer Besessenheit mit Geheimfächern und Geheimgängen würden sie möglicherweise Godfrey piesacken, der nicht in der Stimmung schien, sich um Kinder zu kümmern.

Daisy machte sich durchs Speisezimmer zum alten Haus auf. Dora war gegangen, und Miles saß mit seinem Onkel zusammen. Die beiden Männer waren so in ein Gespräch vertieft, dass sie Daisys Ankunft erst bemerkten, als sie die Tür hinter sich schloss. Da sahen sie auf, beide mit bedrückten Mienen, und lächelten ihr angespannt zu. Sie hätte zu gerne gehört, worüber sie gesprochen hatten, was sie so unglücklich machte. »Guten Morgen, Daisy«, sagte Miles und wollte sich erheben.

»Guten Morgen. Stehen Sie bitte nicht auf. Ich möchte

nur nach den Kindern suchen. Ich wollte Sie nicht stören.«

»Keineswegs. Wollen Sie sich nicht kurz setzen und noch einen Kaffee trinken? Onkel Victor sagt, dass Sie sich mit meiner Schwester unterhalten haben.«

Daisy setzte sich zwar, sagte aber bestimmt: »Ich darf Ihnen nicht sagen, was Felicity mir erzählt hat.«

»Natürlich nicht, liebe Mrs. Fletcher«, sagte der Kapitän. »Würden wir im Traum nicht fragen. Es ist ja nur so, nachdem ihr junger Freund wegen des Mordes an dem Reverend festgenommen wurde, braucht sie ein wenig Ablenkung. Es ist hier ja langweilig genug für sie, armes Ding. Für ein Kind mag es ganz in Ordnung sein, aber eine junge Dame muss doch ein bisschen vom Leben sehen.«

»Mein Onkel hat überaus großzügig angeboten, Flick ein Auskommen zur Verfügung zu stellen, damit sie ein paar Monate in London verbringen und sich ein paar hübsche Kleider kaufen kann.«

Der Kapitän wiegelte ab: »Hab einen kleinen Notgroschen beiseitegelegt für meinen Ruhestand, aber jetzt kann ich ihn besser einsetzen! Was bleibt einem Mann für ein Trost, wenn seine Familie unglücklich ist?«

»Das Dumme ist nur«, sagte Miles, »wie Sie natürlich verstehen werden, Daisy, dass Flick, um die richtigen Leute kennenzulernen, jemanden braucht, der sie ein wenig in die Gesellschaft einführt. Mutter hat keine Freunde in der Stadt, selbst wenn sie überredet werden könnte, Vater allein zu lassen. Und er wird niemals zustimmen, Brockdene auf Wochen zu verlassen.«

»Verdammter Narr!«, entfuhr es dem Kapitän.

»Sir, ich muss schon bitten ...«

»Beruhige dich, Junge. Wenn ein Mann sich nicht mal über seinen eigenen Bruder aufregen kann, wen ...? Entschuldigen Sie, Mrs. Fletcher, aber wenn Godfrey sich nur hätte aufraffen können, wenn er den Kontakt mit Schulfreunden aufrechterhalten und andere Leute kennengelernt hätte außer seinen verstaubten Historikern, dann wären wir jetzt nicht so aufgeschmissen.«

»Ich habe noch Kontakt mit alten Freunden aus der Schule und der Armee«, sagte Miles kläglich, »aber die bringen Flick nicht viel, solange sie keine Anstandsperson hat. Sie glauben jetzt hoffentlich nicht, ich würde andeuten, dass Sie sich um sie kümmern, Daisy. Sie haben mit Ihrem Beruf und Belinda genug zu tun. Wir haben nur gehofft, Sie hätten vielleicht eine Idee, wie wir vorgehen könnten.«

»Ich habe leider keine Ahnung«, sagte Daisy und erhob sich, »aber ich denke mal darüber nach, und vielleicht fällt mir ja etwas ein.«

Auf dem Weg durch die Halle überlegte sie, ob ihre Mutter vielleicht Freude daran hätte, ein Mädchen ein paar Monate lang in London zu protegieren. Sie hatte es nicht gut aufgenommen, als Daisy sich geweigert hatte, an dem Zirkus des Gesellschaftslebens – oder was während des Krieges davon übrig war – teilzunehmen. Andererseits waren die Kreise, in denen sich die Dowager Viscountess bewegte, wahrscheinlich zu hoch gestellt, um für Felicity erreichbar zu sein. Wie auch immer, im unwahrscheinlichen Fall, dass Lady Dalrymple sich überreden ließe, war Daisy nicht sicher, ob sie jemandem die wochenlange Gesellschaft ihrer Mutter zumuten wollte.

Was ihr jedoch spontan in den Sinn gekommen war, dass der Kapitän Felicity stattdessen unterstützen könnte, während sie in der Modebranche Fuß fasste. Das konnte Daisy jedoch nicht vorschlagen, ohne sich vorher mit Felicity besprochen zu haben.

Das Problem würde nicht bestehen, wenn Cedric unschuldig war und Felicity immer noch heiraten wollte.

Es beunruhigte Daisy, dass alle Norvilles in Brockdene wie selbstverständlich von seiner Schuld ausgingen. Wenn er ein Alibi hätte, würde sich der Verdacht direkt wieder in der Familie festsetzen, was ein schlimmer Schock wäre. Aber wahrscheinlich lagen sie ja richtig, und Cedric hatte Calloway umgebracht. Alec würde ihn festnehmen, und damit wäre der Fall erledigt, daher musste sich Daisy jetzt nicht den Kopf darüber zerbrechen. Aber wo steckten die Kinder?

Sie warf einen Blick in den Salon. Keine Spur von Bel und Derek, doch Godfrey war da. Er saß an dem Queen-Anne-Schreibtisch. Er schien Mühe zu haben, einen Brief zu beantworten, der vor ihm lag, denn er war nicht über die Anrede hinausgekommen. Oder er hatte sich verständlicherweise in bekümmerten Überlegungen über die Geschehnisse der letzten Tage zurückgezogen. Er hob den gesenkten Kopf nicht, als Daisy ins Zimmer blickte, daher störte sie ihn nicht weiter.

Ihr fiel ein, dass der Sekretär im Südzimmer ebenfalls Geheimfächer haben sollte. Daher durchquerte sie das Rote Zimmer, um nachzusehen, ob Bel und Derek dort waren. Auch hier keine Spur von ihnen. Doch sie erinnerte sich, dass sie ja immer noch nicht durch das Guckloch in die Halle geblickt hatte, weil sie dort auf Jemima gestoßen war. Sie zog den Wandbehang in der Ecke beiseite, trat in die Nische dahinter und sah in die Halle hinunter.

Die Sonne, die durch die Südfenster hereinfiel, schimmerte auf den Reihen von Waffen, die an den Wänden hingen. Von hier aus sahen sie sogar noch beeindruckender aus als von unten, denn dort musste sie sich den Hals verrenken, um sie zu betrachten. Alle wirkten ziemlich brutal.

Wenn man bedachte, dass zahlreiche Mordinstrumente griffbereit herumhingen, war es recht überraschend, dass auf Brockdene nicht häufiger Morde passierten.

Sie wollte sich gerade abwenden, als Tremayne und Miles durch die gegenüberliegende Tür in die Halle traten.

Miles sagte heftig: »Nein, ich glaube nicht eine Minute, dass sie dem Schuft geholfen hat, höchstens unbeabsichtigt, indem sie ihm von Calloway erzählt hat.«

»Du glaubst nicht, dass sie vielleicht das Messer genommen hat, um es ihm zu zeigen?« Tremayne war offensichtlich beunruhigt. »Wenn dem nämlich so war, dann ist sie in ernsten Schwierigkeiten, egal, was ihre Absicht war.«

»Warum sollte sie? Das Messer ist – es war doch nicht von besonderem Interesse. Ich kann mir nicht vorstellen, dass es etwas ist, was ein Mädchen zu einem Rendezvous mit ihrem Liebhaber mitnimmt, auch wenn ich zugegebenermaßen wenig Erfahrung auf diesem Gebiet habe.«

Mit seiner Kriegsverletzung nahm er wahrscheinlich an, dass ihn keine Frau ernsthaft in Erwägung ziehen würde, dachte Daisy. Dabei war er intelligent, charmant, sah attraktiv aus und hatte gute Manieren. Er würde einen geachteten und im Allgemeinen gut bezahlten Beruf haben. Außerdem hatte das Abschlachten in Flandern ein Ungleichgewicht zwischen jungen Männern und Frauen bewirkt, und Junggesellen waren sehr gesucht. Miles hatte keinen Grund, die Hoffnung aufzugeben.

Während Daisy diese Gedanken durch den Kopf gingen, hörte sie Tremayne sagen: »Ich vermute, dass du recht hast, mein Junge, wenn Liebeleien so ablaufen wie in meiner Jugend. Felicity hätte das Messer sicher nicht an sich genommen, außer sie wollte ihn damit umbringen oder ihn dazu bringen, dass er es benutzte.«

»Was ich, wie schon gesagt, nicht glaube.« Miles schwieg,

als sie am Tisch in der Mitte des Raumes vorbeigingen. Er drehte sich um und sah seinen Großvater an, wobei er Daisy den Rücken zuwandte. »Was mir wirklich Sorgen bereitet, Sir, ist Folgendes: Es hätte mich nicht im Geringsten überrascht, wenn herausgekommen wäre, dass Jemima Calloway getötet hat.«

»Jemima!« Der ältere Mann stützte sich mit beiden Händen schwer auf den Tisch. Sein Ausdruck war zutiefst bekümmert, aber nicht erschrocken. »Sie ist noch ein Kind! Aber man muss sich nicht auf Strafrecht spezialisiert haben, um zu wissen, dass solche Dinge passieren. Glaubst du, dass sie ... psychisch labil ist?«

»Ich gestehe, dass ich mich das manchmal gefragt habe. Mutter scheint sie für durchschnittlich schwierig zu halten, eben ihrem Alter entsprechend, und sie weiß das bestimmt besser als ich ... nicht wahr?«

»Ja, ja, natürlich. Dora muss es doch wissen.« Tremayne richtete sich erleichtert auf.

»Gleichwohl«, fuhr Miles fort, »ich halte es nicht für gesund, dass Jemima weiter hierbleibt, als wäre nichts passiert ... nach dem, was nun mal passiert ist. Immerhin hat sie Calloway den Tod gewünscht, und nun wurde er auf grässliche Weise ermordet. Das können wir nicht unter den Teppich kehren. Mir scheint, sie sollte fort auf ein Internat, um zu lernen, sich wie andere Mädchen zu verhalten. Wenn du die Möglichkeit siehst, die Internatsgebühren aufzubringen, werde ich es dir natürlich, sobald ich dazu in der Lage bin, erstatten.«

»Unsinn, wie Felicity sagen würde. Jemima ist genauso meine Enkelin wie deine Schwester. Ich behaupte nicht, dass ich eine Schulausbildung für Frauen gutheiße, aber schließlich gibt es ja Institute, die sich darauf konzentrieren, Verhalten und Manieren zu unterrichten, und Jemima könnte tatsächlich beides vertragen.« Tremayne ging weiter. »Um die Wahrheit zu sagen, ich wünschte, ich hätte Felicity ein oder zwei Jahre zur Schule geschickt. Sie hätte Freundschaften geschlossen und wäre zweifellos ab und zu eingeladen worden. Sie hätte sich nicht mit diesem unsäglichen Schurken eingelassen und …« Sie verließen die Halle durch die Tür zu den Treppen, und Daisy konnte sie nicht mehr hören.

Einen Moment lang fragte sie sich, ob sie sie entdeckt hatten und jetzt kamen, um sie zur Rede zu stellen. Aber sie mussten das alte Haus ganz bewusst betreten haben, um mit Godfrey zu reden. Daisy hätte zu gerne mitbekommen, was da gesprochen wurde, aber sich absichtlich anzuschleichen und zu lauschen wäre ja wohl etwas anderes, als zufällig mitzuhören – und *zufällig* stehen zu bleiben und länger zuzuhören als nötig.

Oje, vielleicht hatte sie auch ein paar Lektionen in Manieren und Betragen nötig! Aber wenn sie das bisher noch nicht gelernt hatte, denn ihre Schule hatte sich eindeutig auf beides spezialisiert, dann war es wahrscheinlich schon zu spät. Jemima jedoch brauchte vor allem die Gesellschaft anderer Mädchen ihres Alters, so wie Miles angedeutet hatte.

Miles hatte also Jemima im Verdacht gehabt, den Mord begangen zu haben, und Tremayne hatte Felicity der Beihilfe verdächtigt. Das Schlimmste an einem Mord, dachte Daisy, war weniger der Tod selbst als der Schatten, der auf die Lebenden geworfen wurde.

Kapitel 15

Als Daisy, immer noch auf der Suche nach den Kindern, aus der Haustür trat, sah sie Jemima ein paar Meter entfernt stehen und über den Terrassengarten starren.

»Jemima, hast du Derek und Belinda gesehen?«

Das Mädchen sah sie verständnislos, ja feindselig an, zuckte mit den Schultern und wandte sich wieder ab.

Wenn sie draußen waren, dann war Nana bestimmt bei ihnen, und sie würde von den dreien wohl am besten hören. Daisy stieß ganz undamenhaft einen durchdringenden Pfiff aus, wie es ihr Gervaise beigebracht hatte. »Nana!«, rief sie.

Ein Kläffen war die Antwort. Vom oberen Ende der langen Treppe auf der anderen Seite der Terrassen kam Nana auf sie zugesprungen. Sie hatte etwas im Maul, das sie Daisy vor die Füße legte. Dann blickte sie Daisy, nach Lob heischend, an. Da diese nicht vorhatte, den durchgekauten, ekelhaft nassen Klumpen blaugrauer Fetzen anzunehmen, schnappte Nana wieder danach und rannte zurück zur Treppe.

Als Daisy näherkam, entdeckte sie Belindas rötlichen und Dereks flachsblonden Kopf am unteren Teil der Treppe. Sie saßen auf der untersten Stufe und waren so damit beschäftigt, einen Berg Müll vor ihren Füßen zu durchstöbern, dass sie Daisys Ankunft nicht bemerkten. Zwei leere Kartoffelsäcke lagen in einem Haufen neben ihnen.

Daisy blieb weiter oben stehen. Was um Himmels willen machten sie da? Der Kies hinter ihr knirschte. Sie drehte sich um und sah, dass ihr Jemima gefolgt war.

Wieder einmal hatte sie das ungute Gefühl, dass sie nicht am oberen Ende einer Treppe stehen wollte, während das Mädchen sich hinter ihr befand. Sie stieg also die Stufen hinunter. »Was habt ihr denn da?«, fragte sie die Kinder.

Zwei lebhafte Gesichter drehten sich nach ihr um.

»Indizien!«, sagte Derek wichtigtuerisch.

»Wir wollten Daddy helfen«, erklärte Bel. »Wir sind niemandem in die Quere gekommen, ehrlich. Daddy und Mr. Piper sind über den Tamar nach Devon gefahren, und Onkel Tom ist im Haus. Wir waren im Wald.«

Daisy schalt sich, dass sie das gestrige Verbot, nicht in den Wald zu gehen, nicht wiederholt hatte. »Wir haben uns einen Sack ausgeliehen, Tante Daisy, und sind losgezogen, um Hinweise zu suchen. Nana ist ein toller Spürhund. Sie hat das hier gefunden.« Derek zeigte Daisy einen alten Stiefel ohne Schnürsenkel und mit klaffender Sohle, die nur noch an zwei Nägeln am Oberleder hing. »Das ist unser bestes Indiz. Wir glauben, dass ein ausgerissener Häftling oder ein Deserteur im Wald gelebt hat, und Mr. Calloway hat ihn gesehen, und da hat er Angst gekriegt, dass er ihn verraten könnte, und ihn umgebracht.«

»Und dann ist er weggelaufen, aber an seinem Stiefel ist die Sohle abgegangen, und er konnte nicht rennen.«

»Da hat er ihn ausgezogen, und Nana hat ihn gefunden«, schloss Derek triumphierend. »Sie hat das hier auch gefunden.« Eine Sardinenbüchse. »Und wir haben noch ein paar weitere Büchsen gefunden. Wo hast du sie hingetan, Bel? Ach ja, hier. Schau mal, die Etiketten sind abgegangen, und die hier ist ganz durchgerostet, der Mann muss also eine

Ewigkeit hier gehaust haben. Und eine zerbrochene Bier-flasche.«

»Die haben wir vergraben, damit sich kein Tier schnei-det«, sagte Bel, »aber Derek hat die Stelle markiert, falls Dad die Flasche wegen Fingerabdrücken ausgraben will.«

»Glaubst du, dass Onkel Alec auch das hier will, Tante Daisy?« Derek hielt ein schmutziges, fleckiges Stück Stoff an einer Ecke vorsichtig hoch. Es war so zerlumpt und verblichen, dass die ursprüngliche Farbe nicht mehr zu er-kennen war. »Es ist ziemlich eklig.«

Das fand Nana gar nicht. Sie ließ den einen Lumpen zu-gunsten des anderen fallen, schnappte ihn und raste da-von. Derek und Belinda verfolgten sie unter lautem Ge-johle.

Jemima kam die Stufen heruntergetrampelt. »Was für ein Müll!«, sagte sie abfällig und stieß den Stiefel mit der Fußspitze an.

Daisy schenkte ihr keine Beachtung, sondern applau-dierte den Kindern und Nana. Die kam zu ihr zurückgelau-fen, ließ den abstoßenden Fetzen vor ihre Füße fallen, be-schnupperte den Stiefel und dann den unsortierten Haufen mit Unrat. Keuchend trafen Belinda und Derek wieder ein. Derek bückte sich, um nach dem Lumpen zu greifen, doch Nana war schneller und rannte wieder damit los.

Derek stöhnte. »Sie wird ihn wahrscheinlich vergra-ben.«

»Ist doch egal. Lass ihn ihr«, riet ihm Daisy. »Ich glaube kaum, dass es ein entscheidender Hinweis ist. Was habt ihr sonst noch?«

»Abfall«, sagte Jemima wieder. Dann machte sie kehrt und stieg wieder die Treppe hinauf.

»Warum mag sie uns nicht, Mummy?«, fragte Belinda ängstlich.

»Ich glaube, sie mag keinen so richtig, Liebling. Mach dir mal nichts draus. Seh ich da eine Brille?«

»Ja.« Derek zog ein Brillengestell aus Zelluloid ohne Gläser aus dem Haufen und setzte es sich wackelig auf die Nase. Ein Bügel fehlte auch. »Das hat Bel gefunden. Ich glaube aber nicht, dass es ein Beweisstück ist.«

»Warum nicht? Vielleicht war der entlaufene Häftling kurzsichtig.«

»Die hätte ihm aber nicht viel genützt. Er hätte nicht gut genug sehen können, um Mr. Calloway umzubringen oder davonzulaufen oder so.«

»Ich finde, wir sollten sie für Daddy aufheben«, sagte Belinda hartnäckig.

»Na gut, machen wir. Aber sieh dir mal die Zigaretten-schachtel an, Tante Daisy. Daran kann Onkel Alec sehen, welche Zigarettenmarke der Mörder geraucht hat.«

Die Schachtel sah aus, als sei sie mindestens schon ein paar Wochen im Wald gelegen. Der *Woodbine*-Schriftzug war kaum noch zu erkennen, und Woodbines waren die beliebtesten billigen Zigaretten. Doch Daisy sagte: »Ja, hebt es auch auf«, und setzte sich auf eine Stufe, um ihnen dabei zuzusehen, wie sie den restlichen Haufen durchstöberten. Sie wollte nicht nur keine Spielverderberin sein, es war ja immerhin möglich, dass sie wirklich etwas Nützliches gefunden hatten. Alec sagte immer, man könne nie wissen, was sich als bedeutsam herausstellte.

Doch nichts, was ihr auch nur irgendwie nützlich erschien, kam zum Vorschein. Die Kinder breiteten einen Sack aus und legten die Teile aus, die sie behalten wollten. Den Rest stopften sie in den anderen Sack, um ihn im Küchenhof in die Mülltonne zu werfen. Derek hatte ihn gerade auf die Schulter geladen, als sie vom oberen Ende der Treppe begrüßt wurden. »Guten Morgen, Mrs. Fletcher!«

Tom Tring zog seine Mütze, so dass sein kahler Kopf in der Sonne schimmerte. Er kam mit seinem seltsam leichten Schritt nach unten, der so gar nicht zu seinem massigen Körper passte. »Hallo, hallo, Miss Belinda und Master Derek. Was haben wir denn da?«

Eifrig berichteten die Kinder von ihrer Jagd und zeigten ihm die Sachen. Er begutachtete jedes Teil, wobei seine kleinen braunen Augen blitzten. Nana kam angerannt, um ihn zu begrüßen. Ihre Pfoten und ihre Schnauze waren voller Erde, ein stummer Beweis, dass sie ihren Lumpen vergraben hatte. Belinda packte sie am Halsband, ehe sie den wunderbaren grün-braunen Anzug des Sergeant beschmutzen konnte.

»Platz«, sagte sie streng. »Du musst dich schon wieder abspritzen lassen, ehe du ins Haus darfst.«

»Ich denke, es wird sich abnutzen, wenn sie noch ein bisschen herumrennt«, sagte Tom. »Das ist ja eine schöne Sammlung, die ihr da habt. Bringt sie mal in Sicherheit, damit der Boss sie sich ansehen kann, ja?«

»Aber nicht ins Haus!«, sagte Daisy.

»Wir bringen sie in Nanas Spülküche. Komm, Bel.«

Sie stopften ihre Beweisstücke in den zweiten Sack und stürmten davon. Nana sprang neben ihnen her. »Wascht euch die Hände!«, rief ihnen Daisy nach.

Tom zwinkerte Daisy zu. »Machen nichts falsch«, sagte er und rieb sich den Schnauzbart. »Ich wette, dass der junge Derek in nicht allzu langer Zeit zu uns bei der Polizei stößt.«

»Sagen Sie das nicht seinem Vater! Wenn Belinda alt genug ist, begreift man vielleicht, dass es auch sinnvoll ist, ein paar weibliche Detectives zu haben«, entgegnete Daisy.

»Ah.« Das war Toms typische jederzeit einsetzbare einsilbige Antwort. »Ich geh zur Kapelle, um nach Fingerspuren zu suchen. Dort entlang, nicht?«

»Ich zeige Ihnen den Weg. Sie haben doch mit dem Personal gesprochen, nicht? Haben Sie was Nützliches rausgefunden?«

»Von denen kam nichts. Sie wussten natürlich, dass Miss Norville was mit Mr. Cedric Norville hat, aber keiner von ihnen wollte aussagen, ob er an Heiligabend hergekommen ist. Vielleicht weiß es ja einer unten am Anleger. Ich beende erst mal die Befragung, bis ich vom Chief höre. Aber eine interessante Sache habe ich herausgefunden.«

»Was denn?«

Tom wartete, bis er Daisy durch die Unterführung unter dem schmalen Weg gefolgt war. Als er neben ihr herauskam, sagte er: »Fingerspuren auf der Mordwaffe. Ein paar kleine, könnten von einer zierlichen Frau stammen, aber eher von einem Kind.«

»Derek! Er hat es ja gefunden.«

»Könnte sein. Ich muss ihm Fingerabdrücke abnehmen, um sicherzugehen.«

»Das findet er sicher wahnsinnig spannend«, sagte Daisy trocken. »Könnten Sie vielleicht die von Belinda auch abnehmen, aus Fairness?«

Toms Schnauzbart zuckte, als er grinste. »Aber sicher. Es könnten ja auch ihre Abdrücke sein. Aber damit warten wir auch lieber auf den Chief.«

»Ja. Die von Jemima müssen Sie auch überprüfen.«

»Die jüngere Tochter? Weiß man, dass sie das Messer auch angefasst hat?«

»Nein«, sagte Daisy sorgenvoll, »aber vielleicht ja doch, als die Kinder es Godfrey gezeigt haben. Mr. Godfrey Norville. Sie müssten sie mal danach fragen, oder besser vielleicht Alec.«

»Hat Mr. Godfrey Norville es angefasst?«

»Wahrscheinlich. Er hat es untersucht. Genau wie Kapitän Norville, obwohl ich mich nicht erinnere, ob er es angefasst hat. Der Chief wird sich wohl dran erinnern.«

»Auf dem Griff ist ein Abdruck, der von einem Mann sein könnte, aber er ist verschmiert und nicht an der richtigen Stelle, um zuzustechen, egal, wie … Sachte, sachte, Mrs. Fletcher!«

»Es geht schon«, sagte Daisy, wenn auch etwas matt. Seine Worte hatten das Bild heraufbeschworen, das sie bisher hatte verdrängen können: ein erhobenes Messer, das sich in den Rücken eines nichtsahnenden Mannes bohrte. Ihr war etwas elend, und sie setzte sich auf eine Bank unter der Laube beim Karpfenteich, wohin Tom sie geführt hatte.

Er sah auf sie herunter. »Der Chief wird mich schelten, weil ich Ihnen Angst gemacht habe«, knurrte er, »womit er ja auch recht hat.«

»Unsinn!«, sagte Daisy und wurde wieder munterer. »Ich erzähle es ihm nicht, und Sie bitte auch nicht. Er würde *mich* schelten, weil ich mich eingemischt habe. Es geht mir wieder gut, ehrlich. Es war nur so ein kurzes Bild …« Sie konzentrierte sich auf das auffallende Karomuster seines Jacketts. »Ist das ein neuer Anzug? Ich erinnere mich gar nicht daran.«

»Weihnachtsgeschenk von meiner Frau.«

»Eindrucksvoll«, sagte sie aufrichtig. Sie dachte an die ebenfalls umfangreiche Mrs. Tring, die sie bei ihrer Hochzeit kennengelernt hatte.

Er grinste wieder. »Lenkt die Missetäter ein wenig ab, wenigstens kurzfristig. So, Sie bleiben jetzt hier sitzen, Mrs. Fletcher, bis Sie sich wohl genug fühlen, um ins Haus zurückzukehren.«

»Es geht mir wieder vollkommen gut. Ich komme noch ein Stück mit Ihnen. Wissen Sie«, fuhr Daisy fort, als sie an dem Taubenschlag vorbeikamen, »wenn die Fingerabdrücke auf dem Messer von Derek sein sollten, dann stellt sich wieder die Frage: Wie ist Cedric Norville an das Messer gekommen?«

»Ah«, sagte Tom.

»Muss der Chief nicht nachweisen können, wie Cedric es in die Finger bekommen hat?«

»Das würde tatsächlich helfen, aber es muss lediglich bewiesen werden, dass es nicht unmöglich war, an das Messer zu kommen. Der kleine Derek hat es auf dem Dielentisch liegen lassen?«

»Nicht direkt. Ich meine, es war nämlich nicht sein Messer. Er zeigte es Mr. Norville, dann blieb es dort liegen. Hat Alec das nicht gesagt?«

»Er hatte nicht die Zeit für Details. Warum erzählen Sie mir nicht davon, Mrs. Fletcher?«

Der Sergeant fand die Geschichte, wie die Kinder das Messer gefunden hatten, höchst amüsant. Er sah sie als weiterer Beweis an, dass Derek für den Polizeidienst geschaffen sei.

»Sie sehen also«, endete Daisy, »es gehört im Grunde ins Haus, aber Godfrey Norville hat nicht viel davon gehalten. Er hat Derek befohlen, es auf dem Dielentisch liegen zu lassen.«

»Und keiner weiß, wann es verschwunden ist. Ich habe die Hausangestellten natürlich gefragt, aber anscheinend wusste keiner von ihnen, dass es überhaupt dort lag. Sie haben den Tisch und die Sachen darauf mit einem Staubwedel gefegt, ehe Lady Dalrymple eintraf, aber es obliegt ihnen nicht, die Sachen der Familie aufzuräumen. Vor allem, da sie nicht vermuteten, dass Lady Dalrymple einen Grund hätte, sich länger in der Eingangshalle aufzuhalten. Ziemliche Schlamperei.«

»Es ist ein seltsamer Haushalt, auch wenn er normalerweise ganz glattzulaufen scheint.«

»Der Chief hat gesagt, dass das Personal fast nichts mit der Familie zu tun hat?«

»Sie sind die Bediensteten von Lord Westmoor, angestellt, um sich um sein Haus und seinen Besitz zu kümmern. Die Familie muss mehr oder weniger für sich selbst sorgen. Ich erzähle Ihnen am besten mal alles von vorne.«

Daisy fing mit der indischen Hochzeit an, kam zum Testament des sechsten Earls – in dem Mrs. Norville ein Zuhause und eine Apanage zugesprochen worden war – und beschrieb zuletzt skizzenhaft jedes Familienmitglied. Als die beiden bei der Kapelle ankamen, war sie gerade mit Jemimas Beschreibung fertig. »Und dann ist da noch Mr. Tremayne, der Vater von Mrs. Dora Norville.«

»Ein Anwalt?«

»Ja. Sagen Sie bloß nicht, dass Alec Ihnen das alles schon erzählt hat!«

»Nein, nein, er hat mich nur gewarnt, dass ein Anwalt herumläuft. Sie waren eine große Hilfe, Mrs. Fletcher. Ich kann mir jetzt viel besser vorstellen, was los ist.«

»Es wird Ihnen allerdings nicht mehr viel nützen, wenn Alec Cedric Norville festnimmt, was gut möglich ist.«

»Ah«, sagte Tom, »zwischen Handschellen und Handgelenk ist noch viel Platz zum Drehen und Wenden!«

Daisy lachte. »Ich überlasse Sie jetzt den Fingerspuren. Soll ich den Kindern sagen, dass Sie ihre brauchen?«

»Lieber nicht. Das mache ich nämlich eigentlich nicht ohne Auftrag vom Chief, warten wir also am besten, bis er zurück ist.«

»In Ordnung!«, sagte Daisy.

Als sie sich zum Gehen wandte, sah sie Kapitän Norville, der den Weg von Brockdene Quay entlangkam.

»Ich war unten im Pub auf ein Bier und ein Pfeifchen«, sagte er, »und habe den langen Weg zurück genommen, um mir die Beine zu vertreten. Ich mache jeden Morgen einen Gesundheitsspaziergang um das Schiffsdeck, wenn ich auf See bin.« Er sah Tom fragend an.

»Das ist Detective Sergeant Tring, Kapitän, der Assistent meines Mannes. Kapitän Norville, Sergeant.«

Die beiden großen Männer sahen sich abwägend und mit der Zurückhaltung zweier fremder Hunde an. Dann bot der Kapitän Tom die Hand, die dieser, nach kaum merklichem Zögern, schüttelte.

»Freut mich, Ihre Bekanntschaft zu machen, Sergeant. Das ist eine unschöne Angelegenheit, egal, von welcher Seite man sie betrachtet. Ich hoffe, Sie und Mr. Fletcher finden genug Beweise, um den jungen Halunken zu hängen.«

»Wenn es Beweise gibt, dann finden wir sie, Sir, keine Angst«, sagte Tom etwas mehrdeutig. »Im Moment suche ich nach Fingerspuren.«

»Er hat in einer Dezembernacht doch mit Sicherheit Handschuhe getragen. Wenn keine Fingerspuren gefunden werden, macht das doch nicht den Fall kaputt, oder?«

»Keineswegs, Sir, aber es würde unglaublich helfen.«

»Ja, natürlich. Na, dann machen Sie mal weiter. Gehen Sie zum Haus zurück, Mrs. Fletcher? Wenn Sie gestatten, begleite ich Sie.«

»Gerne«, forderte ihn Daisy auf, dann gingen sie los.

Sie warf einen Blick zurück und sah, wie Tom ihnen mit einem Runzeln seiner grenzenlos hohen Stirn nachblickte. Zweifellos war er besorgt, dass sie mit einem Mann ging, der immer noch eine Verdachtsperson war. Daisy hatte jedoch keinerlei Befürchtungen. Victor Norville war kein mordender Irrer. Selbst falls er Calloway in einem Wutanfall getötet haben könnte, weil der Geistliche nicht Zeugnis ablegen wollte, hätte er ja keinen Grund, auf Daisy böse zu sein.

Sie winkte Tom, und er hob zum Abschied grüßend die Hand.

»Ich bin froh, dass ich Sie getroffen habe, Mrs. Fletcher«, sagte der Kapitän. »Ist Ihnen irgendwas eingefallen, wie ich meiner Nichte helfen könnte?«

»Felicity? Ja, in der Tat, aber ich muss mich erst erkundigen, ob ihr die Idee gefällt, ehe ich es jemand anderem gegenüber anspreche. Ich bin keineswegs sicher, dass ihr Vater zustimmen würde.«

»Godfrey ist ein sturer Narr!«

»Ich bin auch gar nicht sicher, ob Sie zustimmen würden oder ihre Mutter oder ihr Großvater, nicht mal ihre Großmutter, ehrlich gesagt. Und nicht mal Miles.«

»Tja, dann müssen wir abwarten«, sagte der Kapitän überrascht. »Aber wenn nur Godfrey im Wege stehen sollte, werde ich nicht zulassen, dass er Felicitys Chancen ruiniert. Ich versuche ihn schon seit Jahren davon zu überzeugen, finanzille Hilfe anzunehmen, damit die Familie zurechtkommt.«

»Das ist sehr großzügig von Ihnen.«

»Keineswegs. Als ich den kleinen Notgroschen erwähnte – tja, er ist mit den Jahren ganz schön angewachsen. Ich habe gut abgeschnitten, und ich muss keine Miete zahlen und keine eigene Familie durchbringen. Es gab einmal ein Mädchen, aber ein Seefahrer ist selten zu Hause, und ob das der Grund war oder meine zweifelhafte Herkunft … Aber egal. Letztes Endes ist Godfreys Familie meine Familie, und der alte Tremayne und ich können sie gut versorgen, ganz zu schweigen von Miles' Hilfe in ein bis zwei Jahren. Aber es war schon ein Kampf, Godfrey davon zu überzeugen, Tremayne für Miles' Schulausbildung zahlen zu lassen, daher wird er sich mit Händen und Füßen wehren, egal, was für Felicity vorgeschlagen wird.«

»Verstehe«, sagte Daisy. Sie konnte sich in Godfrey hineinversetzen, da sie selbst in einer ähnlichen Situation gewesen war. Immerhin hatte sie sich geweigert, sich ihrem Cousin Edgar zu verpflichten, obwohl er nur zu bereit und in der Lage gewesen wäre, sie zu unterstützen und ihr ein angenehmes, sorgenfreies Leben zu garantieren. Sie fragte sich, ob Godfreys Stolz den Streit der Brüder in der Halle ausgelöst hatte, den Jemima belauscht hatte.

»Also zögern Sie nicht, schlagen Sie vor, was immer Sie für das Beste für Felicity halten, Mrs. Fletcher«, sagte der Kapitän ernst. »Überlassen Sie Godfrey mir.«

Sie waren fast bei der Unterführung unter dem Weg angekommen, als Alec und Piper auftauchten. »Daisy, ist Tring bei der Kapelle?«

»Ja, Liebling, wir haben ihn zurückgelassen, als er eifrig Fingerabdrücke nahm.«

»Ich hoffe, er findet etwas«, sagte Alec grimmig. »Cedric Norville hat ein ausgezeichnetes Alibi für Heiligabend. Wir müssen noch mal von vorne anfangen.«

»Was?«, rief der Kapitän und wurde puterrot im Gesicht. »Felicitys junger Freund hat den Reverend nicht umgebracht? Das heißt also, dass wir wieder alle unter Verdacht stehen?«

Kapitel 16

*G*anz recht, jemand von Brockdene hat Calloway umgebracht.« Alecs taxierender Blick auf Kapitän Norvilles Gesicht verriet ihm nur, dass der Mann aufgebracht war. Falls er Schuldgefühle oder Angst hatte, verbarg er das gut. »Piper, gehen Sie zur Kapelle und sagen Sie Sergeant Tring, er soll sofort zum Haus zurückkommen, wenn er mit den Fingerabdrücken fertig ist.«

»Ja, Sir! Äh …«

Daisy nahm Pipers Arm und zeigte ihm den Weg, während sich Alec auf den Kapitän konzentrierte, der herausplatzte: »Ein Alibi! Sind Alibis nicht dazu da, zerpflückt zu werden?«

»Sie haben wohl leider zu viele Kriminalgeschichten gelesen, Kapitän. Mr. Cedric Norville hat verlässliche Bestätigungen, dass er zum Zeitpunkt des Mordes nicht am Tatort war.«

»Wo war der junge Spund denn, verdammich, und wer behauptet das?« Offensichtlich wollte der Kapitän nicht mithelfen, ohne die ganze Geschichte mit allen Details zu kennen.

Alec hatte Cedric gewarnt, dass sein Geheimnis wahrscheinlich ans Licht kommen werde. »Er und seine Familie waren Gäste von Lord Westmoor in Tavy Bridge, vom späten Nachmittag des Heiligabends bis zum Abend des ersten Weihnachtstags.«

»In der Nähe von Tavistock? Er konnte doch leicht mit dem Auto herfahren und den Reverend ermorden!«

»Er wusste ja nicht, dass Mr. Calloway in der Kapelle sein würde«, betonte Daisy.

»Offensichtlich kam er, um meine Nichte zu treffen, und sah dort zufällig den Reverend.«

Alec schüttelte den Kopf. »Ein morscher Baum ist an dem Abend während des Sturms auf die Auffahrt von Lord Westmoors Anwesen gestürzt. Mehrere Gäste, die zum Dinner dort waren, konnten nicht fort und mussten über Nacht bleiben. Das Hindernis wurde erst am nächsten Morgen entfernt. Ich habe von Helstone aus telefoniert und mit Lord Westmoor gesprochen ...«

»Er stellt sich vor Cedric«, brüllte der Kapitän. »Will keinen weiteren Skandal in der Familie. Sagen Sie mir nicht, Sie glauben ihm, nur weil er ein Earl ist!«

Alec sah Daisy warnend an und schüttelte den Kopf, da sie Anstalten machte, ihn zu verteidigen. »Lord Westmoor wird einen Skandal in der Familie nicht abwenden können, ob der Mörder ein Helstone-Norville ist oder ein Brockdene-Norville. Nur dank Ihrer abgelegenen Lage hat noch kein einziger Reporter hier herumgeschnüffelt. Aber ich habe auch zwei der Dinner-Gäste angerufen, die alles bestätigt haben, genauso wie der Butler. Glauben Sie mir, Cedric Norville hat Calloway nicht getötet, das steht fest. Und dasselbe trifft auf den Rest der Helstone-Norvilles zu.«

Der Kapitän sank in sich zusammen. »Ein Landstreicher?«, schlug er halbherzig vor.

»Höchst unwahrscheinlich. Das Messer schloss eigentlich schon Cedric aus, es sei denn, Miss Norville war beteiligt ...«

»Keinesfalls!«

»Aber die Wahrscheinlichkeit, dass ein Landstreicher es in die Finger bekam, geht gegen null – falls sich wirklich herausstellt, dass es jenes Messer ist, das die Kinder gefunden haben.«

»Sergeant Tring hat ihre Fingerabdrücke darauf gefunden«, sagte Daisy. »Zumindest ist er ziemlich sicher, dass sie von Kindern stammen. Er möchte zum Vergleich Dereks und Bels Abdrücke nehmen, Liebling, aber er wollte das erst tun, wenn du zurück bist.«

»Jetzt bin ich ja hier und beeile mich mal lieber. Ich habe einen ganzen Morgen vergeudet wegen dieses jungen Narren.«

Alec verschwand wieder in der Unterführung, gefolgt von Daisy und Kapitän Norville. Immerhin hatte er die Gelegenheit gehabt, die spontane Reaktion des Kapitäns auf die Nachricht von Cedrics Unschuld zu beobachten, aber er wollte das mit dem Rest der Familie wiederholen. Wie konnte er verhindern, dass der Kapitän sie warnte? Er hatte den Verdacht, dass Victor Norville, wenn er nicht selbst der Mörder war, lieber nicht herausfinden wollte, wer sonst in Frage käme.

Als sie wieder ins Helle traten, schien der Kapitän zu grübeln. »Fletcher«, sagte er unvermittelt, als sie den Terrassengarten hinaufstiegen, »mir gefällt diese ganze Sache kein bisschen, aber ich nehme an, wenn sie nicht schnell aufgeklärt wird, ehe sie in den Zeitungen erscheint, dann wird die Wolke für immer über uns hängen. Die jungen Leute haben schon genug Klippen zu umschiffen. Sie können darauf zählen, dass ich Ihnen so viel Hilfe anbiete, wie ich kann.«

»Sie können sich wohl denken, dass mit größter Wahrscheinlichkeit niemand aus der Dienerschaft der Mörder ist? Dass ein Mitglied der Familie es getan hat?«

»Ich weiß. Aber einen wehrlosen Mann zu töten, ist nicht nur ein schreckliches Verbrechen, sondern der Täter hat die ganze Familie verraten.« Er zog die Stirn in Falten. »Ich verstehe es nicht. Ich verstehe es ganz und gar nicht.«

Alec wünschte, er würde es verstehen. »Nun gut«, sagte er. »Im Moment bitte ich Sie einzig darum, dass Sie keinem verraten, dass Cedric unschuldig ist. Ich hole alle zusammen und gebe es bekannt.«

»Nach dem Mittagessen, Liebling«, sagte Daisy. »Sie sollten gestärkt sein, um den Schock zu ertragen.«

Er wollte zwar nicht unbedingt, dass seine Verdächtigen gestärkt waren, wenn der Schock kam, andererseits wären sie nach dem Mittagessen entspannter, und das Entsetzen vielleicht umso heftiger. Die Anwesenheit der Kinder beim Essen würde die anderen davon abhalten, ihn zu bedrängen, mit Informationen herauszurücken.

»Ich sollte Belinda und Derek wohl besser erst mal sagen, dass Tring ihre Fingerabdrücke will«, sagte er. »Wo sind sie?«

»Oben, um sich die Hände zu waschen, hoffe ich. Es ist ja fast schon Zeit zum Essen, und sie werden am Verhungern sein und wie üblich völlig verdreckt, da sie den ganzen Morgen draußen für dich nach Beweisstücken gesucht haben.«

Alec verzog das Gesicht. »Ich hätte den Wald selbst durchsuchen sollen, wenn ich die Zeit und genügend Männer gehabt hätte. Aber eine Horde Dorfpolizisten hätte beim Herumtrampeln wohl mehr Beweise zerstört als entdeckt.«

»Die Kinder haben ganz erstaunliche Sachen gefunden. Sei nett zu ihnen, Liebling, und sag ihnen nicht, dass es alles nur Müll ist, ja?«

»Wer weiß«, sagte Alec, »vielleicht haben sie ja tatsächlich was Nützliches gefunden.«

»Das werden Sie wohl gleich rausfinden«, sagte der Kapitän. »Da kommen sie schon.«

»Noch ungewaschen«, seufzte Daisy.

Derek, Belinda und natürlich auch Nana kamen über die oberste Terrasse auf sie zugelaufen.

»Daddy, Onkel Miles hat uns gesagt, dass du zurückkommen würdest. Wir haben schon auf dich gewartet.«

»Onkel Alec, kommst du bitte und schaust dir unsere Beweisstücke an, bitte? Sofort. Sie liegen in Nanas Spülküche. Es dauert auch nicht lang. Wir haben dann immer noch Zeit, uns vor dem Essen zu waschen, Tante Daisy, *versprochen*.«

Der Kapitän sah auf seine Taschenuhr. »Noch einundzwanzig Minuten«, verkündete er. »Darf ich auch mitkommen?«

Alec warf ihm einen kurzen Blick zu, willigte jedoch ein, und die Kinder wollten ihre Fundsachen sowieso am liebsten jedem zeigen. Daisy ging währenddessen ins Haus und nach oben. Sie erschrak, als sie die durchdringende Stimme ihrer Mutter aus dem Wohnzimmer der alten Mrs. Norville hörte.

»Ich kann es Ihnen nachempfinden, Mrs. Norville, das versichere ich Ihnen«, sagte die Dowager Viscountess von oben herab. »Mädchen haben heutzutage kein Pflichtgefühl ihrer Familie gegenüber und nehmen keinerlei Rücksicht mehr auf ihre Eltern. Keinesfalls hätte ich so ein beschämendes Benehmen jemals in Betracht gezogen.«

Die leise Stimme von Mrs. Norville erwiderte etwas, das Daisy nicht verstehen konnte.

»Ja«, sagte Lady Dalrymple, »Ihre Enkelin war hier sehr isoliert und hatte kaum Gelegenheit, passende junge Männer kennenzulernen. Aber das kann man wohl kaum als angemessene Entschuldigung dafür bezeichnen, dass sie sich heimlich mit einem Mörder traf. Ich kann Ihre Gefühle nur zu gut verstehen und auch die Ihrer Schwiegertochter. Ich persönlich war absolut verzweifelt, als ich feststellen musste, dass meine eigene Tochter – vulgär ausgedrückt – mit einem Polizisten verkehrte.«

»Mutter!« Daisy stürzte ins Zimmer. »Du kannst Alec doch nicht mit einem Mörder gleichsetzen. Wirklich, wie kannst du nur! Entschuldigen Sie die Unterbrechung, Mrs. Norville. Ich ging gerade vorbei und konnte das nicht so stehenlassen.«

»Natürlich nicht, meine Liebe.« Mrs. Norville lächelte Daisy traurig zu. »Wir müssen bedenken, dass Felicity, so falsch ihr Handeln auch war, keine Ahnung davon hatte, dass der junge Mann so ein scheußliches Verbrechen begehen würde.«

»Stimmt«, gab die Dowager Viscountess zu. »In der Tat, wenn die Heimlichtuerei nicht gewesen wäre, dann wäre Miss Norvilles Verhalten dem von Daisy unendlich vorzuziehen. Immerhin zeigte sie das nötige Urteilsvermögen, sich den nächsten Erben des Grafentitels zu erwählen.«

»Ich hoffe, dass das nicht ihre vorrangige Überlegung war«, sagte Mrs. Norville mit stiller Würde. »Ich hoffe, sie hat ihn auch geliebt und dass die Enthüllung seines wahren Charakters ihr nicht das Herz bricht.«

Daisy war stark versucht, ihr zu erzählen, dass Cedric doch nicht der Mörder war, aber Alec war in diesem Punkt unnachgiebig gewesen. Nicht, dass Mrs. Norville als Verdächtige galt, aber sie würde es bestimmt weitererzählen. Die Nachricht wäre außerdem nur ein schwacher Trost. Sie wäre zwar erleichtert um Felicitys willen, aber dass ihre Familie erneut unter Verdacht stand, würde sie unglücklich machen.

Daisy konnte ihr jedoch eine gewisse Erleichterung verschaffen, indem sie ihre Mutter weglockte. »Mutter, könnte ich bitte mal mit dir sprechen?«

»Ich sehe Sie dann zweifellos beim Mittagessen, Mrs. Norville«, sagte Lady Dalrymple mit einem hoheitsvollen Nicken, dann folgte sie Daisy hinaus. »Was gibt es denn, Daisy?«, fragte sie gereizt, als Daisy die Tür fest hinter sich schloss.

»Ich habe mich gefragt, ob du meinen Artikel heute Nachmittag vielleicht mal lesen könntest«, improvisierte sie schnell, »damit ich sicher bin, dass nichts davon Lord Westmoor verärgern könnte. Die Situation hier ist ja so heikel.«

»Gerne. Ich hätte so ein Angebot von dir nie erwartet.«

»Und ich hätte nie erwartet, dich mit Mrs. Norville plaudern zu sehen.«

Ihre Mutter warf ihr einen empörten Blick zu, sagte jedoch: »Sie mag zwar aus dem Ausland stammen, aber wie sich herausstellt, war sie ja doch ordnungsgemäß mit Albert Norville verheiratet. Eva lag ganz falsch. Ich kann es kaum erwarten, das richtigzustellen.«

»Ah, ich verstehe!« Jetzt war alles klar. »Gut, dann gehe ich mal lieber und mache mich zum Lunch zurecht.«

»Wo ist mein Enkel?«

Daisy wartete.

»Und meine Enkelin«, setzte ihre Mutter widerstrebend hinzu. »Wo stecken sie?«

»Sie helfen der Polizei bei ihren Ermittlungen«, sagte Daisy, dann verschwand sie eilig in ihrem Zimmer und schloss die Tür.

Alec kam kurz darauf herein. »Bel und Derek waschen sich und ziehen sich um«, berichtete er. »Die kleinen Schmuddelkinder.«

»Bel ist zu Hause immer adrett und sauber. Ich nehme

nicht an, dass sie irgendwas von Bedeutung gefunden haben?«

»Auf den ersten Blick nicht. Ich habe ihnen gesagt, sie sollen alles aufheben, da man ja nie weiß.«

»Danke, Liebling!«

»Wie ich mitbekommen habe, wollen sie die Jagd heute Nachmittag fortsetzen. Sie können dabei nicht viel anrichten, und wir sind sie los.«

»Du rufst nach dem Lunch die Familienmitglieder zusammen, um ihnen das von Cedric zu berichten?«

»Ja, unmittelbar danach. In der Bibliothek, denke ich. Was ist mit Felicity?«, fragte er. »Ist sie in der Lage – körperlich, meine ich, nicht seelisch –, herunterzukommen?«

»Ich weiß nicht, ob sie zum Essen kommt, aber sie könnte es schaffen, wenn man ihr hilft. Ich bin allerdings nicht sicher, ob du ihrer Reaktion auf die Nachricht trauen kannst. Sie ist ziemlich angeschlagen und verwirrt.«

»Das überrascht mich nicht. Du hast sie unter deine Fittiche genommen, nicht? Irgendjemanden findest du ja immer ...«

»Und was ist mit dir und Miles?«, wollte Daisy entrüstet wissen. »Dass du ihn hast helfen lassen, Cedric zu fangen, ist doch schließlich auch eine Form von ›unter die Fittiche nehmen‹!«

»Magst du Miles nicht?«

»Doch, ich mag ihn sehr und Felicity und den Kapitän auch, und Godfrey war äußerst hilfsbereit, und die alte Mrs. Norville ist einfach reizend. Und Dora hat sich sehr um uns gekümmert, und gegen Mr. Tremayne habe ich auch nichts. Aber Miles hätte Calloway umbringen können, auch als Einarmiger.«

»Das streite ich ja gar nicht ab, Liebes«, beruhigte Alec sie. »Als ich ihn um Hilfe bat, schien es doch noch klar zu sein, dass Cedric unser Schuldiger ist. Ich kann immer noch nicht erkennen, welche Motive Miles haben sollte.«

»Ich auch nicht«, gab Daisy zu. »Aber die anderen auch nicht, außer vielleicht … Verdammt, der Gong. Ich hoffe, die Kinder sind bereit.«

»Ich habe Miles beauftragt, sie anzutreiben«, gestand Alec lachend. Er rückte seine Krawatte zurecht und fuhr sich mit der Bürste durch die dunklen, dichten Haare, die allerdings nie unordentlich wirkten.

»Liebling, ich darf doch wohl anwesend sein, wenn du ihnen das mit Cedric erzählst, oder?«, fragte Daisy besorgt. »Ein zweites Paar Augen könnte vielleicht etwas entdecken, was dir entgeht.«

»Ja, du solltest lieber dabei sein«, sagte er zu ihrer Überraschung. »Bist du so weit? Lass uns gehen.«

Als sie an die Treppe kamen, waren Derek und Belinda schon halb unten, und Miles wollte gerade losgehen. Er wandte sich Daisy zu und sagte: »Sagen Sie Flick gegenüber mal lieber nichts über die Möglichkeit, nach London zu gehen. Mein Vater ist strikt dagegen.«

»Etwa weil er von Kapitän Norville nichts annehmen will?«

»Teils, teils, aber er sieht es auch so, als würde er sie dafür belohnen, sich mit dem Feind zusammengetan zu haben. Um genau zu sein, ist er immer noch wütend auf uns beide, dass wir ihm nichts über Lord Norvilles Tod gesagt haben.«

»Ach je! Dann sage ich lieber nichts. Kommt Felicity zum Lunch?«

»Ich habe sie gerade gefragt. Sie sagt, sie kann jetzt weder essen noch die Familie ertragen. Kann ich ihr nicht verdenken, der Armen. Es ist nicht nur wegen Vater. Die ganze Geschichte mit Cedric ist absolut schrecklich für sie, auch wenn er bisher noch nicht festgenommen wurde.« Miles sah Alec fragend an.

Mit der ungerührten Miene, die alle Kriminalbeamten in ihrem Repertoire haben, sagte Alec: »Nach dem Lunch informiere ich alle über den Stand der Ermittlungen. Da sollte dann auch Miss Norville anwesend sein, in der Bibliothek.«

»Ich sehe zu, dass sie kommt«, versprach Miles.

Das Essen verlief äußerst ungemütlich. Sobald Mrs. Pardon und das Hausmädchen aus dem Raum waren, ging Godfrey auf seinen Bruder los. »Was ist das für ein Unsinn, von dem mir Miles erzählt hat, Felicity nach London gehen zu lassen?«, fragte er aufgebracht.

»Ein Kulissenwechsel erscheint mir …«, begann der Kapitän mit besänftigendem Ton, dann warf er Alec einen Blick zu und fuhr fort: »… erschien mir sinnvoll.« Allerdings nicht mehr so dringend, jetzt, da ihr Liebhaber doch kein Mörder war, ergänzte Daisy in Gedanken.

»Es wundert mich nicht, dass sie ihre Familie nicht sehen will, nachdem sie uns so enttäuscht hat«, brauste Godfrey auf. »Ich wundere mich nur, dass Miles nicht dasselbe Schamgefühl an den Tag legt! Seinen Vater über eine so wichtige Sache im Ungewissen zu lassen …«

»Vater!«, protestierte Miles.

»Miles hat getan, was er für das Beste hielt.« Das Gesicht des Kapitäns wurde rot.

»Vortreffliche Besonnenheit, wie es einem Anwalt ansteht«, warf Tremayne ein.

»Miles mag ja seine Gründe haben.« Der finstere Blick, mit dem Godfrey seinen Sohn bedachte, strafte seine Worte Lügen. »Felicity jedenfalls hat keine. Sie schwieg, um ihr eigenes Fehlverhalten zu verbergen, und warum man sie dafür …«

»Der Himmel hat sich überzogen«, meldete sich die Dowager Viscountess lautstark zu Wort. »Ich fürchte, es steht uns weiterer Regen bevor. Das scheint ja ein außerordentlich feuchter Teil des Landes zu sein.«

»Ach, keineswegs!« Dora war offensichtlich hin und her gerissen zwischen der Erleichterung über den Themenwechsel und dem Unbehagen über die Kritik.

Tremayne hielt das Gespräch mit Kommentaren über das Wetter auf den Britischen Inseln in Gang, wie er sie wohl den Berichten aus seinem Radio entnommen hatte. Der Kapitän, der seinen steigenden Zorn nur mit sichtbarer Anstrengung unterdrückte, erzählte Geschichten über Taifune in China, Nebel auf dem Nordatlantik und Wirbelstürme in der Karibik.

Godfrey war zwar zum Schweigen gebracht, wirkte jedoch kaum beschwichtigt.

Er hatte die Lippen zusammengepresst und aß so gut wie nichts, doch seine Erregung zeigte sich im nervösen Hantieren mit Messer und Gabel. Das Fehlverhalten seiner älteren Tochter hatte ihn schwer getroffen. Daisy fragte sich, ob er ebenso hartnäckig dagegen war, seine jüngere Tochter auf eine Schule zu schicken. Jemima, die ein unangenehm schadenfrohes Grinsen zur Schau getragen hatte, als ihre Schwester getadelt wurde, war wieder in ihre übliche Verdrossenheit verfallen. Miles, der geistesabwesend wirkte, schwieg ebenfalls.

Dass Derek und Belinda still blieben, lag an ihren guten Manieren: Nachdem man ihnen erlaubt hatte, mit den Erwachsenen am Tisch zu sitzen, hüteten sie sich, etwas zu sagen, es sei denn, sie wurden angesprochen. Daisy war stolz auf sie, vor allem, weil der anfängliche Konflikt Bel beunruhigt hatte, während Derek von den Geschichten über die Stürme auf See fasziniert war.

Ebendiese Geschichten erschreckten Mrs. Norville, die mit zitternder Stimme fragte: »Musst du wirklich wieder zur See, Victor?«

»Es wird noch ein paar Jahre dauern, ehe ich bereit bin für den Ruhestand, Mutter. Einem alten Seebären wie mir passiert schon nichts, mach dir keine Sorgen.«

»Die Seefahrt ist ein achtbarer Beruf«, stellte Lady Dalrymple fest, wobei sie Alec einen abschätzigen Blick zuwarf. »Mein Onkel war ein Konteradmiral.«

Und die ganze Zeit über passte Alec auf und erwog und beurteilte seine Verdächtigen.

*

Als der letzte Bissen der Biskuitrolle im Mund des Kapitäns verschwunden war, erhob sich Alec. »Ich möchte, dass sich alle außer den Kindern in der Bibliothek einfinden«, verkündete er. »Ich habe Neuigkeiten für Sie. Lady Dalrymple, Sie müssen nicht anwesend sein.« Flüchtig überlegte er, ob er wohl jemals den Mut aufbringen würde, sie Mutter zu nennen.

»Machen Sie es sich doch gerne in meinem Wohnzimmer bequem, wenn Sie möchten, Lady Dalrymple«, bot ihr Mrs. Norville an.

»Danke«, sagte die Dowager Viscountess und klang ziemlich verschnupft, »aber wenn eine Neuigkeit verkündet wird, wünsche ich nicht ausgeschlossen zu werden.«

Ihr Schwiegersohn hätte sie lieber nicht dabeigehabt, aber wenn er darauf bestünde, sie auszuschließen, würden die anderen vielleicht ahnen, was er ihnen sagen musste.

»Ich frage Mrs. Pardon, ob sie den Kaffee in der Bibliothek serviert«, schlug Dora munter vor.

»Ich scheuche Flick auf und helfe ihr die Treppe herunter«, sagte Miles.

Alec dankte ihm. »Ich bin in ein oder zwei Minuten bei Ihnen. Belinda und Derek, kommt bitte mit.«

»Haben wir was angestellt, Daddy?«, fragte Bel, als er sie ins alte Haus führte.

»Nicht dass ich wüsste, Schätzchen. Ich möchte, dass Sergeant Tring eure Fingerabdrücke nimmt, damit wir sie nicht mit denen von anderen verwechseln.«

»So was!«, sagte Derek mit strahlenden Augen. »Ist ja toll! Das muss ich meinen Klassenkameraden erzählen!«

Tring und Piper waren gerade mit ihrem Essen in der Küche fertig. Alle begaben sich in Nanas Spülküche, wo Tom Tring den Kindern die Fingerabdrücke abnahm, ehe die beiden zufrieden mit dem Hund abzogen.

Tom brauchte nur eine Minute, bis er das Ergebnis hatte. »Die Abdrücke vom jungen Master Derek sind auf dem Messer, Chief. Sieht so aus, als sei es dasjenige, das sie gefunden haben.«

»Was entsprungene Häftlinge und Irre, Deserteure und ganz normale Landstreicher praktisch ausschließt«, sagte Alec, während sie den Küchenhof überquerten. »Es muss also ein Familienmitglied sein. Sie warten jetzt in der Bibliothek auf uns. Ich möchte, dass ihr sie mit Adleraugen beobachtet, wenn ich ihnen sage, dass Cedric Norville nicht länger verdächtig ist. Zwei werden nicht überrascht sein: der Kapitän und der Mörder – oder nur einer, falls der Kapitän der Mörder ist.«

»Steht er ganz oben auf der Liste, Chief?«, fragte Piper. »Zusammen mit Miss Norville und Miss Jemima?«

»Ganz recht«, bestätigte Alec. »Leider sind das auch die drei, bei denen es am unwahrscheinlichsten ist, dass wir eindeutige Reaktionen bekommen. Der Kapitän weiß bereits Bescheid; Miss Jemima ist zu jung, um sich unbedingt so zu verhalten, wie man es von einer Erwachsenen erwarten würde ...«

»Abgesehen davon, dass sie mehr als nur etwas seltsam ist«, sagte Tom. »Die Bediensteten haben mir ein paar Geschichten erzählt.«

»Die will ich mir später anhören, Tom. Dann ist da Miss Norville, deren Verhältnis mit Cedric die Sache kompliziert macht. Sie wird vielleicht hocherfreut reagieren, trotz der Auswirkungen auf ihre eigene Familie.«

»Mann, Mann!«, sagte Piper. »Ich wette, Mrs. Fletcher weiß schon genau, was mit Miss Norville los ist.«

»Das ist wohl kaum ihr Verdienst, dass sie mehr weiß als ich«, sagte Alec, der es insgeheim missbilligte, dass Ernie Piper Daisy stets für unfehlbar hielt.

Gefolgt von Tring und Piper betrat er die Bibliothek. Während alle verstummten, sah er, wie Godfrey Felicity wütend anstarrte. Der fehlgeleiteten Tochter gelang es recht gut, Gleichgültigkeit an den Tag zu legen, abgesehen von ihren verkrampften Fäusten.

Ehe Alec loslegen konnte, stand Tremayne auf und kam auf ihn zu. »Mr. Fletcher, wahrscheinlich hätten Sie uns schon beim Lunch informiert, wenn Sie Cedric Norville festgenommen hätten, daher können wir wohl davon ausgehen, dass Sie nicht genug Beweise gefunden haben, um das zu tun. Ich versichere Ihnen, wir werden alles in unserer Macht Stehende tun und Ihnen dabei helfen, Beweise zu finden.«

Zum Teufel mit allen Anwälten, dachte Alec. Er hatte vergessen, dass er es mit jemand zu tun hatte, der es gewohnt war, aus wenigen Fakten Schlüsse zu ziehen – auch wenn er diesmal falschlag.

»Sie haben recht, ich habe Cedric Norville nicht festgenommen«, sagte er. »Allerdings besteht auch nicht die Aussicht, dass ich das jemals tun werde. Er hat lückenlos nachgewiesen, dass er Calloway nicht umbringen konnte.«

Felicity wurde ohnmächtig.

Kapitel 17

Sie sackte gegen Daisys Schulter. Einen Moment lang hatte Daisy alle Hände voll zu tun, um zu verhindern, dass das Mädchen vom Sofa rutschte. Als sie sich schließlich umsehen konnte, reagierten alle auf Felicitys Ohnmacht, nicht auf Alecs Bekanntgabe.

Dora stürzte ängstlich herbei und rief: »Ach, mein armes Kind!«

»Typisch«, murrte Jemima giftig. »Sie versucht nur, sich wichtig zu machen.«

»Brandy!«, rief der Kapitän und ging zum Weinkeller. Daisy hatte Angst, dass er in der kleinen Tür steckenbleiben könnte. »Oder wohl lieber Sherry.«

»Riechsalz«, murmelte Mrs. Norville. »Irgendwo hatte ich mal welches.«

Inzwischen war Miles, der dritte auf dem Sofa, aufgesprungen. Mit seinem einen Arm versuchte er, die Beine seiner Schwester aufs Sofa zu heben, doch er verlor das Gleichgewicht. Ernie Piper eilte herbei, um zu helfen. Tom Tring merkte sich gewissenhaft die Mienen der Anwesenden. Daisy vermutete, dass er hinter seinem Schnauzbart amüsiert lächelte. Alec stand an der Tür, die dichten, dunklen Augenbrauen sarkastisch gen Himmel hochgezogen. Hinter ihm tauchte Mrs. Pardon auf und brachte den Kaffee herein.

Inzwischen lag Felicity etwas unbequem mit dem Kopf

auf Daisys Beinen. Sie kam allmählich zu sich und legte im besten Stil einer Filmdiva eine Hand auf die Stirn. Daisy erwartete schon, dass sie hauchen würde: »Wo bin ich?«

»Mir ist schlecht«, krächzte sie.

»Sagen Sie nichts!« Das war Tremayne in bester Anwalt-manier. »Ich wusste ja, dass ich Butterwick hätte anrufen sollen, obwohl Cedric Norville in Gewahrsam war.«

»Ich muss mich gleich …«

In zwei Sprüngen war Alec mit einer Schale vom Kaffee-tablett bei ihr, während Felicity sich vornüberbeugte und würgte. Mrs. Pardon warf einen angeekelten Blick auf die Szene und verschwand mit erhobener Nase.

»Zu meiner Zeit«, bemerkte Lady Dalrymple unbefangen, »lockerte man in solchen Fällen das Korsett eines Mädchens. Aber heutzutage tragen sie vermutlich nichts, was diesen Namen verdient.«

»Sie war weder zum Frühstück noch zum Lunch hier.« Dora rang die Hände. »Kein Wunder, dass sie umgekippt ist, mein armes Kind.«

»Sherry.« Die Pranke des Kapitäns, die ein Glas mit bernsteinfarbener Flüssigkeit hielt, drängte sich zwischen die Umstehenden.

»Nicht auf leeren Magen«, sagte Daisy. »Und Kaffee auch nicht, finde ich. Heiße Milch könnte helfen.«

Tom Tring hatte schon eine Tasse eingeschenkt. Er reichte sie weiter, doch Felicity sagte: »Nein, bitte, ich will nur etwas Ruhe und mich mit geschlossenen Augen hinle-gen.«

»Ich trage dich hinauf in dein Zimmer, Liebes«, sagte ihr Onkel und stürzte den Sherry hinunter, auf dass er nicht verschwendet war. Er hob Felicity auf die Arme und ging zur Tür.

»Daisy?« Alec nickte zu den beiden hinüber.

Daher folgte ihnen Daisy nach oben. Die Milch nahm sie für alle Fälle mal mit.

Der Kapitän legte Felicity auf ihr Bett und tätschelte ihre Hand. »Gräm dich nicht, Kind, es wird sich alles zur rechten Zeit aufklären, wirst schon sehen.«

Er ging. Daisy konnte Felicity überreden, die Milch zu trinken, und ihre blassen Wangen nahmen wieder einen Hauch von Farbe an.

»Danke, Daisy. Jetzt geht es mir schon ein bisschen besser. Ich habe es einfach nicht ausgehalten, dass mich alle anstarrten, nachdem ich mich doch ganz und gar lächerlich gemacht habe. Erst stolpere ich in den verflixten Bach, dann breche ich in Tränen aus und falle in Ohnmacht! Ist das nicht alles ganz schrecklich viktorianisch?«

»Zu viktorianisch, um es auszusprechen«, stimmte ihr Daisy freiweg zu. »Warum sind Sie in Ohnmacht gefallen?«

Felicity überlegte. »Wissen Sie, ich glaube, es war der Schock der Erleichterung. Also, jetzt sind wir alle wieder in Nöten, aber ich konnte nur an eines denken: Cedric ist nicht der Mörder. Ich nehme an, das bedeutet, dass ich ihn wirklich liebe, oder?«

Ihr Blick wurde träumerisch, und ein kleines Lächeln umspielte ihre Lippen.

»Es klingt nach der wahren Liebe.«

Der träumerische Blick verschwand wieder, und Felicity sagte nüchtern: »Leider sieht die Realität so aus, dass ich ihn nicht nur verraten habe, indem ich glaubte, er könne Calloway getötet haben, sondern wir scheinen ja einen Mörder in der Familie zu haben, um noch eins draufzusetzen. Selbst wenn er mich noch heiraten möchte, werden ihn seine Eltern nicht lassen, niemals!«

»Wir leben im Jahr 1923«, sagte Daisy. »Darüber hinaus kann ihn sein Vater nicht enterben, weil er und Cedric von Lord Westmoor abhängig sind. Es ist der Earl, den Cedric überreden muss. Ich würde die Hoffnung noch nicht aufgeben, wenn ich Sie wäre.«

»Aber Lord Westmoor ... O, herein!«, rief sie, als jemand an die Tür klopfte.

Jemima kam hereinstolziert. »Mummy hat gesagt, ich soll dir die bringen«, sagte sie und stellte einen Teller mit trockenen Keksen auf den Nachttisch. Sie stolzierte wieder hinaus und zog die Tür hinter sich zu.

»Schreckliches kleines Biest«, sagte Felicity verärgert. »Schauen Sie doch bitte mal nach, ob die Tür richtig geschlossen ist, Daisy.«

War sie nicht. Daisy schloss sie mit einem hörbaren Klicken. Als sie sich umdrehte, knabberte Felicity bereits an einem Keks. »Mütter wissen immer Rat«, bemerkte Daisy mit einem Lächeln, doch eigentlich war sie von diesem Spruch nicht überzeugt, zumindest nicht in ihrem Fall.

Felicity nahm einen großen Bissen, kaute mehrmals, schluckte die Krümel hinunter und sagte, wobei sie es vermied, Daisy anzusehen: »Glauben Sie, Mutter weiß, wer Calloway umgebracht hat?«

»Halten Sie das für möglich?«

»Sie ahnt es vielleicht, nehme ich an. Sie würde den Mörder jedoch nicht verraten.«

»Was glauben Sie denn, wer es war?«

»Es ist doch auch meine Familie! Wenn ich es wüsste, würde ich es nicht sagen. Aber zufällig habe ich auch keinen Schimmer.«

Daisy glaubte ihr.

*

»Du hast ihr geglaubt?«, fragte Alec.

Daisy war zu ihm, Tom und Ernie Piper in das Speisezimmer getreten. Tom hatte von seinen Befragungen der Dienerschaft berichtet, die nichts Neues ergeben hatten.

Als Daisy kam, hatte Alec gerade angefangen, seine Notizen von den ersten Verhören erneut durchzugehen. Am Morgen hatte er Tom und Ernie nur einen kurzen Überblick über die Situation und die beteiligten Personen geben können. Nach weiteren Details, so hoffte er, fiel ihnen vielleicht etwas auf, was ihm entgangen war. Außerdem frischte er so sein Gedächtnis auf, ehe er sich alle noch einmal vornahm.

Felicity war die Erste gewesen, mit ihrem Geständnis von ihrem heimlichen Liebhaber – ein erzwungenes Geständnis, denn Jemima hatte die Katze ja schon aus dem Sack gelassen.

»Ja, ich habe ihr geglaubt«, sagte Daisy. »Sie ist eine schlechte Lügnerin. Das war doch eindeutig. Erinnerst du dich nicht, wie sie abstritt, dass Cedric gestern Abend kommen würde?«

»Stimmt«, gab Alec zu, »allerdings ist es ihr gelungen, ihre Familie ziemlich lange zu täuschen.«

Daisy runzelte die Stirn. »Ja, das habe ich übersehen. Ich habe ihr gesagt, du würdest auf jeden Fall noch mit ihr reden wollen. Sie war zuerst ganz unnachgiebig und wollte dir keinesfalls helfen, die Tat jemandem aus der Familie anzuhängen. Ich habe ihr klargemacht, wenn der Schuldige nicht gefunden würde, dann würde die gesamte Familie ihr restliches Leben lang unter Verdacht stehen.«

»Gut gemacht. Diese Richtung kann ich bei jedem einschlagen, der Vorbehalte hat.«

»Ich gehe davon aus, Mrs. Fletcher«, brummte Tom,

»dass Sie nicht glauben, Miss Norville sei es selbst gewesen.«

»Nein. Ich weiß, dass sie so was wie ein Motiv hatte – dafür zu sorgen, dass Cedric den Titel erben würde –, aber sie war so im Zwiespalt bezüglich ihrer Gefühle für ihn, ich kann einfach nicht glauben, dass sie so etwas Drastisches gemacht hat.«

»Cedric ist genauso unsicher über ihre Gefühle für ihn«, sagte Alec. »Er rechnet nicht fest damit, dass sie ihn heiraten will. Und er ist ein noch schlechterer Lügner als sie.«

»Obwohl er ja seine Familie auch im Unklaren über Felicity gelassen hat«, sagte Daisy trocken.

Alec grinste. »Ein Punkt für dich. Aber ich stimme dir zu, ihr Motiv ist nicht stichhaltig.«

»Aber Chief«, protestierte Piper »die meisten anderen hatten nicht einmal annähernd so viel Grund, den alten Knaben umzulegen, oder? Scheint doch eher so, als hätten sie alles getan, um ihn am Leben zu halten. Schließlich hätte er beweisen können, dass sie nicht in wilder Ehe geboren sind.«

»Genau, Ernie. Keine Sorge, Miss Norville steht immer noch weit oben auf der Liste. Ich werde sehen, ob ich noch etwas mehr aus Jemima herauskitzeln kann, mit der sie ja ein Zimmer teilt.«

»Wenn Jemima etwas weiß, das zu Felicitys Nachteil ist«, sagte Daisy, »dann musst du nicht lange kitzeln.«

»Es sei denn, sie hält es in der Hinterhand, was noch so eine unangenehme kleine Gepflogenheit von ihr ist. Aber zu ihr kommen wir gleich.« Er blickte auf die Notizen, die Daisy für ihn mitgeschrieben und von ihrer unleserlichen Stenografie abgetippt hatte. »Erst kommt Miles. Er hat das Zimmer mit seinem Großvater geteilt.«

»Das ist Mr. Tremayne, stimmt's, Chief?«, erkundigte sich Tom. »Hat er Mr. Miles ein Alibi gegeben?«

»Nein. Angeblich nimmt er etwas gegen sein Rheuma ein, das ihn tief schlafen lässt. Andererseits scheint er rüstig genug, und es macht ihm nichts aus, zu Fuß von und nach Calstock zu gehen.«

»Wahrscheinlich macht ihn eher das Liegen steif und bereitet ihm Schmerzen«, sagte Tom. »Bewegung hilft. So geht es meiner Alten zumindest.«

»Das wird wohl so sein. Was die Frage aufwirft, ob Tremayne in jener Nacht vielleicht nichts genommen hat und aufgewacht ist und das Gefühl hatte, sich bewegen zu müssen? Zum Beispiel, um zur Kapelle zu gehen.«

»Miles kann ihm auch kein Alibi geben?«, fragte Daisy.

»Nein, er sagt, er schläft immer tief und fest. Es könnte also jeder von ihnen sein. Miles hat das stärkere Motiv, Calloway am Leben zu halten, sonst ist sein Vater der Uneheliche. Für Tremayne gilt mehr oder weniger das Gleiche in Bezug auf den Mann seiner Tochter, aber immerhin hat er ja zugestimmt, dass sie ihn heiratet.«

»Und beide wussten von George Norvilles Tod«, sagte Daisy, »daher wussten sie auch, dass die Bestätigung der Ehe bedeutete, dass Victor den Grafentitel erben würde und nach ihm wahrscheinlich Godfrey und dann Miles.«

»Womit keiner von ihnen das leiseste Motiv hatte, Calloway zu ermorden.«

»Halt, warten Sie mal, Chief«, sagte Tom, »soll das heißen, dass nicht alle von Lord Westmoors Tod wussten? Das haben Sie uns nicht gesagt.«

»Nicht? Tut mir leid! Tremayne und Miles wussten davon sowie Miss Norville und Lady Dalrymple, die uns und dem Rest der Familie die Nachricht dann schließlich beibrachte.«

»Miss Norville wusste, dass ihr Onkel, dann ihr Vater und dann ihr Bruder den Grafentitel erben würde?« Tom schüttelte den Kopf. »Dann verstehe ich nicht, wieso sie Calloway umlegen sollte, nur damit Mr. Cedric den Titel stattdessen erbt. Allerdings habe ich schon erlebt, dass jemand aus viel dämlicheren Gründen umgebracht wurde, aber das ergibt in diesem Fall doch keinen Sinn.«

Daisy nickte zustimmend. »Vor allem, nachdem sie Cedric bereits gesagt hatte, sie wolle ihn nicht wiedersehen – sie konnte also nicht mehr damit rechnen, ihn zu heiraten.«

»Also gut«, sagte Alec, »wir haben ja schon gesagt, dass Felicity eher nicht in Frage kommt, ebenso wenig Miles oder Tremayne. Wen habe ich nach Miles verhört?«

»Liebling«, sagte Daisy zögernd, »es ist schrecklich verwirrend, wie alle mit allen verbunden sind, falls du verstehst, was ich meine. Wir haben bisher nur deine Verhöre mit Felicity und Miles besprochen, und trotzdem sind fast alle anderen dabei aufgetaucht. Ich glaube, es wäre einfacher, sich erst mal mit den Möglichkeiten, den Motiven und den Gelegenheiten zu beschäftigen, als die Personen auf der Liste nach und nach durchzugehen. Dann würde uns vielleicht nicht so leicht was Wichtiges entgehen.«

Wie vorherzusehen war, unterstützte Piper sie. »Ich bin auch schon ganz durcheinander, Chief.« Er zeigte eine Seite seines Notizblocks. Die Zeilen mit den säuberlichen Kurzschriftsymbolen waren verunstaltet von Kringeln und Pfeilen.

Alec seufzte. »Da magst du recht haben, Daisy. Versuchen wir es so herum.« Er sah Tom finster an, dessen Schnauzbart wieder mal gezuckt hatte, was seine Belustigung verriet. »Die Frage nach der Möglichkeit ist einfach zu beantworten, nachdem Cedric aus dem Rennen ist. Jeder im Haus konnte das Messer vom Dielentisch nehmen.«

MÖGLICHKEIT schrieb Piper oben auf eine neue Seite. JEDER, setzte er darunter und blätterte um. MOTIV war seine nächste Überschrift.

»Das Motiv gehen wir zuletzt an«, sagte Alec, »weil es das komplexeste der drei Punkte ist. Jetzt erst mal Gelegenheit.«

Piper strich MOTIV gewissenhaft aus und schrieb stattdessen GELEGENHEIT hin. Toms Schnauzbart zuckte wieder.

»Lasst uns über die genaue Tatzeit nachdenken« fuhr Alec fort. »Wir haben noch kein medizinisches Gutachten, und die Zeit, die verging, ehe der Tote gefunden wurde, macht spontane Einschätzungen so gut wie wertlos. Calloway hatte gesagt, er wolle um die Stunde von Christi Geburt beten gehen, die allgemein, aus welchem Grund auch immer, auf Mitternacht angesetzt wird. Jeder, der einen Mord plante, würde es nicht viel später versuchen, falls der Reverend doch schon ins Bett zurückgekehrt wäre.«

»Das ist aber ziemlich früh, Chief«, sagte Tom, »gerade an einem Feiertag.«

»Nicht früh für Brockdene. Lady Dalrymple hat bereits um zwanzig vor elf gegähnt, mitten in einer Partie Bridge, und gegen viertel nach hatten sich alle zurückgezogen. Keiner hat ein Alibi. Es müssen auch noch ein paar mehr Punkte beachtet werden. Felicity, zum Beispiel – wenn sie das Zimmer verlassen hätte, hätte Jemima das wahrscheinlich erwähnt, es sei denn, sie hat zu fest geschlafen, um es zu merken.«

»Jemima folgte Felicity häufig zur Kapelle«, betonte

Daisy. »Sie muss oft wachgeblieben sein und darauf gewartet haben, dass Felicity geht.«

Alec kehrte zu den Notizen dieses Verhörs zurück. »Felicity war ziemlich sicher, dass Jemima fest schlief, als sie nach oben kam.«

»Ach so, ja, das hatte ich vergessen.«

Piper unterbrach sein Kritzeln und fragte: »Dann ist Miss Jemima also früher zu Bett gegangen?«

»Ja«, sagte Daisy. »Sie wird immer um halb zehn zu Bett geschickt.«

»Wie dem auch sei, beide haben kein Alibi«, sagte Alec ungeduldig. »Genauso wenig wie Miles und Tremayne, obwohl sie ein Zimmer teilten. Ich halte alle vier für kräftig genug, um die Tat auszuführen.«

»Mr. und Mrs. Godfrey Norville?«, fragte Tom. »Haben sie getrennte Zimmer?«

»Nein, ein gemeinsames, aber sie behauptet, sie habe ein Schlafmittel genommen, was er bestätigt. Also scheidet sie entweder aus, oder er lügt, um sie zu schützen. Glaubst du, dass sie körperlich in der Lage wäre, Daisy?«

»Ich glaube schon. Ich weiß jedoch nicht, ob er für sie lügen würde. Er ist ziemlich egozentrisch.«

»Wem sagen Sie das!«, rief Piper aus. »Wie der so einfach abgehauen ist, als sich alle um Miss Norville bemühten!«

»Tat er das?«

»Ja, er ist einfach weggelatscht. Ich hätte ihn ja aufgehalten, aber ich dachte mir, er würde nicht weit kommen.«

»Bestimmt zu seinen Antiquitäten zurück«, sagte Daisy spitz. »Wie auch immer, er verbürgt sich für Dora, was sie im Gegenzug nicht kann. Wer weiter?«

»Der Kapitän«, sagte Alec. »Er hatte ein Zimmer für sich. Und die alte Dame.«

»Mrs. Norville sieht nicht so aus, als ob sie kräftig genug

ist, so weit zu gehen«, wandte Piper ein, »und schon gar nicht, um dann noch einen Mann zu erstechen.«

»Sie ist nicht so gebrechlich, wie sie aussieht«, sagte Daisy, »aber das wäre dann doch ein wenig zu viel für sie, findest du nicht auch, Chief? Im Dunkeln und auf so rutschigen Wegen?«

»Ich bin geneigt, Mrs. Norville auszuschließen«, räumte Alec ein. »Das ist alles zum Thema Alibi, Ernie. Alles mitgeschrieben? Dann zu den Motiven. Miss Norville haben wir schon abgehakt. Kann sich jemand ein Motiv für Miles vorstellen, das schwerer wiegt als sein verständliches Interesse, dass Calloway die Heirat seiner Großmutter bestätigt?«

Daisy schüttelte den Kopf so heftig, dass ihre kurzen Locken wie bronzefarbene Chrysanthemen in einer Brise hüpften. »Er ist ganz zufrieden mit seinem Beruf und würde wohl nicht töten und diesen Beruf aufs Spiel setzen, nur um Earl zu werden. Und er wirkte leicht amüsiert über Calloways Hetzreden, nicht besonders verärgert und schon gar nicht aufgebracht.«

»Die Diener sagen, er sei ein gutartiger Kerl«, berichtete Tom, »auch wenn er ein paar eigenartige Ansichten über die Deutschen hat. Und er klammert sich nicht an Kriegsneurosen oder glaubt, von Feinden umgeben zu sein.«

»Von einer Kriegsneurose konnte ich bei ihm nichts feststellen«, stimmte ihm Alec zu. Er dachte an das deutsche Weihnachtslied, das Miles so ernst vorgetragen hatte, und an seine Nachsicht mit Cedric, den er ja aus gutem Grund verabscheuen könnte. »Und er wirkt auch nicht rachsüchtig. Was haben die Bediensteten über Miss Jemima gesagt, Tom?«

»Gehässig. Zänkisch. Hegt einen Groll. Hinterhältig – sie lauscht an Türen.«

»Das hat sie sich zur Gewohnheit gemacht«, sagte Daisy, die leicht rot geworden war. Alec vermutete, dass sie selbst auch ein wenig gelauscht hatte, für eine gute Sache natürlich. »Ich habe sie bei dem Guckloch im Südzimmer erwischt, wo sie zugehört hat, wie Godfrey und Victor sich in der Halle gestritten haben.«

»Guckloch?« Piper hielt inne beim Schreiben.

Daisy erklärte die mittelalterlichen Gucklöcher, die Alec bisher noch nicht untersucht hatte. Er war allerdings mehr an dem Streit interessiert.

»Von einem Streit hast du noch gar nichts erzählt. Um was ging es da?«

»Entschuldige, Liebling, das hatte ich schon berichten wollen, aber dann sind andere Dinge dazwischengekommen. Es erschien mir auch nicht so wichtig, weil ich nicht hören konnte, was sie sagten. Oder schrien. Jemima wollte es mir nicht erzählen. Ich glaube aber, es hatte nichts mit Calstock zu tun. Der Kapitän hat mir erzählt, dass Godfrey sich weigert, Mittel anzunehmen, damit die Familie besser durchkomme, darum ging es wahrscheinlich.«

»Möglich, aber ich wüsste es doch lieber genau. Wenn ich aus Jemima nichts rauskriege, dann frage ich die Streithähne persönlich. Erinnere mich daran, Ernie.«

»In Ordnung, Chief.«

»Wo waren wir stehengeblieben? Jemima und Motiv. Sie hatte das Gefühl, dass Calloway das Weihnachtsfest vermasselte, und sie versuchte, ihn mit einem dummen Trick zu vertreiben. Er vereitelte das jedoch und brachte ihr Ärger bei ihren Eltern ein, da war sie dann natürlich doppelt sauer auf ihn.«

»Sie hat ihn gehasst«, sagte Daisy direkt, »und sie ist jähzornig, aber ich bezweifle, dass das so lange anhalten würde, um einen kalten, dunklen Spaziergang durch den Wald zu wagen. Und ich bin auch nicht davon überzeugt, dass sie an kaltblütigen Mord denken würde, um Calloway loszuwerden. Sie ist sehr naiv und kindisch. Eher würde sie eine Schnur über die Treppe spannen und hoffen, dass er sich ein Bein bricht, und dabei würde sie gar nicht bedenken, dass es auch der Hals sein könnte. Außerdem muss sie doch gewusst haben, dass er nach Brockdene gekommen war, um ihrer Familie zu nützen, einschließlich ihrem Vater, der der Einzige zu sein scheint, den sie überhaupt mag.«

»Einwände notiert«, sagte Alec, »aber Jemima hatte ein Motiv, und ihr fehlen meiner Meinung nach die Einsicht und Reife, die Konsequenzen zu erkennen. Was ist mit ihrer Mutter? Tom?«

»Gutartig, aber unbrauchbar und uneffektiv, Chief.«

»Vorsicht, Ihr gehobener Wortschatz scheint durch.«

Tom grinste. Er war außergewöhnlich geschickt, wenn er Dienstboten befragte, aber sehr wohl auch in der Lage, mit der Oberschicht zurechtzukommen, wenn nötig. Wie sein modischer Geschmack so führte auch seine Umgangssprache oft dazu, dass man ihn unterschätzte. »Dora Norville hat es nie geschafft, sich gegenüber ihren Kindern durchzusetzen«, fuhr er fort, »und von Mr. Godfrey hat sie auch keine Hilfe bekommen.«

»Warum überrascht mich das nicht?«, fragte Daisy rein rhetorisch, immerhin schnaubte sie nicht verächtlich, dazu war sie dann doch zu damenhaft. »Es hätte Dora leidgetan, Brockdene zu verlassen, aber sie hätte wohl kaum ...«

»Was?«, fragte Alec ungehalten.

»Sie hat mir erzählt, dass sie Brockdene als Kind immer aus der Ferne angehimmelt hat, und sie hält es für ein Privileg, hier wohnen zu dürfen. Ich habe überlegt, ob sie Godfrey nur aus diesem Grund geheiratet hat. Aber sie würde wohl kaum so weit gehen, einen Geistlichen zu ermorden, um hierbleiben zu können, vor allem ...«

»Aber warum hätte sie denn überhaupt ausziehen müssen?«

»Oje«, sagte Daisy schuldbewusst, »da ist mir jetzt eben erst wieder eingefallen. Das Testament des sechsten Earls. Mrs. Norville darf auf Lebenszeit auf Brockdene leben, aber nur, solange sie keinen Staub aufwirbelt und zu beweisen versucht, dass sie tatsächlich mit Albert verheiratet war.«

»Was genau das ist, was Victor mit Calloways Hilfe zu tun versuchte.«

»Ich hätte nicht angenommen, dass der derzeitige Earl so mies wäre, sie hinauszuwerfen – *noblesse oblige* heißt es ja schließlich –, so wie er sich Mutter gegenüber verhalten hat. Aber wenn das stimmt, was man mir erzählt hat, hätte er das Recht, sie alle hinauszuwerfen, sobald der Kapitän den Ball ins Rollen brachte. Wenn Mrs. Norville allerdings stirbt, müssen sie alle sowieso gehen. Dann ziehen sie wohl zu Tremayne, nehme ich an.«

»Ich habe gehört«, sagte Tom, »dass Mr. Tremayne oft hier ist und dass alle recht gut mit ihm auskommen. Klingt mir nicht so, als ob Dora Norville morden würde, um nicht zu ihrem Vater zurückzumüssen, vor allem, wenn sie das letzten Endes sowieso muss, egal, was kommt. Und das Gleiche gilt für die anderen auch.«

»Tremayne hat vielleicht keine Lust, eher als nötig für sie sorgen zu müssen«, überlegte Alec, »aber das ist ja auch kein echtes Mordmotiv.«

»Der Kapitän hat mir erzählt, dass er und Tremayne sehr wohl bereit und auch in der Lage sind, allen ein bequemes Leben zu ermöglichen. Godfrey wird nur ungern von ihnen abhängig sein, aber wie Tom sagte, so wird es mal ausgehen, komme, was da wolle.«

»Das können wir also auch ausschließen«, sagte Alec. »Ich kann mir auch kein anderes Motiv für Tremayne vorstellen. Er schien doch nicht besonders verärgert über Calloways Fanatismus, oder, Daisy?«

»Hmm? Entschuldige, ich war in Gedanken.«

»Calloways Faseleien haben Tremayne nicht erzürnt.«

»O nein, nicht besonders. Nur Jemima und der Kapitän waren richtig aufgebracht.«

»Ja«, bestätigte Alec, »und den Kapitän hat aufgebracht, dass Calloways Missbilligung so stark sein könnte, dass er sich gezwungen sähe, die Heirat doch nicht zu beglaubigen.«

»Ah.« Tom überlegte einen Moment. »Sie sagten, dass er deswegen beten gehen wollte, Chief? Mir erscheint es möglich, dass Kapitän Norville ihm nachgegangen ist, um herauszufinden, wofür er sich entschieden hatte. Der Kapitän ist aufbrausend? Kocht hoch und kühlt wieder ab, sozusagen.«

»Stimmt.«

»Dann sagt ihm der Reverend: ›Tut mir leid, Junge, ich kann das nicht‹ – dreht sich nicht mal um, als er das sagt, was die Sache nur noch schlimmer macht –, und der Kapitän explodiert und sticht zu.«

»Die Frage dabei ist nur, warum der Kapitän das Messer dabeihatte, wenn er Calloway im Eifer des Gefechts tötete, in einem Wutanfall?«

»Das ist einfach, Chief. Das ist doch ein Seemannsmesser, nicht? Kapitän Victor Norville war Seemann. Er geht im Stockdunklen los in den Wald, der ihm wahrscheinlich mehr Angst macht als bei einem Sturm auf dem Deck zu sein. Sein Blick fällt auf das Messer, als er durch die Halle geht. Gewöhnlich hat er auch so eines bei sich. Er nimmt es also an sich für den Fall, dass ihm einer von den entlaufenen Häftlingen oder Irren oder Deserteuren oder ganz normalen Landstreichern begegnet. Als er die Fassung verliert, hat er das Messer dabei – und schwupps, schon ist Calloway tot.«

Kapitel 18

Belinda fand es allmählich ein bisschen langweilig, Detektiv zu spielen. Sie schlurfte durch das raschelnde trockene Laub und überlegte, ob es Daddy wirklich Spaß machte, ständig Detektiv zu sein. Er musste allerdings nicht oft durch den Wald laufen und nach Lumpen und Zeug zu suchen, soweit sie wusste.

Bei der inzwischen zweiten Spurensuche hatten sie, Derek und Nana nichts gefunden außer zwei leeren Bierflaschen. Nana fand ständig Stöcke, die sie Bel oder Derek zum Werfen anbrachte. Da kam sie gerade schon wieder und zog ein Stück Ast, das so groß war, dass sie es nicht ganz aufheben konnte, hinter sich her. Derek ergriff ein Ende, und sie machten eine Art Tauziehen. Belinda hatte den Eindruck, dass Derek allmählich ebenfalls genug hatte vom Detektivspielen, auch wenn er es nicht zugeben wollte.

Sie sah den beiden zu. Und dabei fiel ihr dort, wo Nana mit den Pfoten das Laub aufwühlte, etwas Schimmerndes auf.

»Stopp! Schau mal!«, rief sie und rannte hin, um es aufzuheben. Als sie es herumdrehte, glitzerte es, obwohl die Sonne nicht schien. Es sah aus wie eine Schuhschnalle, die ganz mit Glitzersteinen besetzt war.

»O Mann«, hauchte Derek ehrfurchtsvoll, »Diamanten! Muss von einem Piratenschatz sein.«

»Hier hat es Schmuggler gegeben, keine Piraten«, wandte Bel ein.

»Ich wette, es hat auch Piraten gegeben. Die sich mit den Schmugglern verbündet haben. Auf jeden Fall sind die Schmuggler so reich geworden, dass sie Diamanten auf ihre Schuhe machen konnten, nur um anzugeben.«

»Glaubst du, dass das echte Diamanten sind? Wenn jemand so viele Diamanten verloren hätte, dann würde er doch so lange danach suchen, bis er sie gefunden hätte, meinst du nicht?«

Derek nahm ihr das Ding ab und drehte es herum. »Das müssen Diamanten sein. Sieh doch, wie sie blinken, und sie sind nicht farbig wie Rubine oder Smaragde.«

»Es könnten doch auch Imitationen sein, verstehst du, wie die Diamanten, die wir im Naturkundemuseum gesehen haben. Meine Gran hat eine Hutnadel, die so glitzert wie das hier, aber sie sagt, dass es Strasssteine sind, keine Diamanten.«

»Puh«, seufzte Derek, »kann schon sein. Aber sie könnten doch echt sein, und überhaupt, ich wette, es ist ein wichtiges Beweisstück. Wir sollten es gut verwahren. Hier, steck es in deine Tasche«, sagte er großzügig. »Aber wenn Onkel Alec es nicht als Beweisstück braucht, dann nehmen wir es als Piratenschatz. Lass uns doch Piraten spielen, wenn wir fertig sind mit dem Suchen nach Beweisen. Ich sag dir was, ich würde Jemima gerne über die Planke gehen lassen.«

Hinter einem Baum in der Nähe kreischte es. Jemima sprang hervor und rief: »Ich habe gehört, was ihr gesagt habt! Das ist Mord! Ich wette, *ihr* habt Mr. Calloway ermordet. Das sage ich.« Sie rannte auf das Gartentor zu.

»Mist!«, sagte Derek und sah ein bisschen erschrocken aus. »Das hab ich doch nicht ernst gemeint.«

»Keine Sorge, Daddy glaubt ihr bestimmt nicht. Komm, lass uns noch mehr ... Schau mal, Nana hat was. Nana, bei Fuß!«

Aber Nana kam einfach nicht. Als Belinda das frisch gelernte Pfeifen versuchte, kam kein Ton zwischen ihren Lippen hervor, sosehr sie die Wangen aufblies. Allerdings nahm Nana von Dereks ohrenbetäubendem Pfeifen ebenfalls keine Notiz. Sie sprang mit etwas Langem, schmutzig Weißem davon, das ihr aus dem Maul hing. Die Kinder rannten ihr nach. Als Nana weit genug voraus war, um sich sicher zu fühlen, setzte sie sich hin, um das Ding durchzukauen. Derek schlich sich an und stürzte sich auf sie. Sie ließ ihr Fundstück ohne Gegenwehr fallen und rollte sich auf den Rücken, um sich am Bauch kraulen zu lassen.

Derek hielt ihren Fund hoch; weiße Kunstseide mit Spitzenbesatz. »Was ist das?«, fragte er verständnislos.

Belinda kicherte. »Ein Spitzenhemdhöschen! Wie kommt das denn hierher?« Dann hatte sie plötzlich einen furchtbaren Gedanken. »O Derek, glaubst du, dass der Mörder auch eine Frau umgebracht und sie im Wald verscharrt hat?«

»Quatsch. Es wird doch keine Dame vermisst, oder?« Er sah sich um, allerdings nicht so, als fürchte er, ein Mörder könnte sich hinter ihm anschleichen, sondern eher, als wollte er sicher sein, dass keiner zuhörte. »Es gibt schlimme Frauen«, flüsterte er, »die mit einem Mann in den Wald gehen und sich *ausziehen*. In der Schule haben sie darüber getuschelt.«

»Warum?«, fragte Belinda zweifelnd.

»Vielleicht, um zu tanzen. Männer schauen Frauen, die nicht viel anhaben, gerne beim Tanzen zu«, sagte Derek mit Kennerstimme. »Puh, Bel, glaubst du, dass das Tante Felicity gehört?«

Die Vorstellung ließ beide losprusten.

Nana war inzwischen ohne das Höschen schnüffelnd weitergelaufen. Jetzt kam sie angesprungen und legte den Kindern noch einen Fund zu Füßen. Bel hob ihn auf.

»Das ist der fehlende Handschuh von dem Paar.«

»Von welchem Paar?«

»Von dem wir schon den ersten gefunden haben, weißt du nicht mehr?«

»Ach so, der Fäustling.« Derek runzelte die Stirn. »Ja, aber der war nicht bei dem Zeug, das wir deinem Vater gezeigt haben. Wir haben ihn doch nicht in die Mülltonne gesteckt, oder?«

»Ich glaube nicht. Das hätten wir sicher nicht gemacht. Nana ist wahrscheinlich damit abgehauen und hat ihn vergraben.«

»Dummer Hund. Lass mal sehen.« Er nahm den feuchten Fäustling und untersuchte ihn. Er war blau und grau gestreift und hatte einen braunen Fleck an der Seite. »Blut!«, sagte Derek mit Geisterstimme.

»Es ist aber nicht rot.«

»Nein, natürlich nicht. Du weißt doch, wenn du dich schneidest oder schürfst, kommt ein Pflaster drauf. Und wenn man es wieder abmacht, ist es innen blutig und braun.«

»Ich schau da nie hin«, sagte Belinda.

»Aber so ist es«, beharrte Derek. »Und schau mal, der Rest ist gar nicht schmutzig, der Handschuh hat also noch nicht lange hier gelegen. Wie bringen ihn am besten gleich zu Onkel Alec. Und das Spitzen-Ding auch, für den Fall, dass noch keiner gemerkt hat, dass eine Dame fehlt. Das kannst du tragen. Zusammen mit der Schuhschnalle, vielleicht gehört die ihr ja auch, und sie wurde von einem Räuber ermordet. Komm!«

*

»Sie glauben also, dass Kapitän Norville unser Mann ist, Tom?«, fragte Alec.

»Aye, Chief, und es tut mir irgendwie leid. Er wirkt wie ein netter Kerl, kümmert sich um seine Mutter und so. Wenn er richtig nachgedacht hätte, wäre ihm wohl aufgegangen, dass er nichts davon hätte, Calloway umzubringen. Bestimmt hat er es sofort bereut.«

»Zu spät. So oder so, leider war wohl der leichte Zugang zu dem Messer der entscheidende Faktor. Was meinst du, Daisy?«

»Wie?«

»Hast du nicht zugehört?«, fragte Alec etwas pikiert. Daisy bestand doch immer darauf, beteiligt zu werden. Zugegebenermaßen war sie auch manchmal hilfreich, aber das mindeste war doch, dass sie zuhörte!

»Nein, entschuldige, Liebling, ich war in Gedanken.«

»Ging es um Kapitän Norville?«

»Um den Kapitän?«, fragte sie erstaunt. »Gütiger Himmel, nein.«

»Tom hat gerade eine sehr überzeugende Anklage gegen ihn vorgebracht.«

»Nein, tut mir leid, Tom, aber er war es nicht. Das heißt, ich habe nachgedacht und bin ziemlich sicher ...«

»Daddy!« Belinda platzte herein und unterbrach die Runde aufgeregt ohne ihre übliche wohlerzogene Zurückhaltung. (Hatte Daisy einen schlechten Einfluss auf sie, wie Alecs Mutter ständig andeutete?) Sie wedelte mit einem schmutzigen weißen Stück Stoff – Grundgütiger, ein intimes Bekleidungsstück! Piper wurde rot.

Derek folgte Bel, genauso überstürzt. »Wir haben ein paar echte Beweisstücke gefunden!«, verkündete er. »Schau mal!« Er ließ einen wollenen Fäustling vor Alec auf den Tisch fallen.

»So einen haben wir schon mal gefunden. Derek glaubt, da ist Blut dran.«

»Und er ist sonst noch ziemlich sauber, jemand hat ihn vor noch nicht so langer Zeit verloren. Wir hatten den anderen auch, Onkel Alec, aber leider, leider hat Nana ihn wohl vergraben oder zerkaut oder so was. Ist das Blut? Was meinst du?«

Alec musterte den rostbraunen Fleck. »Könnte sein«, gab er vorsichtig zu und reichte den Handschuh an Tom weiter.

Tom zog sein Vergrößerungsglas heraus, was Derek zugleich in Ehrfurcht erstarren und frohlocken ließ. Er hielt den Atem an und wartete auf Toms Urteil.

»Ich würde schon sagen, Chief. Er müsste natürlich zu den Jungs im Labor, um ganz sicher zu sein.«

»Wo habt ihr den gefunden?«

»Wir waren nahe beim Weg, Daddy, der zur Kapelle führt.«

»Nicht weit von der Kapelle, aber genaugenommen haben wir ihn nicht selbst gefunden. Nana hat ihn angebracht, aber ich glaube nicht, dass sie sehr weit weg war. Wir könnten euch zeigen, wo wir waren, nicht, Bel? Bel hat gesagt, wir sollten uns die Bäume ansehen und sie uns genau merken.«

»Gut gemacht, Belinda.«

Die Wangen seiner Tochter wurden so rot, dass die Sommersprossen ganz verschwanden. »Ist das ein echtes Beweisstück, Daddy?«

»Das könnte wirklich so sein.«

»Es ist eines«, sagte Daisy überzeugt. »Liebling, ich würde es für eine gute Idee halten, wenn die Kinder mit Mr. Piper dorthin gehen, wo Nana es gefunden hat.«

Alec vermutete, dass sie die Kinder aus dem Weg haben

wollte, während sie ihre Theorie darlegte. Es konnte ja auch nicht schaden, wenn Ernie ginge und den Ort begutachtete, nur falls sich herausstellte, dass der Handschuh von Bedeutung war. Der mögliche Blutfleck war am äußeren Rand der Handfläche, weit weg vom Daumen, an der richtigen Stelle, wenn man annahm, dass der Mörder das Messer in der Faust gehalten hatte, um damit von oben nach unten zuzustoßen.

»Detective Constable Piper, machen Sie sich mit unseren beiden Zeugen zu dem Tatort auf, um die Gegend, wo das Beweisstück gefunden wurde, zu markieren und zu überprüfen.«

»Jawoll, Sir!«

»O Mann!«, hauchte Derek selig.

»Darf Nana auch mitkommen, Daddy? Wir haben sie in der Spülküche gelassen, weil wir nicht wussten, wo du bist.«

»Nein, Schätzchen, lass sie jetzt mal lieber hier. Das ist eine offizielle polizeiliche Untersuchung.«

»O Mann!«, sagte Derek wieder, und er und Belinda machten sich mit Ernie Piper auf.

»Ich schätze mal, dass sie tatsächlich Zeugen sind«, sagte Daisy und runzelte die Stirn. »Müssen sie wohl vor Gericht aussagen?«

»Nicht, wenn es nach mir geht«, versicherte ihr Alec. »Eine eidesstattliche Aussage wird wohl genügen. Aber das ist jetzt noch voreilig. Warum glaubst du, dass dieses besabberte Ding von Bedeutung ist?«

Daisy stelle eine Gegenfrage: »Erinnerst du dich, den zweiten Handschuh bei dem ganzen Zeug gesehen zu haben, das dir Bel und Derek gezeigt haben?«

»Nein. Haben sie sich das nur ausgedacht?«

»Tom, Sie haben noch mal hingeschaut, ehe Sie den

Müll, der am wenigsten in Frage kam, weggeworfen haben. Haben Sie so einen Handschuh gesehen?«

»Nein, Mrs. Fletcher«, sagte Tom voller Überzeugung.

»Ich schon. Nana hatte ihn im Maul und legte ihn mir vor die Füße.«

»Und dann ist sie damit fortgerannt und hat ihn eingebuddelt«, mutmaßte Alec.

»Das glaube ich nicht. Sie ist mit einem anderen Lumpen weggerannt, der ihr wohl mehr zusagte. Und ich glaube – ich bin sogar ziemlich sicher –, dass der Handschuh verschwunden ist, während Bel und Derek ihr nachjagten.«

»Puff, er hat sich in Luft aufgelöst!«

»Sarkasmus steht dir nicht, Liebling, wie meine alte Nanny zu sagen pflegte. Nein, zufällig hat sich Jemima zu der Zeit in der Nähe rumgetrieben und hat sich über die ›Beweisstücke‹ der Kinder lustig gemacht. Ich habe auf die Kinder geachtet und nicht auf sie. Ich glaube, sie hat den Handschuh, den sie selbst gestrickt hatte, identifiziert und ihn verschwinden lassen.«

»Du glaubst, dass Jemima Calloway umgebracht hat?«

»Das ist natürlich möglich«, sagte Daisy gedehnt, »aber nein, das glaube ich nicht. Sie hat die Fäustlinge für ihren Vater gestrickt. Ich glaube, sie wollte ihn schützen.«

»Na gut«, sagte Alec, dessen Skepsis nachließ, »dann lass uns mal deine Theorie hören.«

»In Ordnung«, sagte Daisy, erfreut über die aufmerksamen Zuhörer. »Es fängt damit an, wie ich in Brockdene ankam. Oje, das fühlt sich an, als ob es Monate zurückläge, wo es doch nicht mal eine Woche her ist. Godfrey war der Erste der Norvilles, der mir begegnete.«

Sie erinnerte sich, wie sie dem Jungen mit ihrem Gepäck in den Turm am Eingang folgte. Als sie den Hof vor der Halle betrat, war er verschwunden, und sie sah sich einer Unmenge von Türen gegenüber.

»Ich bin fälschlicherweise zu der Tür in die alte Halle gegangen«, sagte sie. »Godfrey öffnete sie. Noch ehe er sich mir vorstellte, fing er damit an, dass er sein Leben dem Studium des Hauses und seines Inventars widmete. Es schien ihm ganz normal vorzukommen, dass Lord Westmoors Personal sich um die Antiquitäten kümmerte und sich weigerte, den Bewohnern zu dienen. Als er klingelte, damit die Hauswirtschafterin käme und sich um mich kümmerte, erwartete er überhaupt nicht, dass sie auftauchen würde. Und als Mrs. Pardon dann doch kam, beschwerte er sich erst mal über einen Fleck, den er auf der Rüstung entdeckt hatte.«

»Ah«, sagte Tom verständnisvoll. Da Piper nicht da war, machte er Notizen.

Daisy merkte, dass sie nicht nur eine Theorie vortrug, sondern eine Zeugenaussage machte, die vielleicht vor Gericht wiederholt werden musste. Sie musste nicht ausführen, was sie daraus folgerte. Tom und Alec zogen offensichtlich ihre eigenen Schlüsse.

Alec nickte ihr mit zusammengezogenen Augenbrauen zu, sie solle fortfahren.

»Jetzt zu den Fäustlingen. Ich beschloss, ein paar Aufnahmen des Außenbereichs zu machen, solange die Sonne schien. Godfrey erklärte sich bereit, mitzukommen, um mir zu sagen, was ich sehen würde, doch ehe er nach draußen ging, schickte er Jemima los, damit sie ihm seinen Mantel, seine Mütze, seine Handschuhe und seine Gummistiefel brächte. Es war ein milder, trockener Tag, und er trug bereits eine gestrickte Weste und einen Schal. Mir war in meinem Kostüm auch ohne Mantel warm genug, und Handschuhe und eine Mütze brauchte ich schon gar nicht, auch Jemima trug nur eine leichte Strickjacke über ihrer Bluse. Draußen war es sogar wärmer als drinnen. Ehe Mutter eintraf, waren die Kaminfeuer ganz mickrig.«

»Daisy, ist das alles relevant?«

»Ja, Liebling, ich schwelge nicht einfach in Erinnerungen. Du wirst gleich sehen, auf was ich hinauswill. Wo war ich stehengeblieben?«

»Bei den mickrigen Kaminfeuern«, sagte er trocken.

»Ja, richtig, da bin ich kurz abgeschweift«, räumte sie ein. Tom zwinkerte ihr zu und strich die letzte Zeile seiner Notizen ostentativ aus. »Also weiter: Jemima brachte ihrem Vater seine warmen Sachen, darunter eine handgestrickte Wollmütze, blau und grau gestreift, und dazu passende Handschuhe. Felicity erzählte mir später, dass Jemima sie für ihn gestrickt habe, wie auch den Schal in denselben Farben und die Weste, die grün war und überhaupt nicht dazu passte.«

Alec überging die unpassende Weste und sagte: »Ja, aber die Handschuhe konnte ja jeder angezogen haben.«

»Das ist mir auch klar«, entgegnete Daisy. »Aber den meisten anderen wären sie zu unhandlich gewesen. Sieh ihn dir doch an.« Gemeinsam betrachteten sie den Fäustling, der vor Alec auf dem Tisch lag. Er legte seine Hand daneben. Der Handschuh war ein bis zwei Zentimeter größer. »Godfreys Hände sind fast so groß wie die von Victor«, fuhr Daisy fort. »Aber sie sehen irgendwie schwächlich aus, wohingegen die vom Kapitän braun und kräftig sind und die von Miles viel kleiner.«

»Dann hätte der Kapitän die Handschuhe ja auch ausleihen können.«

»Möglich, aber wenn er den Mord impulsiv begangen hat, warum sollte er dann überhaupt Handschuhe angezogen haben? Nicht, um Fingerabdrücke zu verhindern. Und gegen Kälte ist er unempfindlich.«

»Also gut, Daisy, es ist unwahrscheinlich – aber nicht undenkbar –, dass Kapitän Norville die Handschuhe seines Bruders ausgeliehen hat. Und weiter?«

»Jetzt muss ich ein paar Stunden zurückspringen, denn es war der Bootsmann, der mich den Tamar heraufgefahren hat, der mir von der Kapelle im Wald erzählte. Als ich mit Godfrey draußen war, erkundigte ich mich danach, worauf er mir die Geschichte von der Flucht des ersten Baronets erzählte.«

»Wie ging die, Mrs. Fletcher?«, fragte Tom.

»Habt ihr die Tafel über der Kapellentür nicht gesehen?«

»Kann ich nicht behaupten. Zu hoch für Fingerabdrücke«, erklärte ihr Tom.

»Ich auch nicht«, sagte Alec.

Daisy warf ihm einen Blick zu. »Das ist jetzt genaugenommen nicht relevant.«

»Egal, erzähl trotzdem«, sagte er schicksalsergeben.

Sie berichtete von der in den Fluss geworfenen Mütze, damit Sir Richards Feinde glaubten, er sei ertrunken. »Er versteckte sich im Gebüsch in der Nähe, bis sie wieder fort waren. Na ja, es ist eine gute Geschichte, und ich beschloss, sie in meinen Artikel aufzunehmen, daher wollte ich ein Foto von der Kapelle machen, aber Godfrey war entsetzt von der Vorstellung, im Winter durch den Wald zu gehen. Er sagte, es sei feucht und ich würde mich zu Tode erkälten. Er weigerte sich mitzukommen und sagte, im Winter würde er nie dorthin gehen.«

»Klingt so, als würde ihn das total entlasten«, sagte Tom.

»Ja, Daisy, das ist eine Beweislage für die Verteidigung.«

»Kann natürlich sein. Aber wenn ihr Laubreste an seinen Schuhen oder Gummistiefeln finden würdet ...«

»Die hat er längst gesäubert«, sagte Tom.

»Das bezweifle ich. Er kommt mir nicht wie jemand vor, der seine Schuhe selbst reinigt. Ich wette, das übernehmen normalerweise Dora oder Jemima. Wenn er sich wegen der Laubreste überhaupt Gedanken machte, wollte er bestimmt nicht, dass das Personal das sähe, also stellte er sie wahrscheinlich einfach stillschweigend fort und versuchte, sie zu vergessen.«

»Wenn er sie im alten Haus versteckt hat«, sagte Alec verbissen, »dann finden wir sie nie.«

»Die Bediensteten jedoch vielleicht, aber das würde tatsächlich für Aufregung sorgen. Ich würde ganz hinten im Garderobenschrank in der Eingangshalle suchen oder in seinem Schrank.«

»Das ist möglich. Tom?« Alec neigte den Kopf zur Tür. »Und halten Sie die Augen offen wegen der anderen Handschuhs.«

»Kein Durchsuchungsbefehl, Chief. Ein gefundenes Fressen für Mr. Tremayne.«

»Ich habe vorsichtshalber die Einwilligung von Lord Westmoor eingeholt, nötige Durchsuchungen vorzunehmen, als ich mit ihm telefonierte. Es besteht keine Hoffnung, dass wir heute an einen Durchsuchungsbefehl kommen.«

»Also gut, Chief. Was ist mit dem anderen Fäustling?«

»Wenn ich nicht total danebenliege«, sagte Daisy, »dann finden Sie den unter der Matratze von Jemimas Feldbett in Felicitys Zimmer.«

»In Ordnung, Mrs. Fletcher.« Der Sergeant verließ den Raum.

Alec sah Daisy stumm an und schüttelte den Kopf.

»Was ist, Liebling«, fragte sie besorgt. »Glaubst du, dass ich total falschliege?«

»Nein, Liebes, sonst würde ich Tom nicht seine Zeit verschwenden lassen. Ein Umstand, den wir noch nicht weiter erwähnt haben, ist, dass Godfrey seit dem Mord der Nervöseste von allen war.«

»Er regt sich sehr darüber auf, dass Miles ihm nicht vom Tod von Westmoors Erben erzählt hat«, sagte Daisy und versuchte, fair zu sein.

»Warum?«

»Warum? Weil sein Sohn … Ach, ich verstehe, was du meinst. Denn wenn er eines Tages Earl wäre, dann würde Brockdene, selbst wenn er erst mal rausgeworfen würde, tatsächlich an ihn fallen. Wenn er das gewusst hätte, hätte er Calloway niemals umgebracht.«

»Genau. Obwohl es sich nur um Indizien handelt, ist deine Theorie vernünftiger als die meisten anderen. Selbst wenn Tom die Schuhe findet, ist das noch kein Beweis, aber es reicht aus, um Godfrey mit ein paar harten Fragen zu konfrontieren. Das Motiv war in diesem Fall die ganze Zeit der Knackpunkt, und du hast ein glaubwürdiges geliefert.« Alec stand auf. »Ich muss versuchen, eine Bestätigung vom Kapitän zu bekommen, dass das der Grund für ihren Streit war.«

»*Ich* habe nie behauptet, dass sie sich darüber gestritten haben«, sagte Daisy selbstgerecht. »Es ist reine Spekulation, die ich deiner Meinung nach meiden sollte wie der Teufel das Weihwasser. Aber dennoch, wenn du auch so empfindest wie ich, dann liegen wir sicher richtig. Was machst du mit dem Handschuh? Du kannst ihn nicht hier rumliegen lassen, wo ihn jeder nehmen kann.«

»Könntest du dich darum kümmern, Liebes? Wir wollen nicht, dass die Bediensteten Vermutungen anstellen, bring ihn erst mal in Nanas Spülküche, ohne dass sie drankommt, während du nach Packpapier oder dergleichen suchst. Dann mach ein Päckchen und schließ es in einem unserer Koffer ein.«

»Igitt! Auf keinen Fall in deinen Koffer. In Ordnung. Was ist mit dem Höschen?«

»Das«, sagte Alec, »kannst du in den Mülleimer werfen.«

Kapitel 19

Alec steckte den Kopf in die Bibliothek, wo Miles mit einigen rechtlichen Schriftsätzen befasst war. »Wissen Sie, wo der Kapitän ist?«, fragte er.

Miles sprang auf und kam auf ihn zu. »Sie glauben doch nicht«, sagte er entsetzt, »dass Onkel Victor Calloway umgebracht hat?«

»Ich weiß nicht, wer Calloway umgebracht hat. Ich muss Ihrem Onkel nur ein paar Fragen stellen, mehr nicht.«

»Ach so, in Ordnung. Er und mein Großvater sind nach draußen gegangen auf eine Pfeife beziehungsweise eine Zigarre.« Er machte eine Geste zum Ostfenster.

Alec traf auf der obersten Terrasse auf den Kapitän und Tremayne, die in stummer Gemeinschaft rauchten, während sie über den knirschenden Kies spazierten.

»Auf ein Wort, Kapitän Norville«, bat er.

»Aber gerne«, sagte der Kapitän zurückhaltend.

Tremayne legte ihm eine Hand auf den Arm. »Victor, soll ich Sie vertreten?«, fragte er mit ernstem Gesicht.

»Danke für Ihr Angebot, Sir, aber ich glaube kaum, dass ich einen Anwalt brauche, denn ich habe nichts verbrochen. Scotland Yard hat die besten Kriminalbeamten der Welt, und da ich den Chief Inspector ja persönlich kenne, bin ich fest überzeugt davon, dass er keinen Unschuldigen festnimmt.«

»Ich will Sie tatsächlich nicht festnehmen«, versicherte ihm Alec. »Ich habe nur ein oder zwei Fragen.«

»Passen Sie auf, was Sie sagen«, warnte ihn Tremayne, »und rufen Sie, wenn Sie mich brauchen.« Er drehte ihnen den Rücken zu und ließ den Blick über die Terrassengärten nach Calstock gleiten, wo friedlich und ruhig seine Kanzlei lag.

Victor Norville sah Alec direkt an. »Zu Ihren Diensten, Fletcher.«

»Es war ganz in Ihrem Interesse, dass Calloway am Leben blieb, solange er zugunsten Ihrer Mutter aussagte. Allerdings wollte er es sich offensichtlich noch mal überlegen. Hat er Ihnen seinen Entschluss mitgeteilt?«

»Nein! Deswegen ging er ja zu der Kapelle, um eine göttliche Fügung zu erbitten, das wissen Sie doch.«

»Sie müssen mit Besorgnis auf das Ergebnis gewartet haben. Besorgt genug, um ihm nachzugehen.«

»Das tat ich aber nicht!«, brüllte der Kapitän. »Und selbst wenn er mir gesagt hätte, dass er sich dagegen entschieden hätte, hätte ich ihn keinesfalls umgebracht ohne den Versuch, ihn umzustimmen!«

»Es sei denn, Sie haben die Beherrschung verloren.«

Überraschenderweise grinste der Kapitän. »Ja, ich gerate leicht in Zorn. Schon immer, seit ich ein Kind war. Wenn ich einen Vater gehabt hätte, hätte man das wohl in frühen Jahren aus mir rausgeprügelt. Aber die Tränen meiner Mutter waren genauso wirksam. Sobald ich alt genug war, um zu erkennen, wie unglücklich ich sie damit machte, hörte ich auf, um mich zu schlagen, wenn ich die Beherrschung verlor. Ich habe mich in schlimmen Gegenden der Welt aufgehalten, und es gibt Zeiten, in denen eine Faust ins Gesicht die einzig mögliche Antwort ist, aber ich habe im Zorn keinen mehr geschlagen.«

»Sie und ihr Bruder haben sich also nicht geprügelt, als Sie kürzlich gestritten haben«, fuhr er trocken fort. »Um was ging es da eigentlich?«

»Ach, Godfrey war wütend, dass ich Calloway mitgebracht hatte. Er ist ein selbstsüchtiger, kurzsichtiger Narr. Er hat sich nie um Mutters Gefühle geschert. Ihn kümmerte nur, dass er vielleicht sein geschätztes Brockdene verlassen müsste. Er steckt schon zu lange in diesem Museum. Genau wie meine Mutter und meine Nichten, und ich bin ziemlich entschlossen, sie von hier wegzuholen. Ich kann es mir leisten, sie alle auszuhalten, was ich ihnen auch gesagt habe.«

»Aber Sie wollen also behaupten, ihn kümmerte nur, dass er Brockdene vielleicht verlassen müsste«, wiederholte Alec.

»Er ist besessen davon …« Der Kapitän verstummte und sah Alec verbissen an. »Das habe ich ja bereits gesagt. Ich nehme an, Sie bitten mich, eine offizielle Aussage zu machen und vor Gericht eine eidesstattliche Erklärung gegen meinen eigenen Bruder abzugeben.«

»Vielleicht. Würden Sie das machen?«

»Ich muss darüber nachdenken.«

»Bedenken Sie eines, Kapitän«, sagte Alec, »wenn wir Calloways Mörder nicht zu fassen bekommen, wird jeder in diesem Haus sein Leben lang mit Misstrauen betrachtet werden. Denken Sie darüber nach, ob Sie diese Möglichkeit tatsächlich bevorzugen.«

»Dieses verfluchte Haus«, murmelte der Kapitän, während Alec sich abwandte.

Als Alec durch die Haustür in die Eingangshalle trat, starrte Dora Norville mit verwundertem Stirnrunzeln auf etwas zu seiner Rechten. Er folgte ihrem Blick und sah ein ausladendes braun-grün kariertes Hinterteil aus dem Garderobenschrank ragen. Tom rutschte auf den Knien zurück, bis er nicht mehr unter den Mänteln verborgen war, dann drehte er sich im Aufstehen um. In einer Hand hielt er ein Paar Gummistiefel.

Er bemerkte Dora und fragte sie: »Die von Ihrem Mann, Madam?«

»Ja, das sind Godfreys. Warum hat er sie denn schmutzig weggestellt? Ich mache sie mal lieber sauber.« Sie streckte die Hand aus.

Tom schüttelte den Kopf. »Tut mir leid, Madam, die können Sie vorerst nicht haben.«

Alec trat einen Schritt vor. Tom drehte die Gummistiefel um, damit er ihre Sohlen sehen konnte. Jede Rille in den Profilsohlen war voll mit braunen Laubresten. Alec wünschte, er hätte die Umgebung der Kapelle besser nach Abdrücken abgesucht.

»Ganz hinten reingeschoben«, sagte Tom.

Alec schaute sich suchend um und sagte dann: »Wickeln Sie sie in irgendetwas ein, Sergeant.«

In Doras Blick zeigte sich Angst. »Was …?« Sie befeuchtete ihre Lippen. »Godfrey geht niemals in den Wald. Sie müssen einem anderen gehören.«

»Wem?«, fragte Alec sanft.

»Nicht Miles! Miles trägt immer Lederstiefel.« Sie warf einen Blick über Alecs Schulter und stöhnte.

Kapitän Norville und Tremayne waren beide hinter Alec eingetreten. Der eine trug salzverkrustete Seemannsstiefel, der andere ein Paar robuster Landmannsstiefel an den Füßen.

Tremayne sah Alec an, dann ging er auf seine Tochter zu und nahm sie beim Arm. »Komm mit, Dora.«

Widerstandslos ließ sie sich führen. Ihr gequälter Blick tat Alec weh. Warum dachten Menschen, die vorhatten, einen Mord zu begehen, niemals an ihre Nächsten und Liebsten?

»Wenn Sie einverstanden sind, Fletcher«, sagte der Kapitän mit rauer Stimme, »nehme ich Miles auf einen Gang nach Quay mit.«

Alec nickte. »Bleiben Sie aber nicht zu lange. Ich benötige noch Aussagen.«

Der Kapitän öffnete die Tür zur Bibliothek und streckte den Kopf hinein. »Miles, ich glaube beinah, die Mistkerle haben mir getrockneten Seetang statt Tabak angedreht. Kann man nicht rauchen, das Zeug. Kommst du mit mir runter nach Quay, damit ich mich beschweren kann?«

»Ja, ich komme, Onkel Vic. Bin gleich da.«

Ehe Miles kam, drängte Alec Tom durch die Glastür und den Gang zum Speisezimmer. »Daisy ist in die Küche gegangen, um Einwickelpapier für den Handschuh zu holen«, sagte er. »Wahrscheinlich finden wir sie in der Spülküche bei dem Hund.«

»Der zweite Handschuh war genau da, wo sie gesagt hat, Chief. Ich habe ihn in der Tasche. Kein Blut dran, soweit ich sehen kann, aber der Hund hat ihn ziemlich durchgekaut.«

»Wenn die Kinder bestätigen, dass sie ihn im Wald gefunden haben, wäre es sinnvoll, beweisen zu können, dass beide dort waren. War Miss Norville im Zimmer, als Sie es durchsucht haben?«

»Nein. Ich glaube, sie war auf der Toilette.«

Als sie in die Spülküche kamen, drehte sich Daisy um und grinste, als sie Nanas stürmische Begrüßung abwehrten. »Tut mir leid, dass ich so lange gebraucht habe, Liebling. Erst ist es Nana gelungen, den Sack mit Beweisen vom Abtropfbrett zu zerren und die Sachen im ganzen Raum zu verteilen. Dann fiel mir ein, dass ich vergessen hatte, um eine Schnur zu bitten, ich musste also noch mal zurück. Ich bin gerade beim letzten Verknoten.« Sie hielt ihm ein säuberlich eingewickeltes Päckchen hin. »Ich habe noch etwas zusätzliches Papier mitgebracht, für alle Fälle.«

»Wir haben den anderen Handschuh und die Gummistiefel«, sagte Alec und stellte die Stiefel, die er mit seinem Taschentuch hielt, auf das Abtropfbrett.

»Liebling, dein Taschentuch!«, sagte sie vorwurfsvoll.

»Oje, sieht so aus, als ob es stimmt, oder? Irgendwie wäre es besser gewesen, wenn der Kapitän der Mörder wäre. Mrs. Norville wäre immer noch untröstlich gewesen, aber er hatte immerhin keine Familie.«

»Dora hat es mitbekommen.«

»Ach, die Arme!« Daisy zögerte. »Ob ich zu ihr gehen sollte?«

»Tremayne ist bei ihr.« Kaum hatte er das gesagt, ärgerte sich Alec unwillkürlich. Das wäre die Gelegenheit gewesen, Daisy ohne eine Diskussion fortzuschicken.

»Dann braucht sie mich wohl nicht. Was nun? Hast du mit dem Kapitän gesprochen, Liebling?«

»Ja. In dem Streit ging es darum, dass der Kapitän Calloway nach Brockdene gebracht hatte, weil seine Aussage dazu führen würde, dass die Familie Brockdene würde verlassen müssen.«

»Genau wie ich vermutet habe!«, sagte Daisy triumphierend. »Wirst du dir Godfrey als Nächsten vornehmen?«

»Ja«, sagte Alec, »und zwar ohne dich.«

»Aber Liebling ...«

»Daisy, hier geht es nicht darum, einfach einen Verdächtigen zu vernehmen. Godfrey ist mit ziemlicher Sicherheit der Mörder, und er hat wohl im Affekt gehandelt, auf jeden Fall ohne sorgfältige Planung. Er könnte gefährlich werden. Deine Gegenwart würde uns nur behindern. Zurzeit kannst du am besten helfen, indem du die Gummistiefel und den zweiten Handschuh einwickelst und sicher verstaust, damit ich darauf keine Zeit verschwenden muss.«

»In Ordnung, Chief«, sagte sie seufzend und nahm sich einen Bogen Packpapier.

Alec und Tom gingen auf den Küchenhof hinaus. »Norville ist wahrscheinlich oben im Salon, wie üblich«, sagte Alec und ging auf die Tür zum alten Haus zu. Dann wandte er sich jedoch der Halle zu, nicht der Treppe.

»Soll ich ihn holen gehen, Chief?«

»Noch nicht. Ich finde, wir sollten uns erst eine Taktik überlegen.« Er lehnte sich an eine Ecke des langen Speisetisches. »Ich will ein Geständnis, wenn wir eines aus ihm herausholen können. Ein guter Anwalt, der sein Salär wert ist, könnte eine Geschworenengruppe mit Leichtigkeit alles anzweifeln lassen, was wir bisher haben. Es ist alles ...«

»Chief!«, sagte Tom warnend.

Alec fuhr herum. Jemima war gerade durch den Bogen am anderen Ende der Halle getreten. Als sie die beiden sah, blieb sie stehen und stemmte die Hände in die Hüfte.

»Ich habe Sie gehört«, krähte sie. »Ich habe Daddy gesagt, dass Sie seine Fäustlinge und die Gummistiefel gefunden haben. Er ist weggegangen.« Sie warf einen Blick zurück. »Jetzt fangen Sie ihn nie!«

Ehe sie zu Ende gesprochen hatte, lief Alec schon los, mit Tom auf den Fersen. Jemima versperrte den Durchgang mit ausgebreiteten Armen. Alec hob sie einfach hoch und schob sie beiseite. Sie rannten durch das Speisezimmer, durch den Gang und die Eingangshalle und zur Haustür hinaus.

Felicity stand auf den Terrassenstufen und starrte hinunter. Als sie ihre Schritte hörte, drehte sie sich stirnrunzelnd um. »Sagen Sie mal, was ist eigentlich los? Ich kam gerade die Treppe herunter und sah, wie Daddy Mantel und Hut anzog, aber als ich ihn gerufen habe, hat er nur gewinkt und ist rausgerannt.«

»Haben Sie gesehen, in welche Richtung?«, wollte Alec wissen.

»Ja, er ist gerade in der Unterführung verschwunden. Wollten Sie … o Gott, nicht Daddy?«

Bei ihren letzten Worten hatten Alec und Tom ihr bereits den Rücken zugewandt und sprangen die Treppenstufen hinunter.

Als sie aus der Unterführung kamen, blieb Alec beim Karpfenteich stehen und ließ den Blick über den Talgarten gleiten. Keine Spur ihres Opfers. Immergrüne Sträucher verdeckten das Gewirr von Wegen, und der riesige mittelalterliche Taubenschlag versperrte den Blick auf große Teile des Parks. Alec eilte darauf zu, dicht gefolgt von Tom.

Als sie um den Taubenschlag herum kamen, sah Alec, wie Derek und Belinda den Abhang herauffliefen. Sie näherten sich einer Weggabelung. Piper, der knapp hinter ihnen war, blickte über die Schulter zurück.

»Onkel Alec, wir haben Mr. Norville auf dem anderen Weg gesehen, da drüben, und Mr. Piper hat ihn gerufen, und da ist er losgerannt …«

»Ich dachte, ich bringe die Kinder sicherheitshalber ins Haus, Chief«, sagte Piper.

»Sehr gut, aber jetzt erst mal ihm nach.«

Piper drehte sich um und rannte los.

»Was geht denn da vor sich, Daddy?«, fragte Belinda ängstlich.

»Geht zurück zum Haus, ihr zwei.« Er deutete auf den linken Weg. »Tom, laufen Sie hier entlang, runter zum nördlichen Tor, um ihm den Weg abzuschneiden, falls er in Richtung Calstock umdreht.«

Alec nahm den rechten Weg, der schon bald mit dem zusammenlief, auf dem sich Piper befand. Sie eilten weiter, der Detective Constable vorneweg. Alec, der schon den ganzen Weg vom Haus gelaufen war, fiel etwas zurück.

»Da ist er, Chief! Ist gerade durch das Tor. Er läuft auf die Kapelle zu.«

In Richtung Quay, dachte Alec und rang nach Luft. Wollte Norville ein Boot stehlen?

Als Piper die Kapelle erreichte, blieb er stehen und blickte den Pfad entlang, der hier scharf nach rechts abbog und parallel zum Fluss verlief. Schnaufend beobachtete Alec, wie er kehrtmachte und dann an der Kapellentür rüttelte.

»Ist er Ihnen entwischt, Ernie?«

»Wenn er in den Wald abgehauen ist, Chief, dann brauchen wir ein Dutzend Männer, um ihn rauszuscheuchen.«

Alec dachte laut. »Er ist nicht der Typ, der im Wald übernachtet, vor allem, da es nach Regen aussieht. Er versucht, entweder Calstock oder Quay zu erreichen, auch wenn ich keine Ahnung habe, was er dort vorhat. Er kann nicht viel Geld dabeihaben, wenn überhaupt. Er ist aus purer Panik losgelaufen. Er kommt vielleicht auch direkt zum Haus zurück. Aber ich möchte lieber nicht warten. Sehen Sie nach, ob er sich nicht hinter den Kapellen versteckt.«

Piper ging seitlich an dem kleinen Gebäude vorbei, während Alec weiter den Weg im Auge behielt. Einen Moment später rief Piper mit seltsamer Stimme: »Chief, kommen Sie und sehen Sie sich das an!«

Alec eilte ihm nach und fand ihn, wie er die Böschung hinunterstarrte. Es war Ebbe, und unter ihnen befand sich Schlick, auf dem einige Vögel herumrannten.

Und auf dem Schlickbett lag eine blau-grau gestreifte Wollmütze.

Kapitel 20

Ohne sich zu bemühen, ein säuberliches Paket zu machen, packte Daisy die Gummistiefel und den durchgekauten Handschuh mit einer Schnur in Packpapier. Alec hatte sie zwar davon abhalten können, dem Verhör mit Godfrey Norville beizuwohnen, aber sie wollte unbedingt in der Nähe bleiben, um sofort das Ergebnis zu erfahren. Sie entschuldigte sich bei Nana, dass sie sie wieder einschloss, nahm ihre drei Päckchen und kehrte in den Ostflügel zurück, um die Beweise in Alecs Koffer zu verstauen.

Mit dem Schlüssel in der Tasche wandte sie sich der Treppe zu. Als sie an Mrs. Norvilles Wohnzimmer vorbeikam, hörte sie die Stimme der Dowager Viscountess. Einen Moment war sie versucht zu klopfen und einzutreten, um sicherzugehen, dass ihre Mutter die alte Dame nicht belästigte, aber wichtigere Dinge riefen nach ihr. Sie ging die Treppe hinunter.

In der Eingangshalle saß Felicity auf der Chaiselongue. Ihr Rücken war steif wie der einer viktorianischen Dame, die Hände hatte sie im Schoß zusammengekrampft. Sie wirkte wie betäubt.

»Daisy, sagen Sie mir, dass es nicht wahr ist! Ich weiß ja, dass es einer von uns sein muss, wenn Ceddie es nicht war, aber ... Daddy?«

»Wie kommen Sie darauf ...?«

»Ach, versuchen Sie nicht, mir Sand in die Augen zu streuen! Ich habe gesehen, wie Ihr Mann und der dicke Sergeant ihn den Park hinunter verfolgt haben.«

»In den Talgarten? Oje, ich gehe besser und sehe nach, was da los ist.«

Als Daisy auf die Eingangstür zueilte, kam Tremayne die Treppe herunter. »Dora wünscht, dass ich Godfrey beistehe«, sagte er. »Wissen Sie, wo er ... «

»Kommen Sie mit mir«, riet ihm Daisy und eilte weiter.

Bald war sie dem älteren Anwalt weit voraus. Als sie den Talgarten erreichte, bot sich ihr ein außergewöhnlicher Anblick: Derek und Belinda, die rückwärts mit kleinen Schritten den Abhang heraufkamen.

»Was um alles in der Welt habt ihr vor?«

»Daddy hat gesagt, wir sollen zum Haus zurück, Mummy. Das machen wir, aber nur ganz langsam.«

»Es ist so ungerecht, Tante Daisy. Immer, wenn was Aufregendes passiert, schickt man uns weg. Onkel Alec und Mr. Piper und Mr. Tring jagen Mr. Norville hinterher, wie Jagdhunde hinter einem Hasen, wie wir das in der Schule spielen. Ich wette, ich hätte ihn erwischen können. Er ist kein guter Läufer, aber er hatte einen Vorsprung, und das nur, weil Mr. Piper uns zum Haus zurückbringen wollte, als ob wir Feiglinge wären, statt ihm nachzulaufen.«

»In welche Richtung sind sie denn gelaufen?«

»Zur Kapelle, nur Onkel Tom nicht. Daddy hat ihm befohlen, zu dem anderen Tor zu laufen.«

»Um Mr. Norville aufzuhalten, falls er dorthin rennen würde«, erklärte Derek. »Hat er Mr. Calloway umgebracht?«

»Das kann nur ein Gericht entscheiden, Schätzchen. Jetzt trödelt nicht weiter herum. Geht schnurstracks zum Haus zurück und bleibt dort. Ab mit euch.«

Sobald sie sicher war, dass die beiden gehorchten, machte

sich Daisy wieder auf. Sie wartete nicht auf Tremayne, der gerade erst in Sicht gekommen war. Eine plötzliche Brise fuhr in das Laub und brachte ein paar Regentropfen mit sich. Sie trug keine Kopfbedeckung, und ihre Locken waren kein Schutz, doch die Brise ließ genauso schnell wieder nach, wie sie aufgekommen war. Der kurze Regenschauer war erst eine Warnung. Im Westen zogen schwere Wolken über dem Unglückshaus auf.

Als Daisy das Tor erreichte, schwankte sie. Sie wollte sehen, was da vor sich ging, aber wenn Alec sie sähe, würde er sie zweifellos zum Haus zurückschicken, genau wie die Kinder.

Natürlich konnten Norville und seine Verfolger schon halb in Brockdene Quay sein oder am Bahnhof. Sie lauschte, hörte jedoch nichts außer Tremaynes Schritten und seinem angestrengten Keuchen, während er sie einholte. Selbst die Vögel schwiegen, außer dem Klopfen eines Spechts irgendwo im Wald.

»Worauf warten Sie, Mrs. Fletcher? Was ist los? Die Kinder haben gesagt, dass Godfrey davongerannt ist und dass ihn die Detectives verfolgen.«

»So ist es leider. Ich weiß nicht, was gerade der Stand der Dinge ist. Wir dürfen Alec nicht in die Quere kommen.«

»Unsinn, es ist meine Pflicht, anwesend zu sein, wenn mein Mandant festgenommen werden soll, obwohl ich natürlich nicht versuchen werde, die Polizei am Ausüben ihrer Pflicht zu hindern. In welche Richtung sind sie gegangen?« Tremayne trat durch das Tor, das noch offen stand. Mitten auf dem Weg hielt er inne und blickte nach links zu einer Haarnadelkurve. »Ah, da kommt Sergeant Tring.«

Daisy trat zu ihm und winkte Tom zu. Wenn er von dort zurückkam, hatte sich Godfrey anscheinend in die andere

Richtung gewandt. Nichts zu sehen. Sie machte sich zur Kapelle auf und hielt sich an den Rand des Weges.

Alec und Piper standen auf derselben Seite, jedoch jenseits der Kapelle. Sie hatten die Köpfe zusammengesteckt und sahen in ihre Richtung. Sobald Alec sie bemerkte, legte er den Finger auf die Lippen und machte eine fortscheuchende Geste. Daisy trat ein paar Schritte hinter die Biegung zurück und versteckte sich hinter einem Baumstamm. Als Tremayne sie erreichte, zischte sie ihm drängend zu, bei ihr zu bleiben, egal, was seine Pflicht gegenüber seinem Mandanten sei. Sie legte die Hand auf seinen Arm, um ihn zurückzuhalten.

»Ich schätze, er hat seine Mütze nach unten geworfen, um uns glauben zu lassen, dass er ertrunken sei«, sagte Alec laut, »damit wir die Jagd aufgeben, genau wie in der Legende von Sir Richard. Schlecht für ihn, dass da unten nichts als Schlick ist. Er wird inzwischen schon fast in Quay sein. Beeilen wir uns lieber.«

»In Ordnung, Chief«, sagte Piper und lief unnatürlich trampelnd los, wobei er so viel Lärm machte, wie es das trockene Laub zuließ. Er lief allerdings höchstens zehn Meter weit, dann kehrte er so leise wie möglich zwischen den Bäumen zurück, wo das Laub feucht war.

Bei den Lorbeerbäumen am anderen Ende der Kapelle traf er wieder auf Alec.

Daisy hoffte, dass sie richtig vermutet hatten und Godfrey keineswegs halb unten in Quay war. Von ihrer Position hatte sie eine bessere Sicht als die beiden, die etwas weiter unterhalb am Weg standen, der in einer Kurve verlief. Sie blickte hinüber. Zwei Männer kamen den Abhang herauf.

Tremayne machte einen Schritt vor. Daisy packte ihn am Ärmel und hielt ihn zurück, während Alec und Piper ins Gebüsch abtauchten.

Godfrey Norville kam aus den Sträuchern geschossen wie eine Erbse aus einem Pusterohr und rannte in ungelenkem Galopp in Richtung Quay. Nach ein paar Schritten entdeckte er die sich nähernden Gestalten. Er fuhr herum und wollte in die andere Richtung. Als Alec und Piper sich aus den Büschen stürzten und auf ihn zusprangen, duckte er sich und wich ihnen mit überraschendem Geschick aus.

Aber dabei verlor er seine Brille. Er rannte blindlings weiter, direkt in die Arme von Tom Tring.

»Sachte, sachte, Sir«, sagte Tring wohlwollend und drückte ihn an seine riesige braun-grüne Brust, »der Chief Inspector würde Sie gerne sprechen.«

»Ich habe nichts auszusagen!«, kreischte Godfrey.

»Das ist Ihr Recht, Sir, aber Sie kommen besser mit und sagen das Mr. Fletcher selbst.« Toms Hand umklammerte Godfreys Handgelenk, als sei es nicht dicker als eine dünne Pfeife. Sanft schob er seinen Gefangenen den Weg hinunter auf die Kapelle zu. »Ich muss Sie darauf aufmerksam machen, dass alles, was Sie sagen, mitgeschrieben wird und als Beweis gegen Sie verwendet werden kann.«

Alec und Piper kamen auf die beiden zu. Piper hatte die Brille aufgelesen. Daisy merkte, dass sie Tremaynes Ärmel immer noch festhielt, der aus seiner erschrockenen Starre erwachte und einen Schritt machte. Sie ließ ihn schnell los, entschied sich jedoch, zurückzubleiben, außer Sicht von Alec. Es fing zu regnen an, und wenn sie direkt unter einem breiten Ast stehen blieb, war sie etwas geschützt.

»Ihre Brille, Sir«, sagte Piper, reichte Godfrey seine Brille mit einer Hand, während er mit der anderen in der Brusttasche nach seinen Bleistiften tastete.

Tom ließ Godfreys Handgelenk los, damit der die Brille aufsetzen konnte. Umgeben von den drei Detectives, machte er keinen Versuch zu fliehen. Er und Tremayne fingen gleichzeitig zu sprechen an, da kündeten trampelnde Schritte die Ankunft der zwei Männer an, die Daisy von Quay hatte heraufkommen sehen: Miles und einige Schritte hinter ihm Kapitän Norville.

»Vater, warst du es?«, rief Miles. »Ich kann nicht glauben, dass du es getan hast. Aber warum nur?«

»Weil du mir nicht gesagt hast, dass George Norville gefallen ist!«, fauchte Godfrey. Miles wich zurück. »Wenn ich gewusst hätte, dass Brockdene eines Tages an mich fällt, hätte ich Calloway nicht umbringen müssen. Was dich betrifft ...!« Er wandte sich mit wildem Blick dem Kapitän zu.

»Kein Wort mehr, Godfrey!«, beschwor ihn Tremayne bestürzt.

Sein Schwiegersohn beachtete ihn nicht. »Mutters Liebling musste sich mal wieder einmischen«, tobte er, »alte Geschichten wieder ausgraben, schlafende Hunde wecken! *Ihm* war es ja egal, ob wir anderen rausgeworfen würden. Was lag ihm schon an Brockdene? Wenn du den verfluchten Geistlichen nicht mitgebracht hättest, würde er heute noch leben. Was hätte ich denn machen sollen? Da ein Anwalt im Haus war, musste ich schnell handeln, ehe Calloway seine eidesstattliche Erklärung abgab.«

»Godfrey, als dein Rechtsbeistand ...«

»Schon gut, schon gut, ich halte den Mund. Aber denk dran, es ist nicht mein Fehler, sondern der von Victor und Miles!«

*

Es regnete richtig, ein steter Landregen, der wahrscheinlich tagelang anhalten würde. Godfrey Norville, jetzt in Handschellen und völlig apathisch, und Tom Tring würden durchnässt sein, noch ehe sie die Polizeiwache in

Calstock erreichten. Tremayne begleitete sie verzweifelt, doch entschlossen, seiner Pflicht bis zuletzt nachzukommen. Der Kapitän – er murmelte: »Genau das, was ich zu verhindern hoffte!« – war losgegangen und führte einen benommenen Miles zum Haus zurück.

»Ich muss sofort nach Calstock, Liebes«, sagte Alec zu Daisy. Seine schwarzen Haare waren noch nicht durchnässt, das Wasser perlte von ihnen ab wie von einem Entenrücken. »Da die Polizeitruppe von Cornwall nicht einsatzfähig ist, ist vielleicht meine Befugnis vonnöten, um die erforderlichen Formalitäten auf den Weg zu bringen.«

Daisy strich eine ihrer durchnässten Locken aus dem Gesicht. »Ich bezweifle auch, dass du im Moment ein willkommener Gast wärst, Liebling«, sagte sie trocken. »Ich hoffe nur, dass sie mich nicht hinauswerfen, zusammen mit Mutter und den Kindern.«

Alec lachte. »Ich würde deine Mutter gegen jede Anzahl von Norvilles unterstützen. Du kommst schon klar. Ich werde morgen zurückkommen und die Aussagen unterzeichnen lassen, aber dann bist du sicher schon abgereist. Piper begleitet dich jetzt zum Haus zurück und holt die Beweisstücke. Du hast die Päckchen doch gut verwahrt, nicht?«

»Natürlich! Ich hoffe, Sie haben eine Taschenlampe, Mr. Piper. Es wird dunkel sein, bis Sie in Calstock sind.«

Die dunklen Wolken hatten die Dämmerung früh einsetzen lassen. Alec zog ein Gesicht und sagte: »Ich will nicht, dass Sie – oder die Beweisstücke – in den Fluss fallen, Ernie. Vielleicht bringen Sie in Erfahrung, ob Ihnen die Hauswirtschafterin ein Bett richten kann.«

»Ich schlafe bei dem Hund, wenn nötig, Chief«, sagte Piper grinsend.

Er wandte sich höflich ab, während sich Alec und Daisy liebevoll verabschiedeten. Dann trat er mit Daisy durch das Tor, und Alec folgte Tom Tring.

»Legen Sie sich lieber meinen Rock über den Kopf, Mrs. Fletcher.«

»Zu spät, ich bin schon patschnass«, sagte Daisy. Sie erschauerte, als ihr ein Rinnsal kalt über den Rücken lief. »Lassen Sie uns schnell machen.«

Sie war froh über Ernies Hand an ihrem Ellbogen, wenn der Weg glitschig wurde. Sie kamen zu der Unterführung, und Daisy ging voraus. Am anderen Ende sah sie, dass sie den Kapitän und Miles fast eingeholt hatten, die gerade die unteren Stufen der Treppen erreichten. Miles ließ die Schultern hängen, und jeder Schritt schien ihn Mühe zu kosten.

Dann hatten Daisy und Piper die Stufen erreicht. Piper blieb immer eine Stufe hinter Daisy, falls sie auf dem glitschigen Stein ausrutschte. Sie war kurz davor, den Fuß sicher auf die oberste Terrasse zu setzen, als mit schrillem Kreischen Jemima aus einem Hinterhalt in den Büschen an der Hauswand herausstürzte.

»Es ist alles Ihre Schuld!«, schrie sie. In der Hand hielt sie eine Hellebarde, die sie drohend auf Daisy richtete.

Mit einem Schrei fuhr Daisy zurück. Piper fing sie auf. Beide wankten zwischen den steilen Stufen hinter ihnen und der grässlichen Spitze vor ihnen hin und her.

Dann war plötzlich Miles da, stürzte sich auf seine rasende Schwester und warf sie zu Boden. Der Kapitän eilte herbei, ergriff Daisys Hand und stützte sie und Piper.

Daisy fand das Gleichgewicht wieder. Pipers Arme lockerten ihren schmerzlichen Griff um ihre Taille, und der Kapitän ließ ihr Handgelenk los. Die Knie wurden ihr plötzlich weich, und sie setzte sich auf die oberste Stufe.

»Puh«, keuchte sie und rieb sich das Handgelenk, »ich dachte schon, ich sei endgültig geliefert!«

Der Kapitän beugte sich zu ihr. »Sie sind nicht verletzt, Mrs. Fletcher?«

»Nein, absolut nicht, dank Ihrer Hilfe. Und dank …«

Ernie Piper war an ihr vorübergestürzt. Sie drehte sich um und sah ihn neben Miles knien, der auf dem Boden lag und sich wand. Seine Schwester kniete an seiner anderen Seite.

»Miles, ich wollte dir nicht wehtun«, heulte Jemima. »O Miles! Stirbt er?«

»Ich glaube, ihm ist nur die Luft ausgegangen, vielen Dank dafür, Miss! Und Sie sind verhaftet wegen …«

»O nein, Ernie! Mr. Piper.« Daisy sprang auf. »Nehmen Sie sie bitte nicht fest. Sie hat eine absolut fürchterliche Zeit durchgemacht und ist zutiefst unglücklich und kann einfach nicht mehr richtig urteilen.«

»Sie ist nicht recht bei Verstand«, sagte Kapitän Norville bissig. »Ich rechne es Ihnen hoch an, dass Sie sich für meine Nichte einsetzen, und ich würde es auch nicht gerne sehen, wenn sie festgenommen würde, aber ihre hinterhältigen Tricks reichen mir jetzt. Sie können sicher sein, dass ich sie in eine Einrichtung schicke, in der man sich um sie kümmert, und dann kommt sie auf eine Schule, wo man ihr Benimm beibringt.«

»Was ist passiert?« Felicity trat hinzu, gefolgt von Cedric. »Wir haben Schreie gehört. Ach du Schreck, Miles!«

»Mir geht … es schon … wieder gut, Flick. Nur …«

»Hat keine Luft mehr bekommen, Miss«, konstatierte Piper erneut. »Ich schätze, Miss Jemima hat ihn an falscher Stelle mit dem Ellbogen oder dem Knie erwischt.«

»Sie hat Mrs. Fletcher bedroht«, erklärte der Kapitän mit einer Geste auf die Hellebarde, die im Kies lag und in dem anhaltenden Regen bestimmt schon zu rosten anfing. »Bring sie doch bitte zu eurer Mutter, Felicity. Komm schon, Miles, alter Knabe. Dieser junge Detective und ich helfen dir.«

»Lassen Sie mich helfen, Sir!«, rief Cedric.

Also half der Kapitän Daisy auf, und die traurige Prozession machte sich triefend nass zum Haus auf.

Felicity brachte Jemima direkt nach oben. Das Mädchen war mürrisch und maulte. Ihr war wohl gar nicht klar, wie schwerwiegend ihr Vergehen gewesen war. Daisy wollte nichts anderes als trockene Kleider und eine Tasse heißen Tee, aber erst musste sie ihren Rettern danken. Der Kapitän und Miles erwiderten ihre Dankbarkeit mit aufrichtigen Entschuldigungen für Jemimas Verhalten. Daisy war jedoch froh festzustellen, dass Miles aus seinem Schockzustand aufgerüttelt war. Obwohl er einen heftigen Schlag abbekommen hatte, sah er besser aus als seit der Verhaftung seines Vaters.

Als Daisy sich nochmals bei Piper bedankte, erwiderte er: »War mir ein Vergnügen, Mrs. Fletcher. Wenn Sie mir jetzt die Päckchen bringen könnten, Ma'am, kümmere ich mich um einen Schlafplatz und fasse meine Notizen zusammen.«

»In Ordnung, dann kommen Sie mit.« Als sie sich der Treppe zuwandte, hörte sie, wie Cedric seine Anwesenheit zu erklären versuchte. So gerne sie zugehört hätte, war sie doch zu nass und durchgefroren, um zu verweilen. Als sie den Treppenabsatz erreichten, sagte sie zu Piper: »Möchten Sie meine Schreibmaschine für Ihre Notizen leihen?«

»Das wäre eine große Hilfe, Ma'am.«

Felicity kam den Gang entlang auf sie zu. »Daisy, es tut mir schrecklich leid. Mutter steckt Jemima ins Bett mit einem Schlafmittel, falls das überhaupt was nützt. Dass Jemima auf Sie losgegangen ist, hat Mutter dazu gebracht, anders über sie nachzudenken als Daddy. Das ist im Grunde ein Segen oder ein Hoffnungsschimmer, wenn ich das so sagen darf.«

»Das mit Ihrem Vater tut mir schrecklich leid«, sagte Daisy.

»Danke.« Felicity zuckte bedauernd die Schultern. »Natürlich ist es ein furchtbarer Schock, aber … Tja, da kann man jetzt nichts mehr ändern, nicht? Wir müssen weitermachen. Ich habe Cedric erzählt, dass Daddy verhaftet wird, und er will mich trotzdem heiraten.«

»Und haben Sie diesmal eingewilligt?«

»Ja, natürlich! Hauptsache, ich kann Brockdene verlassen.«

»Es sei denn, Sie würden doch lieber nach London gehen und sich im Modefach ausbilden. Ich bin sicher, Ihr Onkel würde …«

»Daisy!« Die Dowager Viscountess rauschte aus Mrs. Norvilles Zimmer. Felicity verschwand die Treppe hinunter, und Piper hielt sich im Hintergrund, obwohl er für ihre Ladyschaft sowieso unsichtbar war.

»Was ist passiert, Mutter? Du siehst aus wie die Katze, die am Sahnetopf war.«

»Sei nicht vulgär, Daisy. Ich habe Mrs. Norville Gesellschaft geleistet. Ich finde, dass sie sehr ungerecht behandelt wurde. Seit dem Tod dieses elenden Pastors gibt es keine Möglichkeit mehr, zu beweisen, dass sie Albert Norvilles Frau war. Ich habe Eva eine Menge zu erzählen.«

»Und damit aller Welt! Lady Eva wird es ja nicht für sich behalten. Pass lieber auf, dass du nicht wegen Missachtung des Gerichts belangt wirst, falls das der richtige Terminus ist. Godfrey wurde soeben wegen Mordes an dem ›elenden Pastor‹ verhaftet.«

»Darum ging es also bei der ganzen Aufregung? Dann

benötigt die arme Frau meine Sympathie mehr denn je, meine ich doch, und meine Ermutigung, sich wacker zu halten. Ich muss sie überreden, dass es ihre Pflicht ist, zum Tee herunterzukommen, ganz so, als wäre ihr Sohn kein Verbrecher. Immerhin ist sie ja praktisch Britin.« Lady Dalrymple wandte sich wieder dem Wohnzimmer zu, ließ aber noch eine Volte los: »Die eigenen Kinder sind so häufig unzulänglich. Ich hoffe doch, dass du dich vor dem Tee noch umziehst, Daisy?«

Epilog

*D*aisy beschloss, zugunsten einer heißen Tasse Tee auf ein heißes Bad zu verzichten. Auf dem Treppenabsatz stieß sie auf Kapitän Norville.

»Meine Mutter ist schon nach unten gegangen«, sagte er. »Ich nehme an, auch Sie sind sehr empfänglich für einen Tee.«

»Mehr als empfänglich«, bestätigte Daisy.

Er folgte ihr die Treppe hinunter zur Halle. Als er vorausging, um ihr die Tür zur Bibliothek zu öffnen, stürzten Belinda und Derek herein.

»Ist schon Teezeit, Tante Daisy? Ich bin am *Verhungern*!«

»Wir haben was gefunden, Mummy.«

»Keine Schatzkarte«, seufzte Derek bedauernd.

»Wir haben in dem alten Sekretär nach Geheimfächern gesucht und das hier gefunden.« Belinda hielt Daisy ein gefaltetes, vergilbtes Stück Papier hin. »Derek wollte es zurücklegen, weil es keine Schatzkarte ist, aber ich dachte, es ist vielleicht wichtig.«

Daisy faltete das Papier auseinander. Die Überschrift lautete: *Heiratsurkunde*, und darunter, zwischen den ganzen amtlichen Sätzen, standen die Namen des Ehrenwerten Albert Norville und der von Susannah Prasad, gefolgt von Calloways Unterschrift.

»Ja, Liebling, es ist wichtig!« Daisy reichte die Urkunde

an den Kapitän weiter. »Ich glaube, das gehört Ihrer Mutter. Es ist am besten, wenn Sie es ihr überreichen.«

Der Kapitän warf einen Blick darauf und wurde unter seiner gebräunten Haut blass. Dann rötete sich sein Gesicht, und Tränen traten ihm in die Augen. »Danke«, brachte er mit erstickter Simme hervor und eilte in die Bibliothek.

»Ist er glücklich, Mummy?«, fragte Belinda besorgt.

»Sehr glücklich, Schätzchen«, sagte Daisy und drückte sie. *So viel zu Mutters Meckereien*, dachte sie. *Mein Kind ist durch und durch perfekt.*

Danksagung

Einige Leser werden den Schauplatz dieser Geschichte wiedererkennen: Brockdene ist Cotehele, das inzwischen ein Objekt des National Trust ist und besichtigt werden kann. Ich habe den Namen geändert, um die Unbeteiligten zu schützen, die ursprünglichen Bewohner des Hauses in den 1920er Jahren und ihre Nachkommen. Die Norvilles sind rein fiktiv, allerdings habe ich wahre Familienlegenden verwendet.

Außerdem gilt mein Dank Louis Eynon, National Trust Manager in Cotehele, für seine unschätzbare Unterstützung. Da ich den Namen des Hauses verändert habe, fühlte ich mich auch berechtigt, einige Details zu ändern, aber dennoch handelt es sich insgesamt um eine zutreffende Beschreibung. Ich hoffe, es ermutigt meine Leser, Cotehele zu besuchen und dieses faszinierende Anwesen zu genießen.

Carola Dunn
**Miss Daisy und der Tote
im Chelsea Hotel**
Kriminalroman
288 Seiten. Broschur
ISBN 978-3-7466-3404-3
Auch als E-Book erhältlich

Miss Daisy in New York

Daisy Dalrymple reist mit ihrem frischgebackenen Ehemann Alec
Fletcher von Scotland Yard nach Amerika. Im berühmten Chelsea Hotel
in New York freundet Daisy sich mit einigen skurrilen Hotelgästen
an. Bei einem Treffen mit dem Herausgeber des Magazins, für das sie
schreibt, hört sie plötzlich einen Schuss – ein Reporter ist tot, doch der
Täter kann entkommen. Mit ihren neuen Freunden mischt Daisy sich
in die Ermittlungen ein. Eine Spur zum Mörder führt sie quer durch das
Amerika der Roaring Twenties.

Ein Kriminalfall aus den Goldenen Zwanzigern voll skurriler Figuren.

**Regelmäßige Informationen erhalten Sie über unseren Newsletter. Jetzt anmelden
unter: www.aufbau-verlag.de/newsletter**

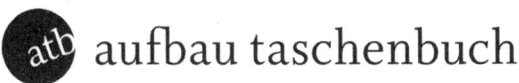

aufbau taschenbuch

Mary Ann Fox
Je tiefer man gräbt
Ein Cornwall-Krimi
256 Seiten. Broschur
978-3-7466-3361-9
Auch als E-Book erhältlich

Die Tote von Cornwall

In Rosehaven, einem malerischen Dorf inmitten blühender Gärten und versteckter Buchten, macht Mags sich als Gärtnerin selbständig. Sie soll Besucher durch den prachtvollen Garten eines alten Herrenhauses führen, aus dem vor Jahren eine Frau spurlos verschwunden ist. Bei einem der Rundgänge macht Mags eine grausame Entdeckung: Unter den blühenden Hortensien stößt sie auf menschliche Knochen. Als sich herausstellt, dass sie zu der verschwundenen Frau gehören, gerät auch Mags in Lebensgefahr.

Herrenhäuser, Scones und Steilküsten – ein Kriminalroman voll südenglischem Flair

Regelmäßige Informationen erhalten Sie über unseren Newsletter. Jetzt anmelden unter: www.aufbau-verlag.de/newsletter

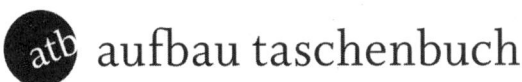

atb aufbau taschenbuch